모든 요일의 카페

국립중앙도서관 출판시도서목록(CIP)

모든 요일의 카페 : 커피홀릭 M의 카페 라이프 /
이명석 글 · 사진. — 파주 : 효형출판, 2009
    p. ;   cm

ISBN 978-89-5872-075-1 03810 : ₩13000

커피 숍[coffee shop]

596.9-KDC4
647.9544-DDC21   CIP2009000357

모든 요일의 카페

커피홀릭 M의 카페 라이프

이명석 글·사진

효형출판

이게 다 카페 때문이더군요

바람 찬 날, 여의도공원에서 작은 파티를 홍보하는 동영상을 찍었습니다. 기상 캐스터인 친구가 가짜 일기예보를 하고, 나머지는 그 뒤에서 펄떡거리며 춤을 추었죠. 다정하게 짝지은 의경들이 30분에 한 커플씩 와서 "뭐 하십니까?" 하고 물어보더니 돌아가더군요. 그러기를 몇 번 거듭하자 녹화 테이프가 바닥났습니다.

다음 일정까지 두 시간 정도 시간이 비더군요. 내가 물었습니다. "우리 뭐 할까?" 대학 초년생인 S가 대답했습니다. "된장녀 놀이나 할까요?" 피식 웃었습니다. '된장녀 놀이'라? 처음 들어본 말이지만, 단번에 알아챘습니다. 별다방이나 콩다방에 가서 커피나 시켜놓고 시간을 죽이자는 거겠지요. 내가 말했습니다. "너는 그게 '놀이'구나. 나는 그게 '생업'인데……."

나는 카페 정키Cafe Junkie입니다.

약간의 설명이 필요하겠군요. 내가 지어낸 이름이니까요.

'호텔 정키Hotel Junkie'라는 말이 있습니다. 영화 〈다즐링 주식회사〉에 나오는 영화 속 영화 〈호텔 슈발리에〉의 잭이 바로 그런 사람입니다. 이 부잣집 도련님은 몇 주 동안 호텔 방에만 머무를 뿐, 밖으로는 한 발짝도 내딛지 않습니다. 그저 침대에서 뒹굴거리고, 룸서비스로 음식을 시켜 먹고, 필요한 물건은 배달시켜 받죠. 저는 실제 여행지에서 이런 식으로 생활하는 인간들을 만나곤 했습니다. 이 친구들은 기껏 이스탄불에 와서 토카피 궁전이나 블루 모스크는 근처에도 가보지 않고, 호텔에 죽치고 앉아 몇 주를 보내더군요. 자기는 호텔이 너무 좋다나요. 그 안에만 있어도 흥미로운 물건, 재미있는 사람, 수상한 사건들을 끝없이 만난다는 거죠. 단순한 게으름뱅이가 아니라 호텔 자체에 탐닉하는 숭배자들입니다. 그들에겐 호텔의 브런치, 화장실의 변기 뚜껑, 종업원의 교대 시간까지 감상과 품평의 대상이 됩니다.

여기에서 호텔을 카페로 바꾸어놓는다면 대체로 내게 들어맞더군요. 카페 정키는 이곳저곳의 카페를 떠도는 카페 여행자입니다. 한번 카페 의자에 몸을 붙이면 몇 시간이고 떠나지 않는 카페 체류자이기도 하죠. 당연히 탁자에 올라오는 음료, 주변에서 들리는 음악과 소음, 손님을 대하는 주인장의 태도 등 카페를 구성하는 모든 것에 세심하게 반응하는 카페 비평가가 됩니다. 또한 좋다고 소문난 카페라면 열심히 찾아가 구석구석 훑어보며 감상하는 카페 탐닉자가 될 수밖에 없으며, 가끔은 자기가 사랑해 마지않는 그 공간에서 뭔가 새로운 일을 해보려고 두리번거리는 카페 이벤트 플래너로 변신합니다.

요즘 거리를 걷다보면 '이래도 되나' 싶을 정도로 새로운 카페들이 쑥쑥 솟아나고 있습니다. 그리고 저처럼 카페를 찾아다니고 그 속에서 생활하는 사람의 수도 늘어나고 있습니다. 저는 거기에서 몇 가지 유형을 발견했습니다. 각각의 카페에 따라 그 카페를 즐기는 사람들도 다른 모습을 보이죠.

첫 번째는 카페 체인형입니다. '스타벅스', '커피빈', '파스쿠찌', '이디야', '엔제리너스'같이 확실한 브랜드로 무장한 카페들로, 어디서나 브랜드의 평균적인 인테리어와 커피 맛을 내보입니다. 사람들은 독립적이고 도회적인 공간을 즐기는 마음에 이곳을 찾죠. 에스프레소 문화를 퍼뜨린 장본인이지만, 실제로는 단골들을 커피가 아니라 시럽, 설탕, 우유의 달콤한 맛에 길들인 곳이지요.

두 번째는 소규모의 스타일 지향형입니다. 무엇보다 인테리어와 분위기가 중요합니다. 아기자기한 소품이 곳곳에 있고, 메뉴판에서부터 화장실까지 주인의 손맛과 정성이 깃들어있죠. 에스프레소 메뉴가 중심이지만 커피의 질은 천차만별입니다. 가게 주인으로서는 커피 자체의 맛보다는 라테아트를 연습하는 쪽이 실용적이죠. 커피보다 케이크, 와플, 브런치 메뉴가 포인트가 되기도 하고요.

세 번째는 손수 로스팅roasting하는 핸드드립형입니다. 인테리어는 고전풍을 따르는 듯하면서도, 사실상 별로 신경을 쓰지 않은 곳이 많습니다. 겉멋에 치중하면 커피 본연의 맛에 다가가지 못한다는 듯, 대놓고 교수 연구실 분위기로 만들어놓은 장소도 있습니다. 카페의 질을 판가름하는 것은 무엇보다 '커피의 맛'입니다.

세 종류의 카페를 찾아오는 사람들 역시, 그 분위기와 포인트에 따라 베리에이션을 만들어냅니다. 그중에는 '스타벅스'의 푹신한 소파 자리에 앉아 노트북을 켜놓고 〈섹스 앤 더 시티〉의 캐리가 된 듯 고독을 즐기는 사람도 있습니다. 삼청동이나 홍대 앞의 유명한 카페들을 주말마다 찾아다니며 화려한 와플과 귀여운 소품을 디지털 카메라에 담는 이도 있습니다. 이런 사람들을 카페 관광객이라 경멸하며 커피의 고수들을 찾아다니는 소위 '커피 덕후(오타쿠)'도 있죠.

나는 이들 사이를 떠다니는 지조 없는 카페 정키입니다. 이르가체페(에티오피아에서 생산되는 고급 커피)의 독특한 맛을 가장 잘 살린다는 카페를 찾아 KTX를 타기도 하고, 서로 음악 취향이 다르다는 이유로 하루에 홍대 앞 카페 네다섯 군데를 전전하기도 하고, 복작복작한 일요일의 '스타벅스'에 들어가 낯모르는 일행과 대형 소파에 나눠 앉기도 합니다. 그 각각이 재미있기 때문이죠.

나는 이제 십여 년의 카페 정키 생활 동안 거쳐온, 세계와 우리나라 곳곳의 카페들에 대해 이야기해보고자 합니다. 나는 이 책을 번쩍번쩍 으리으리한 몇몇 카페들을 침 튀겨가며 칭송하는 관광 가이드로 만들 생각이 전혀 없습니다. 카페에서 무엇보다 중요한 것은 '커피'라고 생각 하지만, 그렇다고 해박한 전문가처럼 커피의 이론을 늘어놓을 자신도 없고요. 그냥 카페가 없으면 살아갈 수 없기에 온갖 종류의 카페를 다녔 고, 커피가 너무 좋아 그 맛의 깊은 곳까지 들어가기 위해 나름의 애를 썼고, 그래서 할 말이 많아져 입을 열게 된 겁니다.

커피든 카페든 어떤 의미에서는 '몬도가네─이상한 세계'입니다. 바 깥에 있는 사람들은 그 안에 들어앉아 시간과 돈을 축내는 이들이 '된장 녀'거나 '된장녀 놀이를 흉내 내는 떨거지'로 보일지 모르지만, 그들은 카페 속에서 제각각의 기쁨을 찾습니다. 한 줌의 카페인을 섭취하기 위 해, 멋진 소파에서 다리를 쉬이기 위해, 보사노바를 들으며 브라질을 꿈 꾸기 위해……. 각각의 카페는 그곳을 찾아온 우리들 자체만큼 존재하 는 겁니다.

특정 카페를 소개하기보다는, 내가 카페에서 만나는 온갖 종류의 눈 과 혀와 귀와 마음의 즐거움에 대해 말하고자 합니다. 그리고 어떻게 하 면 카페를 편안하면서도 가벼운 흥분을 이끌어내는 공간으로 만들어낼 지, 주인과 손님이 서로 할 수 있는 것들에 대해 슬쩍 흘려볼까 합니다.

애초에 이 글은 한 신문의 주말 섹션에 씨를 뿌렸고, 좁은 지면에서 움튼 아이디어들은 이 책에서 몇 배씩 커졌습니다. 처음 내 손에는 서울에 있는 내 행동반경 안의 카페들, 그리고 가끔 외국에 나갈 때 열심히 찾아다닌 카페들만 잡혀있었습니다. 그러나 책을 구체화하는 과정이 전국의 카페로 발을 넓히는 귀중한 기회가 되었습니다. 처음에는 반신반의하며 기차에 올랐는데, 정말 깜짝 놀랄 정도로 좋은 카페가 전국 방방곡곡에서 문을 열고 있는 모습에 새삼 놀랐습니다. 아직은 미숙하지만 열렬한 에너지로 커피콩을 굽고 손님을 맞이하는 그들 때문에 카페 정키들의 발걸음이 더욱 바빠지겠구나 싶더군요. 그 기회를 던져주고 재촉해준 출판사에 다시 한 번 감사드리며, 여러 카페를 함께 다녀준 P에게 새삼 고마움을 전합니다. 그가 아니었으면 나는 그저 어두컴컴한 카페 구석에서 혼자 커피를 홀짝이며 사진기 셔터나 눌러대는 카페 파파라치로 보였을 겁니다.

다른 무엇보다 그 모든 곳에 있어준 카페들에 감사합니다. 나의 글은 당연히 그들 카페에서 태어났고, 실제로 대부분 그들 카페에서 에스프레소 한잔의 힘에 기대어 썼습니다.

_ 2009년 2월, 카페 '볼끼'의 줄무늬 소파에서

카페 정키 M

차례

여는 글
　이게 다 카페 때문이더군요 5

▌ 카페는 노래한다
　길모퉁이의 단골 카페를 배신한 익명의 유령에 대하여 17
　비가 오거나 눈이 오거나 태양이 폭발할 때는 그 자리에 앉아야 한다 29
　　카페 정키의 상식 1_ 카페 정키 백과사전 축약판

　모퉁이를 돌아가면 아프리카, 혹은 세계가 있다 41
　갈색 소음과 발톱 소파가 있는 작업실 49
　톡톡톡, 재봉틀이 돌아가는 공방 카페 59
　　카페 정키의 상식 2_ 카페의 오만 가지 사용법

　북 카페가 낯 뜨거울 때 69
　달리는 자들은 잠시 머물러 황금빛 오일을 채우라 79
　　카페에서 쓰는 일기 1_ 부산 달맞이길의 '해오라비'에서

☕ 커피는 익어간다
　지구를 지지고 볶고 구워 마신다 93
　　카페 정키의 상식 3_ 원두를 따라가는 적도 세계 여행

　찰리의 커피 농장에서는 새들이 뛰논다 107
　드립은 좋아하지만 커피 덕후는 아닙니다 117
　　카페 정키의 상식 4_ 악마의 물방울—말할 수 있는 만큼 맛이 잡힌다

에스프레소를 맛없게 만드는 삼위일체에 맞서는 방법 129

연금술사의 방에서 커피를 뿜는 증기기관차를 만나다 141
　카페 정키의 상식 5_ 모카 엑스프레소—알루미늄과 카페인의 모더니티

카페인의 나라에서 열린 캔커피 시음대회 153

고양이 똥, 그리고 달팽이와 코끼리 163

M의 이탈리아 가정식 카페로 어서 오세요 167
　카페에서 쓰는 일기 2_ 전주 영화의 거리 '나무 라디오'에서

메뉴는 꼬드긴다

바다에서 만나는 모닝커피와 계란의 발라드 183

아랍의 왕자가 하얀 여인을 품어 갈색의 아이를 낳았다 191
　카페 정키의 상식 6_ 그 카페를 떠올리게 하는 녀석들

세탁소 불빛보다 조금 따뜻한 초콜릿 201

버터 바른 빵 한 조각과 와플 전쟁 209
　카페 정키의 상식 7_ 검은 유혹, 커피를 부르는 파블로프의 신호들

검은 왕자를 만나러 가는 통로는 오아시스의 폭포 225

태양을 사냥하고 곰과 껴안고 자는 법 235
　카페에서 쓰는 일기 3_ 대구 삼덕교회 앞 '커피마루'에서

보물은 숨어있다

잔이 그릇그릇 나도, 손댈 놈은 따로 이시랴 251

카페의 음악이 나를 '아주 그냥 죽여'주는 방법들 259
　　카페 정키의 상식 8_ 커피의 노래, 카페의 시

살아 움직이며 말하는 메뉴판 본 적 있나요? 269

바리스타와 아르바리스타 사이로 깊은 강이 흐른다 279
　　카페 정키의 상식 9_ 별 주인도 다 있네! 카페지기 백태

시럽보다 달콤한 소파, 대지보다 평온한 테이블 293

쿠폰 없는 지갑은 여권 없는 입국 수속 303
　　카페에서 쓰는 일기 4_ 부산대 앞 'RAUM308'에서

카페 정키 M이 사랑하는 카페들 314

카페는
노래한다

길모퉁이의
단골 카페를 배신한
익명의
유령에 대하여

모퉁이를 돌아가면 카페가 있다. 아주 작다. 겉으로 보이는 테이블은 불과 두 개, 주방을 돌아 들어가면 다락방의 앉은뱅이책상 같은 자리 두 개. 카페 앞 골목에서 서성이면, 주인이 창을 열고 반갑게 인사한다. "어디 여행이라도 다녀오셨나 봐요." 쑥스럽게 고개를 숙이고 들어가면, 보이는 이는 모두 낯익은 손님들이다. 주인은 메뉴판도 주지 않고 "그거요?" 하고 묻는다. 나는 고개를 끄덕인다. 내가 제일 좋아하는 컵에 리스트레토를 더블로 담고, 지난번에 쓰고 남은 설탕 3분의 1 봉지를 건네준다. 옆자리의 시니컬한 교수님은 교보문고에 들렀다 왔는지 요즘 책에 대한 험담을 늘어놓고 있다. 내 쪽을 보더니 헛기침을 한다. 나의 여행 책이 매대에서 사라졌다며 빨리 다음 책을 내라고 재촉한다. 교수님의 기준에 따르면 내 책은 별로 좋은 책이 아니건만, 단골 사이의 의리를 지켜준다. 동네 사랑방 같은 카페, 참 좋은 풍경이다.

요즘 이 모퉁이 카페에 고민이 생겼다. 이 골목 어귀 대로변에 커다란 카페 체인점이 들어선 거다. 단골들이야 계속 모퉁이 카페로 직행하겠지만, 길거리에서 '어디 커피 한잔할 데 없나' 하며 쿵쿵대는 사람들은 모두 그곳으로 갈 게 아닌가? 상호도 눈에 익어 찾기도 편하니, 약속 장소로도 그쪽이 훨씬 좋아 보인다. 이곳 손님들은 한마음이 되어 걱정한다. "여기 단골 중에도 배신자가 나올지 모르죠."

죄송합니다. 제가 그 배신자입니다.

여기저기 우후죽순처럼 카페들이 생겨나고 있다. 그리고 그 세계에서도 영화 〈유브 갓 메일〉에 나오는 '길 모퉁이 서점'과 대형 서점 '폭스문고'의 대립구도를 뚜렷하게 볼 수 있다. 골목길에 있는 아기자기한 분위기의 직접 로스팅하는 핸드드립 카페냐, 어디에 자리하든 보편적인 정체를 지니는 대규모 카페 체인점이냐?

영화를 본 사람 중 열의 아홉 반은 '걸 모퉁이 서점'을 지지하듯이, 우리들 대부분은 마음 한구석에 있는 '작은 단골 카페'라는 이상에 표를 던진다. 〈프렌즈〉의 뉴요커 친구들이 모여드는 '센트럴 퍼크', 아코디언 소리가 정겨운 〈아멜리에〉의 '카페 데 두 물랭', 퇴근길 골목에 기다리고 있는 〈서양골동양과자점 앤티크〉의 '앤티크' 같은…….

나 역시 정치적으로는 작은 카페를 지지한다. 나의 카페 정키 생활 역시 좌석이 열 개가 될까 말까 한 대학로의 카페 '데미타스'에서

골목길 단골 카페의 맨 얼굴도 좋고,
대로변 카페 체인의 가면도 좋은데 어떡하나?

시작했다. 그 후에도 이런저런 카페들을 내 집처럼 들락거려 왔는데,
상당수는 주인이 작정만 하면 손님의 얼굴을 죄다 외울 수 있는 작은
카페들이었다. (별개의 문제이긴 한데, 지금 나를 단골로 여기는 카페들이
열 개쯤은 있다. 왜 이렇게 많을까? 여기에는 두 가지 이론이 있다. 나의 주장
은, 내가 카페를 워낙 많이 가다 보니 보통 단골들보다 그 카페에서 더 자주 목
격되기 때문이라는 것이다. 한편 친구들은 내 외모가 너무 눈에 띄어 두 번만
와도 주인이 금세 기억해서 단골이라고 생각하게 된다고 주장한다.)

　지금은 거의 집과 같은 카페도 생겼다. 주인 부부는 가장 친한 친
구의 가족이고, 아르바이트 직원도 내가 소개한 동호회 후배다. 그곳
에 가면 나는 주방으로 들어가 직접 에스프레소를 뽑아 먹고, 빵을 사
들고 가서 주인과 나눠먹는다. 바쁜 시간이면 테이블도 치우고 설거지
도 하며 커피 값을 대신한다. 바깥의 작은 타일 정원은 내가 가져간 화
분들로 채워나가고 있는데, 조만간 점유권을 주장할 생각이다. 주인의
친구인 다른 단골들과도 친해져 영업이 끝날 즈음엔 커튼을 치고 와인

때론 무미건조한 카페에서 익명의 자유를
누리고 싶다._ 도쿄 긴자의 '스타벅스'

에 홍합 요리도 먹고, 따라온 애들은 이층에 올려보낸 뒤 어른끼리 보드게임을 즐기기도 한다.

친구 같은 카페, 가족 같은 카페. 참 좋은 말이다. 그러나 가끔 다시 생각해보게 된다. 당사자들에게만 해당되는 말이 아닐까?

언젠가 출장길에 겪은 일이다. 일행과 술을 마시다 머리가 멍해져 먼저 자리에서 일어났다. 어디선가 커피를 마시며 책을 읽고 싶었다. 때마침 골목길 모퉁이에 온화한 불빛의 핸드드립 카페가 보였다. '커피빈' 같은 체인점 정도로도 만족했을 텐데, 이게 웬 행운인가 싶었다.

문을 열고 들어가니 왁자지껄한 소리가 들려왔다. 늦은 시간인데도 카페 안은 거의 차있었다. 그런데 그 손님들이 일제히 나를 바라보더니 갑자기 조용해지는 게 아닌가? 영문을 모른 채 주변을 둘러보았다. 바 앞에 한 자리, 그리고 창가의 4인석이 비어있는 게 보였다. 창가 자리의 의자를 빼서 앉으려는데, 옆자리의 안경 낀 남자가 날 선 눈으로 쳐다보았다. 그런 쪽으로는 예민한 편이어서 물어보았다. "여기 일행분 자리인가요?" 남자는 "아뇨." 하며 시선을 피했다. 나는 자리에 앉았다. 주인이 누구인지 알 수 없었다. 다시 일어나 바에 있는 메뉴판을 들고 왔다. 다른 쪽 소파에 앉은 사람이 고개를 돌려 말했다. "지금 에스프레소 기계는 껐거든요." "영업시간이 끝난 건가요?" 그제서야 반대쪽 낮은 천장 아래서 다른 사람들과 담배를 피우던 사람이 주인인 듯 고개를 내밀었다. "아닙니다. 뭐든 시키세요. 지금 되는 것만요."

카페 안의 사람들이 일제히 웃음을 터뜨렸다. 나는 그제서야 확신했다. 이 사람들은 '카페 가족'들이구나.

가족은 당사자에게만 가족이다. 가족이란 배타성을 지녀서, 낯선 사람이 나타나면 경계한다. 특히 단골들만 자리한다고 암묵적으로 정해진 밤늦은 시간에 뜨내기손님이 들어오면, 매우 곤란해 한다. 단골 중의 하나가 들고 온 와인을 따고, 흘러간 가요라도 틀면서 평소의 분위기와는 다르게 놀아보려는 게 그들의 생각일지도 모른다. 주인도 서빙을 하지 않고, 단골들이 각자 알아서 마시고 싶은 커피를 내려 마시는 게 불문율이다. 그러나 이 모든 여흥의 구도는 이방인 하나 때문에 엉클어진다. 영업시간 안에 들어왔으니 돌려보낼 수도 없고, 눈치 없이 앉아버렸으니 더욱 어쩔 수 없다.

내가 친족처럼 엮여있는 단골 카페의 경우도 마찬가지다. 내게도 그런 카페가 언제든 찾아가고 싶은 장소는 아니다. 어떤 날은 너무 반갑게 인사하고 온갖 일상사를 물어 오는 카페를 일부러 피해 다니는 경우도 있다. 그런 날 내가 카페를 찾는 가장 중요한 이유는, 이 도시에서 완전한 익명으로 혼자만의 시간을 보내고 싶어서다. 개성은 떨어지지만 넓고 쾌적한 카페에서 내가 뭘 하든 누구에게도 주목받지 않고 쓸쓸해지고도 싶은 게다. 가끔은 커피 맛이 나쁘지 않은 패밀리 레스토랑 구석 자리에서 에드워드 호퍼의 그림 〈나이트호크스〉 속 인물과 같은 모습으로 앉아 쌉싸래한 밤공기를 즐기기도 한다.

〈유브 갓 메일〉의 감독 노라 에프론은 말한다. 이 영화의 실질적인 주인공은 서로 정반대의 위치에서 사랑에 빠지는 남녀가 아니라, 뉴욕에서는 찾아보기 힘든 소규모 공동체 마을의 느낌을 지닌 어퍼 웨스트 사이트Upper West Side라는 동네 자체라고. 〈노팅힐〉 역시 그렇다. 너절한 동네 서점 주인이 톱클래스의 할리우드 여배우와 결혼한다는 허무맹랑한 이야기를 담고 있는 이 영화가 그렇게 사랑스럽게 보이는 이유는 무얼까? 런던이라는 대도시 중심에 있으면서도 작은 마을 냄새가 물씬 나는 노팅힐의 풍취 덕분이다. 가족보다 가까운 친구들의 모임이 벌어지는 토니의 망해가는 식당이 그들의 가족 카페다.

나 역시 '길 모퉁이 서점'이나 토니의 식당을 사랑하고 한없이 부러워한다. 그럼에도 나는 단언한다. 살벌한 이 도시의 남녀들에게는 '시골'과 '가족'을 그리워하는 정서만큼이나, 그런 끈적한 것들로부터 한없이 도망가고 싶은 욕망이 있다. 예비군 훈련을 받거나 명절에 친척들을 만나고 돌아오면, 나는 내 몸을 붙잡는 그 근친성과 봉건적 규율을 떨쳐버리기 위해 발악을 한다. 1년에 한두 번 갈까 말까 한 패스트푸드점에 가서 포화지방이 넘치는 버거 세트를 먹고, 시끌벅적한 '스타벅스'나 '커피빈'에 가서 에스프레소 더블을 마셔줘야 정신이 번쩍 든다. 나는 어느 다정한 카페에 앉아 누군가 등 뒤에서 나의 어린 시절 별명을 불러주기를 기대하면서도, 또 다른 카페에 가서 아무에게도 나의 정체와 직업을 들키지 않는 쌀쌀한 도시인으로 앉아있고 싶다. 그런 내 옆자리에는 "미스 김, 집에 가봤자 아무도 없잖아. 내 단골 바에 가서 한잔 더하고 가." 하는 김 과장을 뿌리치고 회식 자리에서 빠져나와, 다

진짜 안방 같은 카페라면
아이들이 뛰어놀아도 좋겠지.
_ 빈의 '크리스마스 마켓 카페'

디단 캐러멜라테가 주는 완전한 해방감을 만끽하는 여인이 있다.

사실상 완전한 익명의 카페도, 완전한 단골 카페도 존재하지 않는다. 서울 혜화로터리에 '스타벅스'가 생긴 직후 나는 그곳 소파 자리를 탐하며 뻔질나게 출입했다. 종업원은 내가 무얼 주문할지, 내가 맡겨둔 쿠폰은 어디 있는지를 아주 잘 알고 있었다. 새로운 메뉴나 자리 배치 같은 문제가 있으면 상의를 해왔고, 기쁘게 대답해주기도 했다. 반면 좌석이 열 개도 안 되는 작은 카페에 가면, 나는 오히려 주인과의 관계를 멀리하며 익명을 유지하려고 애쓴다. 그런 곳에서 대화를 트기 시작하면, 점심을 먹고 가볍게 원고를 쓰러 들어갔다가 주인장의 3대에 걸친 가족사를 들으며 자정을 넘기게 된다.

카페의 단골성과 익명성은 가게의 크기와 구조, 독립 점포인지 체인인지 여부, 주인과 점원의 태도 등 여러 성분의 배합 과정을 통해 발현된다. '스타벅스'를 비롯한 여러 카페 체인도 커피 교실과 지정업소 쿠폰제 등을 통해 단골 관리를 하고, 북 카페처럼 서가를 관리하며 지역 공동체의 사랑방 같은 공간이 되기를 꿈꾸기도 한다. 하지만 도심의 골목마다 벽지의 문양처럼 끝없이 따다 붙인 '스타벅스'와 '커피빈'의 복제물들 속에서 '나의 안방 같은 카페'를 기대할 수 있을까? 골목길의 작고 맛있는 핸드드립 카페 주인이 단골들의 칭찬에 고무되어 '빨리 세계적인 체인을 만들어 이 한국적 카페 문화를 퍼뜨리고 싶다.'는 야심을 내보일 때의 씁쓸함도 그와 통한다.

오랜 친구이자 지금은 영화 일 때문에 갑과 을의 관계가 된 K와 공적인 약속을 잡게 되었다. 내가 강을 건너 신사동으로 찾아간 적이 많으니 이번엔 강북에서 보자고 말했다. "광화문에서 볼까요?" "그럼 청계천 '탐앤탐스'에서 봐요." K는 미국산 쇠고기 수입 관련 시위가 한창일 때 그 카페에 거의 출근하다시피 했다는 이야기를 해주었다. 영화판 사정이 심각하게 힘들어져 할 일을 얻지 못하고 있는 온갖 불량 청춘들을 그곳에서 만나곤 했다고. 도심의 번화가 한가운데, 최대치의 익명성을 보장하는 카페 체인이 동지들로 가득 찬 '혁명적 공동체'가 되었던 것이다.

청계천으로 향해 가는 버스를 타면서 생각했다. K에게 다음에는 광화문 동화면세점 건물 뒤편 골목에 있는 카페 '아모카Amokka'에서 보자고 해야겠다고. 높은 천장과 썰렁한 노출 콘크리트로 도서관 건물의 1층 로비 같아 보이는, 그러나 암스테르담에서 떼왔다는 100년 넘은 문을 비롯한 북유럽적인 아름다움이 곳곳에 스며있는…… 나는 그 카페에서 북유럽에 대한 동경보다는 저 잔인할 정도로 실용적인 네덜란드인의 마음을 느낀다. 인도네시아의 자바를 커피 식민지로 개척하고, 요코하마를 비롯한 세계에 커피 문화를 옮기고, 그렇게 커피 착취의 전형을 만든, 그러면서도 별로 욕을 안 먹는 민족.

내게 '아모카'는 서울 한복판에 자리 잡고 있는 플라잉 더치맨 Flying Dutchman의 바다처럼 여겨진다. 근처 조선일보 편집국에서 '광우병 괴담의 음모'에 대한 기사를 넘기고 온 기자와 촛불시위를 하러 가기 전에 커피로 몸을 덥히려는 다음 아고라 회원이 등을 대고 각자의 고독에 들어가있다. '아모카'는 '멈출 수 없는'이라는 뜻의 덴마크어란다. 나는 K에게 말하고 싶다. 우리의 영화는 '아모카' 같았으면 한다고. 덴마크와 노르웨이 사이의 북해를 떠돌며 영원히 귀향하지 못하는 전설 속 네덜란드인 선장의 짧은 안식처 같은 곳이면 좋겠다고. 영화든 카페든, 친구인지 남남인지 너무 분명하면 재미없다. 어느 편인지 확실히 태도를 취하지 않고 꿈틀대는 게 좋다.

광화문의 '아모카'는 영원히 바다를 떠도는 플라잉 더치맨의 짧은 안식처 같다.

비가 오거나 눈이 오거나
태양이 폭발할 때는
그 자리에
앉아야 한다

정말로 황금 같은 태양이 뜨는 날이 있다. 너무나 제대로여서, 알람이 울지 않아도 평소보다 두 시간이나 일찍 눈이 뜨이는 그런 날 말이다. 이런 날엔 카페에 가야 한다. 물론 태양을 만끽할 수 있는 곳으로.

바로 그런 어느 날이었다. 주섬주섬 가방을 챙기다 깨달았다. 맞아, 그전에 가야 할 데가 있잖아. 언제나 생각만 간절하던 그 카페의 환상적인 모닝 세트! 지금 달려가면 겨우 시간을 맞출 수 있겠다. 부푼 마음에 스쿠터를 타고 질주해 카페 옆 골목에 내팽개친 뒤 주머니에서 5000원짜리 지폐 한 장을 꺼냈다. 카페 문을 여니 카운터 위 시계가 보였다. 3분이나 남았다. 이런, 서둘 필요가 없었잖아. 나는 매사에 무심한 도시의 남자인걸……. 발걸음을 늦추며 숨을 고른 뒤 말했다. "모닝 세트 하나요." 종업원은 눈가에 걸린 장식적인 웃음을 흐트러뜨리지 않고 대답했다. "죄송합니다. 고객님. 모닝 세트는 평일에만 해당되거든요." "오늘 일요일 아니잖아요?" "죄송합니다. 토요일은 주말이라서……." 언제부터 토요일이 평일이 아니었던 거지? 누구 맘대로 주5일제 같은 걸 만들었단 말이야?

황금 같은 태양이 뜨는 평일 한낮, 나는 느지막한 시간에 이글거리는 마음으로 카페로 간다. '그날'에 대한 복수를 위해서다. 가능하면 넓은 창이 있는 곳이 좋다. 강남의 어느 비즈니스 센터 2층에 있는 카페 체인도 적당하다. 커피와 베이글을 주문하고 근처 회사에 다니는 돈 잘 버는 친구들에게 문자를 돌린다. "오랜만이야. 나, 근처 어디어디 카페에 있는데, 날씨 참 좋네." 시소 타는 외환시세 그래프에서 눈을 떼지 못하고 있었을 친구가 정말 깊은 우정으로 짬을 내 답을 보내온다. "너, 죽는다."

한때 카페란 어두컴컴한 지하에 있는 것이 상례였다. 어설픈 칸막이의 밀실에서 우리는 불량한 친구들과 만나고, 불온한 책을 읽고, 불건전한 노래를 부르고, 불만족스러운 스킨십을 나누었다. 그러나 이제는 가능하면 1층, 그보다 위층이라면 적어도 넓은 창이 있는 장소여야 한다. 태양과 계절을 읽을 수 없는 카페는 대체로 실격이다.

아마도 '여행' 때문이리라. 나는 지금도 묵직한 배낭에 헐거운 지갑을 들고 처음 유럽으로 떠나는 젊은 친구들에게 마구마구 질투심을 느낀다. 그들이 인생에서 처음 만날 온갖 즐거움이 천천히 눈앞을 스쳐간다. 무엇보다 파리의 강변, 베니스의 광장, 피렌체의 뒷골목에서 그들이 만날 노천카페의 빈자리가 아련하다. 의자 팔걸이엔 눅눅한 새똥이 묻어있고, 쌀쌀한 습기가 등을 덮쳐오고, 커피는 기대만큼 훌륭하지 않고, 종업원은 노골적으로 팁을 청하지만……. 그래도 거기에는 내가 반드시 앉아야 할 의자가 있을 것 같다.

나와 비슷한 때에 여행을 떠났던 사람들은 서울에 돌아오자마자 카페를 차리고 노천의 로망에 젖어 가게 밖으로 테이블과 의자를 내놓기도 했다. 그러나 지옥 같은 대기오염, 대륙에서 침공해오는 황사, 빵빵거리는 자동차들이 〈아멜리에〉의 환상을 덮었다. 대로변의 자리는 담배쟁이들의 어정쩡한 휴식처가 되었고, 나 같은 사람들에겐 그 혼탁한 공기를 뚫고 실내로 들어갈 용기조차 꺾는 바리케이드가 되었다.

그럼에도 영리한 카페들은 길가로 고개를 내밀 새로운 방법들을 찾아냈다. 혼탁한 대로변을 피해 뒷골목의 옆구리에 살짝 빈틈을 만들고, 커다란 차양으로 가게 전체를 개폐하고, 키 큰 화분으로 초록의 경계를 만들고, 지면에서 반 층 정도 올라간 위치에 옥상 정원과는 다른 느낌의 테라스를 만들어내고 있다.

태양이 죽어버린 날, 카페도 죽어야 하는가? 절대 그렇지 않다. 카페에서 태양을 즐기는 법을 배운 사람들은 당연히 비와 바람과 눈과 폭풍을 즐길 줄 안다.

여름이 질긴 꼬리를 잘라내며 차가운 비를 쏟아내던 날, 나는 친구들과 성곡미술관에 갔다. 일행은 '척 클로스 전'을 보러 들어갔고,

나는 그 앞 카페 '커피스트'에 자리를 잡고 예멘 모카 마타리 한 잔에
기대 비를 구경하기로 했다.

갑작스런 비 때문인지 골목에는 사람도 자동차도 강아지도 자취
를 감추었다. 카페 안에도 세 무리의 사람만 드문드문 자리를 차지하
고 있을 뿐이었다. 대로변 카페였다면 비와 추위를 피해 들어온 사람
들로 북적였을 테지만, 이 정도의 골목은 작정하고 찾아와야 하는 곳
이니 그런 날씨엔 사람이 없는 게 당연한 일이었다.

비가 오는 날, 카페들은 확실히 평소와는 다른 풍경을 만들어낸
다. 카페에 들어오는 사람들은 젖은 우산을 받아줄 통부터 찾는다. 기
다렸다는 듯 깔끔한 디자인의 우산꽂이를 내놓은 곳이 있는 반면, 부
엌에서 쓰는 플라스틱 양동이로 때우는 곳도 있다. 대규모 카페 체인
입구에서는 우산 포장기가 비닐 입을 벌리고 있다. 나는 이게 어쩐지
싫다. 보기에 깔끔하고 우산을 잃어버릴 염려도 줄여주지만, 비닐 쓰
레기를 잔뜩 쏟아내는 것도 마음에 안 들고, 나오면서 축축한 비닐을

비 오는 날의 카페는 뿌연 풍경과 몽실몽실한 커피를 만들어낸다.

벗겨낼 때의 기분도 너무 싫다. 반면 카페를 찾은 사람들의 갖가지 우산이 한 통에 다정히 들어있는 모습은 참 보기 좋다. 뒤늦게 들어온 친구는 자기 우산이 사라질까 봐 걱정스런 표정으로 바라보지만.

　비는 커피의 맛과 향에도 적지 않은 영향을 미친다. 바리스타들로서는 이래저래 신경 쓸 일이 많아지는 날이다. 습도가 높아지니 오래된 원두는 빨리 버릴 각오를 해야 하고, 콩을 갈 때도 굵기를 달리하고 탬퍼tamper의 압력에도 변화를 줘야 한다. 그래도 비 때문에 공기가 움직이지 않아 커피 향기는 더욱 강렬하게 코를 향해 달려든다. 나는 비오는 날엔 예멘 모카 마타리처럼 명료하고 개성 있는 맛이 좋다. 그러고 보니 마타리는 드물게 자연 건조를 통해 만들어지는 커피다. 물로 씻지 않고 과육을 그대로 말린 뒤 벗겨낸다. 마지막까지 태양의 세례를 받던 녀석이 먼 나라에 와서 커피 잔에 담길 때에 이르러 한껏 비를 보게 되는 모습도 아이러니하다.

　앞자리의 사람은 콘탁스 카메라를 들고 창에 맺힌 빗물을 찍기에 여념이 없었다. 나도 새로 카메라나 렌즈를 사면, 비 오는 날 카페 창가에 앉아 초점을 유리에 맞췄다 길 바깥에 맞췄다 하며 광학의 장난을 즐기곤 한다. 재미있는 일은 누가 가르쳐주지 않아도 잘만 배우는 것 같다.

창밖으로 노란 유치원복의 꼬마들이 나타났다. 때마침 검은 자동차가 빗물을 튀기며 그 옆을 지나갔다. 꼬마들은 재미있다는 듯이 첨벙첨벙 물을 밟으며 뛰어갔지만, 아마 내가 저 자리에 있었다면 저 괘씸한 자동차를 끝까지 쫓아갔을 거다.

극심한 기상이변이 일상이 되어가는 시대다. 카페의 유리창은 우리에게 그러한 자연의 변덕까지 비교적 안전하게 즐길 수 있게 해준다. 몇 년 전쯤 혜화역 근처의 베이커리 카페에 있을 때 정말로 굉장한 폭설이 내린 적이 있다. 사람들과 정신없이 이야기를 나누다 보니, 버스가 기어다니지도 못하고 꽁꽁 언 채로 서있는 풍경이 창밖에 펼쳐졌다. 다들 차가 끊어지기 전에 어서 집에 가야겠다고 말은 했지만, 누구도 일어날 기색을 보이지 않았다. 그때 누군가 말했다. "그래도 여기선 당분간 죽을 걱정은 없어 보이는데?" 우리는 깔깔대며 빵과 정수기와 커피 원두 중에서 무엇을 먼저 사수해야할지 논쟁을 벌였다. 카페 주인은 우리의 탐욕스런 눈빛과 미친 듯한 웃음에 겁을 집어먹고 있는 것 같았다. 바로 그런 때, 내려놓고 팔지도 못할 '오늘의 커피'를 들고와 한 잔씩 채워줄 생각을 그는 왜 하지 못하는 걸까? 오늘도 수많은 카페 주인들이 우리 추억의 망막에 너무나 근사한 사람으로 포착될 기회를 놓치고 있다.

저 은행잎이 노랗게 물들면
나는 가로수길 어딘가의
노천카페에 앉아있으리라.

어느새 '커피스트'의 창밖에서는 비가 그치고 있었다. 바리스타가
정성 들여 커피를 내리던 드리퍼를 '이때다!' 하며 들어올릴 때처럼,
청명해진 공기 속에 물방울 두어 개가 투둑 떨어진다. 아직 새파란데
도 바닥에 떨어져버린 나뭇잎들이 눈에 잡혔다.

곧 가을이 왔다. 은행잎은 노랗게 물들기 시작했다. 식상하게도
나는 30년 전 청소년 문집에서 보았던 글귀를 다시 여기에 내놓고 있
다. 더구나 은행잎이 물들 때 내가 가야하는 동네와 카페들을 말하면,
여러분은 더욱 식상하다고 책할 것이다. 그래도 하는 수 없다. 바로 신
사동의 가로수길이다.

지금도 나는 일주일에 한 번은 그 동네에 간다. 스윙 댄스를 추는
바가 근처에 있고, 시나리오를 쓰는 영화사도 멀지 않은 곳에 있고, 친
구들도 그 주변을 오가며 약속을 잡아 부른다. 나는 이곳이 정말로 카
페가 들어서기 좋은 동네라 여기지만, 지금처럼 번쩍번쩍한 카페들이
곳곳에서 튀어나오는 모습은 보아도 보아도 낯설기만 하다.

은행잎이 노랗게 물든 날, 나는 가로수길의 어느 카페—스트라세,

별, 에스프레사멘테 일리, 커피빈, 스타벅스—중의 한 곳에 앉아있을 것이다. '오프 가로수길'이라 불리는 안쪽 골목에도 많은 카페들이 생겨나고 있지만, 나는 가로수길 본류에 접한 카페의 노천 좌석을 고집하리라.

1990년대 중반, 나는 그 부근에서 첫 직장을 다녔다. 사회생활의 흥분은 곧 사그라졌고 따분함이 몰려왔다. 그래도 점심 식사 후 30분 정도의 자투리 시간이나 퇴근길에 걸어볼 수 있는 이 길이 나를 위로해주곤 했다. 당시 가로수길에는 갤러리가 여기저기 숨어있었고, 외국 서적을 취급하는 서점이 두 군데 있었다. 하나는 사진이나 그래픽 관련 서양 책을 들여오는 서점, 다른 하나는 만화를 중심으로 한 일본 책을 들여오는 서점이었다. 당시 외국 만화를 중심으로 처음 글을 기고하기 시작했던 터라, 양쪽 서점을 오가며 눈요기를 하는 때가 많았다. 사실 그런 가게들이 아니라도 이 길이 참 좋았다. 서울 도심에서 보기 힘든 평지의 곧은길, 왕복 2차선의 도로는 아주 한산했고 주변에는 별로 높은 건물이 없었다. 무엇보다 은행나무가 여기만큼 예쁜 곳을 찾기 어려웠다.

은행나무는 공룡이 뛰어다니던 백악기, 그러니까 1억 년 전부터 존속해온 원시의 식물이다. 내게는 가로수길의 나무들이 그만큼이나 오래되어 보인다. 지금 이곳에서 어떤 카페가 문을 여닫고, 가구를 바꾸고, 찻잔을 깨뜨리고, 가격표를 올려달아도 나는 그 모습을 등 뒤에 두고 있다. 내가 향하고 있는 것은 카페 바깥의 길이요, 날씨요, 시간이다. 나는 커피 한잔의 힘을 빌려, 저녁 무렵 그 길을 바쁘게 걸어가는 이십 대 초반의 나를 본다. 양 팔뚝에는 만화책과 사진집이 담긴 봉지를 무겁게 걸고, 한쪽 손끝으로 그중 한 권의 비닐을 힘겹게 벗기며, 다른 나라의 문자를 더듬어 읽어가던 내가 있다.

이곳에 줄지어 들어선 카페 덕분에 내가 들락거리던 가게들은 거의 사라진 것 같다. 그래도 그 카페들의 바깥 자리 덕분에 나는 계절을 즐기고 나만의 시간을 곱씹을 수 있다. 누구든 잡지와 신문과 블로그의 글을 보고 찾아와 가로수길의 카페 자리를 차지할 수는 있지만, 내가 보고 있는 이 길은 볼 수 없다. 그것은 나도 마찬가지다. 나는 당신이 사랑하는 그 카페의 바깥을 당신의 마음으로 볼 수 없다.

어떤 날은 마구마구 카페에 가고 싶어진다. 비가 올 때, 낙엽이 우수수 쏟아질 때, 햇볕이 넘쳐날 때, 구름이 멋진 날, 너무 추운 날……. 모든 날씨는 카페를 부른다. 다시 돌아갈 수 없는 시간이 거기에 있다.

카페 정키
백과사전 축약판

혹시 당신도 카페 정키가 아니십니까?
정말 혹시라도 카페 정키가 되고 싶으십니까? 그렇다면
카페 정키의 소지품과 생활 용어에 대해 알아둘 필요가 있습니다.
다음은 간단한 예입니다.

노트와 펜 카페의 분위기, 음악, 화장실 시설, 종업원의 응대 태도,
커피에 대한 간단한 평을 적는다. 자칫 커피 덕후의 이미지를 풍길 수
있으니, 작고 큐트한 디자인이 좋다.

변장용 모자 카페 정키를 경계하는 주인에게 자신의 정체를 숨기는 데
요긴하게 쓰인다. 이런 노력 때문에 더 눈에 띄기도 하지만.

흡연석(담배 동굴) 담배는 미각과 후각을 둔화시키기 때문에
멀리한다. 카페 정키는 흡연석과 비흡연석의 배치에 민감하다.
영화 〈커피와 담배〉는 좋아한다.

카페 동반령(靈) 혼자 카페에 가면 심심하니까, 데리고 가 테이블에
올려두는 인형류. 카페에 비치되어 있다면 생략.

커피 향 온수 너무 연한 커피를 지칭한다. 썩은 맛이 강하면
커피 향 구정물. 너무 달면 커피 향 설탕물.

노트북 카페를 작업장으로 활용하기에 가장 좋은 물건. 허세를 부리고자
일반 노트북에 애플 스티커를 붙이기도 한다. 2시간 이상 체류 시 콘센트
확보는 필수다. 업주 측은 인테리어를 깔끔하게 하고 카페 정키를 쫓아내기
위해 콘센트 구멍을 막는 경향이 많아졌는데, 램프나 에어컨 등 틈은
있기 마련이다. 긴 연장선과 멀티탭을 들고 다니는 정키들도 있다.

무선 인터넷 카페 장기 체류 시 각종 정보통신과 여흥에 사용한다.
간혹 그 카페의 탐방기를 실시간으로 올릴 수도 있다.

식사 메뉴 장기 체류 시에는 필수. 그러나 지나치게 향이 강한 식사는
금기시한다.

된장녀 소위 된장녀 신드롬을 만들어낸 여인들. 그러나 실체를 확인하기는
어렵다. 가로수길이나 청담동에는 외모는 세간의 된장녀 스타일에 부합되나,
검소하게 '스타벅스'나 '커피빈'을 애용하는 미녀들도 많다.

카페 관광단 주말에 유명 카페에 단체로 몰려와 커피(주로 라테아트)와
다과류(주로 와플)를 시킨 뒤 사진을 찍고 다음 코스로 이동하는 무리.

커피 덕후(커피 오타쿠) 자가 배전焙煎, 핸드드립 카페 위주로
옮겨 다니며 커피 맛을 품평하는 사람들. 원두를 살 때는 직접 콩을 씹어
먹어본다. "반열풍식의 강배전으로 볶은 콩인데 비해 신맛의 결정이
살아있다는……." "프로바트는 역시 장식으로 갖다놓은 듯하다는……."

카페 사진 바로 위 세 부류는 외모, 주문하는 음료, 즐겨 가는 카페
등이 서로 다른데, 특히 사진을 찍는 대상에서 차이가 확연하다. 관광단은
와플 등 화려한 메뉴와 독특한 인테리어 소품을, 덕후는 커피 원두의
미세한 로스팅 빛깔의 차이나 자작 로스팅 머신 등의 기계류를, 된장녀는
멋진 카페 인테리어 속에 있는 자기 자신을 피사체로 삼는다. 카페 정키는
이것들을 다 찍는다.

완소 바리스타 된장녀가 되고 싶어하는 소녀 떼와 영원한 덕후
소년들이 카페를 찾게 되는 이유.

모퉁이를 돌아가면 아프리카, 혹은 세계가 있다

신용산역에서 친구를 만났다. 자주 가는 동네는 아니었다. 친구가 근처 직장에 다니는 또 다른 친구에게서 김장 김치를 얻기로 해서 따라나선 길이었다. 그런 사연으로 우리는 갓 담근 김치 한 포기와 더불어 초겨울의 거리를 걸었다. 어디 카페가 없을까? 친구를 만나기 직전, 나는 그 동네에서 브런치로 유명하다는 어느 카페에 들어갔다가 기름 소스에 절인 듯한 햄버그스테이크로 입맛을 망가뜨린 터였다. 친구에게 아무래도 이 동네는 기대하지 말아야겠다고 말했다. 때마침 버스정류장이 보였고, 가까운 숙명여대 근처로 옮겨 가기로 했다.

애매한 곳에서 내렸다. 용산 전자상가와 효창운동장과 숙명여대를 세 꼭짓점으로 했을 때 그 중간 정도의 지점? 우리는 난생처음 만난 동네를 무작정 걸었다. 그 겨울에 처음 닥친 추위는 더욱 매서웠다. 마음이 앞선 내 발걸음은 종종거렸고, 뒤에 처진 친구는 투덜거렸다. 눈앞의 풍경은 낯설었고, 머릿속의 느낌은 낯익었다. 사실은 낯설기 때문에 낯익었다. 나는 뾰로통해진 친구에게 말했다. "여행 온 것 같아."
그 한마디가 모든 정황을 납득시켰다.

효창운동장 근처에 자리 잡은 카페 '마다가스카르Madagascar'는 그
렇게 여행처럼 만났다. 몹시도 이국적인 그 이름을 나는 혀를 잔뜩 굴
려서 읽어보았다. "마다가스카아아르르르~" 내겐 언제나 낯익고도 낯
선 지명이다. 몇 년 전 베란다 정원에서 매일 새로운 꽃을 피우던 작고
하얀 '일일초'의 영어 이름이 '마다가스카르 페리윙클'이라는 걸 알게
되자, '너 참 멀리서 왔구나' 하며 더욱 알뜰하게 보살피기도 했다. 어
느 신문에 글을 쓰려고 카리브 해에서부터 해적들의 이동로를 그려나
가다 마지막에 도달한 곳이 아프리카 동쪽 인도양의 마다가스카르였
다. 해적들의 마지막 천국.

여행 사진가가 주인인 이 카페는 그런 이국의 느낌이 가득한 곳이
었다. 벽 곳곳에는 아프리카의 아름다운 얼굴, 들판, 나무를 찍은 사진
들이 걸려있었다. 시간의 생채기로 비틀어진 카메라들, 사막에서 오래
밤을 새운 듯한 램프들⋯⋯. 카운터 앞에 세워진 연녹색 자전거에 올
라타 찌르릉찌르릉 건너편에 있는 빨간 전화박스에 다다르면, 그 옛날
누군가에게 못 다한 말을 전할 수 있을 것 같았다. "오랜만이야. 이십
년이 좀 안 되었나? ⋯⋯ 그래, 나도 만나고 싶어. ⋯⋯ 정말 만나러 와
줄 거야? ⋯⋯ 여기가 어디냐고? 마다가스카르야."

스피커에선 밥 말리의 경쾌함에 느릿한 컨트리가 섞인 듯한 국적

'마다가스카르'에서 빵모자를 쓴
흑인 아가씨를 만난 건 순전히 우연이었다.

불명의 음악이 흘러나왔다. 창가의 소파 자리에선 빵모자를 쓴 흑인
아가씨가 조곤조곤 수다를 떨고 있었다. 지금 누군가 서울로 여행을
온다면, 이 카페에 데려가 먼 나라의 이야기를 나누고 싶다.

　카페를 통해 여행의 착각에 빠지기란 어려운 일이 아니다. 일상의
족쇄에 묶여 허덕이는 우리는 가끔씩 짬을 내어 탈출을 꾀하곤 한다.
운이 좋으면 공항으로 향하지만, 점심을 먹고 난 뒤 남은 30분 동안에
는 그럴 여유가 없다. 허겁지겁 주변을 둘러보던 우리는 모퉁이에 있
는 카페를 발견하고 반투명의 유리문을 열고 들어간다. 적도의 고지대
에서 빨간 열매를 따던 사람들이 벽에 걸린 액자 속에서 우리를 반긴
다. 메뉴판 위에는 자메이카, 모카, 자바, 코스타리카와 같은 이국의
지명地名들이 우리의 지명指名을 기다린다. 카페의 주인들은 여기저기
선반에 자신이 여행길에서 모은 물건들을 늘어놓아 우리의 착각을 더
욱 부추긴다. 목구멍을 타고 들어오는 적도의 검은 과실, 커피가 그 모
든 착란에 정점을 찍는다.

유럽의 카페는 그 탄생부터 이런 환상에 기반했다. 프랑스의 태양왕 루이 14세가 오스트리아와 독일을 견제하기 위해 오스만 제국의 대사 솔리만 아가를 맞이했을 때, 국왕은 온갖 호사로운 의상, 장식, 음식으로 그의 기를 죽이려 했다. 눈도 꿈쩍 않던 솔리만은 자신이 임대한 집으로 돌아간 뒤 파리 사교계의 주요 인사들을 초대했다. 페르시아 풍의 분수와 실내 정원을 따라 들어가게 되어있는 저택은 향목 가구와 호사스런 타일 장식을 갖춘 완벽한 아라비아 스타일로 꾸며져있었다. 그 화려함에 눈이 먼 손님들이 의자를 찾지 못해 어리둥절해 하고 있을 때, 솔리만은 그들을 바닥의 쿠션에 기대 앉게 했다. 그리고 검은 시종들이 은쟁반에 마법의 음료인 커피를 담아 내왔다. 이를 흉내 낸 아라비아 풍의 카페가 프랑스 카페의 초창기를 장식했고, 이국적인 분위기는 아직도 세계 여러 카페의 절대적인 장식 요소로 자리 잡고 있다.

사실 여행을 테마로 한 카페는 곳곳에서 어렵지 않게 만날 수 있다. 세계 여러 곳을 여행하는 사람에게는 어느 나라, 어느 마을과 절대적인 사랑에 빠지는 순간이 찾아온다. 그러곤 생각한다. 이곳을 고국으로 가져 갈 수 없을까? 열심히 카메라 셔터를 누르지만 백만분의 일도 담을 수 없다. 기념품 가게를 뒤적거려도 마찬가지다. 이 마을 전체를 통째로 가져 갈 수는 없을까? 불가능하다. 그러나 집 한 채쯤은 가능할지도 모른다.

전주에 있는 '삼사라'는 그 동네 사람들에게는 여권 없이 인도나 동남아시아에 있는 친구의 집을 방문할 수 있는 기회를 주는 곳이다. 어느 일요일, 나와 친구는 그곳으로 통하는 빨간 계단을 걸어 내려갔다. 먼저 들어간 친구의 비명과 함께 강아지가 짖어대는 소리가 들려왔다. 강아지가 친구를 반가워하며 오줌을 지린 것이다. 황망히 사과하는 주인들의 외모에서부터 벌써 인도의 느낌이 전해왔다. 전날에는 외국인들의 파티가 있었다고 했다. 도대체 무슨 파티였을까? 토요일 밤에 찾아오지 않은 걸 후회했다.

잘 꾸며진 입식 테이블이 여럿 있었지만, 우리는 아시아 스타일을 즐기기 위해 신발을 벗고 좌식 바닥으로 올라갔다. 주인은 전기온돌을 틀어주었다. 기묘하면서도 훌륭한 조화였다. 따뜻한 바닥에 엉덩이를 붙이고 메뉴판을 받아들었다.

핸드드립 커피와 블렌딩된 티들이 보였다. 베이직한 커피를 먼저 맛보는 것이 내 카페 순례의 일반적인 방식이지만, 나는 이 여행의 느낌을 한껏 살려보고자 '바그다드 카페'라는 이름의 블렌딩 티를 시켰다. 일행은 오랜만에 베트남 커피를 마셔볼 거라고 했다. 먼저 등장한 바그다드는 아라비아의 사막도, 미국 고속도로 변의 황량함도 느껴지지 않는 적당히 달콤한 차였다. 기대는 베트남 쪽으로 향했다. 바로 그 친구와 베트남을 여행하며 그곳의 달작찌근한 커피에 중독되었던 기억이 떠올랐다.

막상 등장한 것은 베트남 스타일의 은빛 프레스가 아니었다. 친구가 그냥 드립이었냐고 실망의 눈빛을 보냈더니, 주인이 금세 눈치를 챘다. "핀fin으로 내렸더니 커피 가루가 텁텁해서요." 알았다며 커피를 받아 둘이 나눠 마셨다. 구수하고 가벼우며 달콤한 캐러멜 향이 풍기는 걸 보니 베트남 산 원두인 것만은 분명했다. 개성은 있어도 역시 그냥 마시기엔

온갖 여행의 테마로 가득한 서점과 카페.
_ 도쿄 아오야마의 '카페 246'

맛이 조잡했다. 친구 역시 실망한 기색을 내비쳤다. "베트남 커피 같지 않아." 그러곤 내가 생각지 못한 문제를 지적했다. "연유가 빠졌잖아." 친구는 주인을 불렀고, 그는 당황해 하며 바삐 어디론가 달려갔다.

나는 잠시 후 말했다. "멀리 사러 가신 것 같은데?" 주인은 과연 연유를 사러 먼 가게를 다녀왔고, 그 사이에 커피가 식었을 거라며 새로 한 잔을 내려주었다. 우리는 미안한 척하면서도 태연히 받아들었다. 주인은 어쩌면 이렇게 집요하게 베트남 커피를 찾는 손님이 반가웠을지도 모른다.

"역시 이게 베트남 커피!" 나와 친구는 동의했지만 그 디테일은 달랐다. 나는 '약간 태운 숭늉에 우유와 설탕을 부은 듯한 맛'이라고 했고, 친구는 '머그컵에 커피믹스 세 개 넣은 것 같은 맛'이라고 했다. 그렇다고 두 가지를 직접 만들어 시음해볼 생각은 없었다. 베트남 치고는 아랫목이 너무 따뜻해 자꾸만 졸음이 왔다.

'삼사라'나 '마다가스카르'가 세계의 구체적인 어느 한 지점으로 떠나게 하는 여행 카페라면, 도쿄 아오야마의 '카페 246'처럼 세계의 모든 곳으로 떠나고 싶게 만드는 카페도 있다. 그곳에는 좁은 복도를 사이에 두고 한편에는 여행 책 전문 서점이 있고, 반대편에는 여행 테마의 카페가 자리 잡고 있다. 지도, 나침반, 여권 지갑, 우표, 표지판……. 여행의 몽상을 구성하는 요소들이 곳곳에 숨어 가슴을 두근거리게 만든다. 그곳을 거닐면 공항 로비의 카페에 와있는 듯한 착각에 빠져든다.

갈색 소음과
발톱 소파가 있는
작업실

밤 10시를 훌쩍 넘겼다. 다행히 부산대 앞 골목은 사람들로 북적거리고 있었다. 객지에 와서 그 시간부터 숙소에 처박혀있을 걱정에 괴로워하던 나와 일행에겐 구원의 장면이었다. 우리는 조금 더 긴 하루를 보낼 각오를 하고 커피 한잔을 찾아 헤맸다.

이런저런 카페 체인점이 보였다. 자가 배전을 내세운 핸드드립 카페들도 나타났다. 벽 전체에 에스프레소가 만들어지는 과정을 전시하며 커피 맛을 자신하고 나선 카페도 있었다. 다들 '나쁘지 않아' 보였다. 그러나 막상 문을 열고 들어 갔다가는 이내 주춤하며 뒤돌아 나와야 했다. 너무 전형적인 대학가 인기 카페의 풍경이랄까? 규격화된 테이블에 두 쌍씩 나란히 앉아 미팅이나 할 법한……. 대학생을 흉내 내고 싶은 여고생들이 남고생들의 주머니를 털고 있는 그림에 우리의 모습을 더하고 싶지는 않았다.

조금만 더 돌아보자. 그래도 대학가인데 어디엔가 재미있는 카페가 있을 거야. 우리는 마른 침을 삼키며 골목을 헤매 다녔다. 오직 순대만 판다고 자신하는 가게가 있어, 거기서 배나 채울까 하는 생각도 들었다. 그러면 당연히 맥주를 마시고 싶을 거고, 그러면 이 밤이 언제 끝날지 알 수 없고, 내일의 바쁜 여정은 더욱 고되어지겠지?

그때 휴대전화 벨이 울렸다. 매달 원고지 2매 반짜리 영화평을 싣는 잡지사에서 온 전화였다. "저기, 메일 보냈는데 못 받으셨어요?" 뒤통수가 번쩍했다. 부산에 내려오기 전에 잡다한 일은 미리 처리해놓자며, 이 잡지의 원고를 마감일보다 사흘 정도 일찍 보내놓았다. 하지만 편집자는 너무 일찍 받은 탓에 메일을 바로 임시 보관함에 넣었고, 막상 마감이 닥쳤을 때야 메일에 원고가 첨부되지 않은 사실을 발견했던 것이다.

카페가 더욱 간절해졌다. 나는 빨리 무선 인터넷이 되고, 잠시 집중할 수 있고, 꼬르륵거리는 뱃속을 달래줄 수 있는 곳을 찾아야 했다. 원고가 가방 안의 노트북에 들어있다면 그나마 다행이지만, 마지막으로 데스크톱에서 작업하고 난 뒤에 그냥 놔두었다면 다시 씩씩대며 글을 써야 하는 상황이었다. 썼던 원고를 다시 쓰는 일은, 나 같은 저술업자에게는 갔던 군대를 다시 가는 것 다음으로 괴로운 일이다. 정 안 되면 피시방이라도 찾아가면 되겠지만, 객지에 와서 담배 냄새 퀴퀴한 컴퓨터 앞에 앉는 건 도무지 내키지 않았다.

그때 간판이 보였다. 'Kitchen Table Novel'. 부엌과 탁자와 소설? 여긴 뭐하는 데지? 모퉁이를 돌아가는 데 일행이 소리를 질렀다. "고양이다!"

환한 불빛 아래 대학생으로 보이는 사람들이 손에 손에 노트북과 책을 쥐고 빼곡 앉아있었다. 그 한가운데 있는 소파의 등에 고양이 한 마리가 엎드린 채 졸고 있었다. 여긴 어디고, 이 시간에 다들 뭐하는 거지? 아까 보니 학교가 대규모 공사 중이던데, 그래서 도서관을 바깥에서 운영하고 있나? 출입문에 붙은 노란 안내문이 보였다. '12월 8일 ~11일, 24시간 오픈, 단 23시 이후에는 아메리카노만 주문 가능합니다.' 카페인가? 그런데 왜 이때만 밤새도록 영업하는 거지? 눈치 빠른 일행이 말했다. "시험 기간이라서 그런가 봐."

갑갑한 도서관과 집중 안 되는 자취방을 피해, 공부하며 밤을 새우려는 대학생들을 위해 특화된 카페였다. 테이블은 잘 분리되어있고, 무선 인터넷과 멀티탭이 잘 갖추어져있어 노트북 쓰기도 편하고, 2층에는 편안히 기대어 족욕할 수 있는 자리까지 마련되어있었다. 더불어, 밤새 공부하는 자들의 출출함은 듬직한 웨지 포테이토와 클럽 샌드위치가 채워주고, 적적함은 고양이 세 마리와 강아지 한 마리가 위로해주고 있었다. 발톱 자국 가득한 소파 등에서 졸고 있는 고양이의 이름은 '샴푸'였다. 학생들이야 시험 때문에 밤을 새운다지만, 고양이는 웬 고생인가 싶긴 했다.

대학가 카페라고 해서 천편일률적인 북 카페, 친구들과 노닥거리기 위해 들르는 수다 카페, 길게 자리를 늘어놓은 미팅 카페일 필요는 없다. 탁자와 노트북, 밤새 함께해줄 친구……. 자리 차지하려고 마음 보채야 하는 도서관이나 여럿이 같이 공부한답시고 모였다가 술판을 벌이고 마는 하숙집과는 달리, 커피 한잔 값으로 그 모든 걸 채울 수 있는 이런 카페가 요즈음 대학가 카페가 취할 만한 하나의 선택지가 아닐까 싶었다. 그 덕에 나처럼 지나가는 집필 과객은 급히 원고를 보낸 뒤 따뜻한 커피를 마시며 고양이 등을 쓰다듬는 호사를 누릴 수도 있지 않은가.

카페는 오래전부터 독서와 토론의 장소일 뿐만 아니라, 집필과 창작의 산실로 여러 작가와 예술가의 작업장이 되어왔다. 몽파르나스의 '라 클로세리 데 릴라La Closerie des Lilas'에서 스페인 여행을 회상하며 《태양은 또다시 떠오른다》를 쓴 어니스트 헤밍웨이, '니콜슨 카페Nicolson's Café'를 비롯해 에든버러의 여러 카페를 전전하며 해리 포터의 모험담을 만들어 간 조앤 K. 롤링, '스타벅스'를 작업장 삼아 버락 오바마 미국 대통령의 취임 연설문을 쓴 스물일곱 살의 존 파브로……. 오늘도 수많은 소설가, 드라마 작가, 영화감독, 일러스트레이터, 디자이너 들이 카페에서 미래의 걸작을 만들어내고 있을 것이다.

20세기 초를 대표하는 문예평론가 월터 베냐민은 카페에서 집필하는 일을 종합병원의 수술 집도에 비유했다.

> 작가는 자신의 생각을 카페의 대리석 테이블 위에 올려놓는다. 오랫동안 관찰한다. 주문한 음료의 잔이 앞에 놓일 때까지 그 시간을 이용할 수 있으니까. …… 예방을 위해 따라 마신 커피는 생각을 클로로포름 아래 잠기게 한다.

　작가들이 카페를 찾는 이유는 이렇게 고도의 집중을 요하는 공간을 찾기 위해서일 때가 많을 것이다. 쓸데없는 글 나부랭이나 쓴다고 잔소리하는 부인이나 시끄럽게 몰려다니며 총싸움을 하는 아이들을 피해 카페 테이블이라는 수술실을 대여하는 것이다. 하지만 조용하고 고립된, 독서실 분위기의 카페만이 작가의 사랑을 받는 건 아니다.

　홍대 앞의 '커피 볶는 곰다방'에 가면 거의 언제나 좁은 공간에 사람들이 다닥다닥 붙어있는 모습을 볼 수 있다. 그런데 그 산만한 공간 속에서 책과 논문을 꺼내놓은 사람이 적지 않다. 옆자리의 대학생이 정치인의 비리에 대해 성토하고 있을 때, 그 소리를 피하기 위해 더욱 집중하며 자신의 리포트 속으로 빠져드는 것이다. 어떤 이들이 백색소음white noise에 기대어 잠을 청하듯이, 이들은 카페에서 생겨나는 '갈색 소음'의 도움을 받아 글을 쓴다. 어쩌면 갑갑한 방구석에서 혼자 외롭게 논문과 싸우느니, 이렇게라도 바깥에서 사람들의 얼굴을 보는 것이 정신 건강에 도움이 될 거라고 생각하는지 모른다.

밤샘 공부에 찌든 학생들을 위로하는
개와 고양이와 커피.
_ 부산대 앞 '키친 테이블 노블'

　　시나리오 작가나 소설가라면 카페에서 만나는 사람들의 모습이나
테이블 뒤에서 들려오는 대화를 작품의 신선한 소재로 삼을 수 있겠다
는 기대를 하기도 한다. 어느 만화가는 마감에 쫓기는데 스토리가 너
무 안 잡히면, 미친 척하고 홍대 앞 어느 카페에 간다고 한다. 별로 깔
끔하지 않고 여기저기 물건들이 어질러진 모습이 친구의 아틀리에에
찾아간 느낌을 준다고 했다. 정말로 그랬다. 전시장을 겸하고 있었지
만, 걸려있는 그림은 대부분 그리다 만 것 같았다. 청소를 포기한 듯한
어수선함과 행주를 빤 듯 밍밍한 커피 맛도 그곳 분위기에 일조했다.
혹시 이런 극악한 환경에서 한시라도 빨리 벗어나기 위해 작업의 속도
를 높이게 되는 게 아닐까? 그리고 일이 끝나면 곧바로 스트레스를 폭
발시킬 수 있는 술집들이 근처에 있다.

　　나는 4년 전부터 작업실 겸 거주지로 쓰기 위해 'ㄷ'자 모양에 낮
은 복층이 붙은 3차원 테트리스 같은 집에서 살고 있다. 그런데 작업

실만 같이 쓰며 출근하던 친구가 작년 초부터 거의 나오지 않더니, 가을쯤에는 짐을 빼서 나갔다. 나 역시 이제는 거의 작업실에서 일을 하지 않는다. 이게 다 '카페' 때문이다.

한때 나는 이 작업실을 '나와 동료들만의 카페'로 만들 꿈을 가지고 있었다. 여기저기 폐업하는 카페들로부터 탁자와 의자를 사들였고, 컵과 유리잔을 덤으로 얻어냈고, 모카 포트와 드리퍼 등 커피를 즐기는 데 쓸 여러 물건을 세팅했다. 그러나 꿈은 꿈일 뿐이었다. 저 거리의 진짜 카페들은 몇 단계를 거치며 내 작업실이 지닌 능력들을 하나하나 격퇴해갔다.

첫 번째 단계. 나 같은 프리랜서들은 언제나 청탁 전화를 받을 준비를 하고 있어야 한다. 카페에서 커피 한잔 홀짝이다가 내일의 일거리를 놓치는 건 아마추어나 할 짓이다. 그래서 평일 대낮엔 작업실 전화기 옆에서 꼬물거리다가 신문사나 잡지사의 직원들이 퇴근하고 난 뒤에야 카페를 찾아 나서기도 했다. 그런데 휴대전화가 등장했다. 전화국 직원의 지속적인 설득이 아니었다면 작업실의 유선전화는 이미 폐기처분되었을 것이다. 사실 지난번 폭우로 망가진 걸 두 달째 고치지 않고 있다.

두 번째 단계. 카페에서 이런저런 자료를 읽고, 아이디어 스케치를 하고, 노트에 메모하는 것까지는 할 수 있다. 예전의 작가들은 카페에서 집필도 잘만 했을 테지만, 신용카드 결제할 때 이름 쓰는 것 외에는 글자라는 걸 쓸 일이 없는 요즘에는 키보드가 없으면 한 문장도 쓰지 못할 때가 많다. 카페에선 일하는 흉내는 낼 수 있지만, 진짜 일은 작업실 컴퓨터 앞에 앉아서 해야 했던 것이다. 그러나 노트북이 등장했다. 맨해튼의 '스타벅스' 창가 자리에 앉아 게이 포르노를 본 소감을 쓰는 〈섹스 앤 더 시티〉의 캐리가 우리 시대의 작가다.

세 번째 단계. 도서관의 책보다 인터넷의 위키피디아 백과사전에 더욱 의존하게 된 시대. 인터넷이 없으면 자료를 찾을 수 없고, 결정적인 데이터를 확인하지 못해 글을 마무리할 수 없다. 무엇보다, 글을 써놓으면 뭐하나, 이메일로 보내야 일이 끝나는 거지. 한때는 노트북에 꾸역꾸역 쓴 원고를 저장장치에 담아 근처 피시방으로 달려가기도 했다. 그러나 무선 인터넷의 시대가 도래했다. 게임은 끝났다.

우리 시대의 카페들을 표류하며 머물고 기록하는 정키들이 모두 나처럼 저술을 업으로 삼은 것은 아니다. 그러나 그 상당수는 자신의 블로그나 미니홈피나 커뮤니티를 통해, 카페에서 얻은 자신의 생각과 기쁨을 글로 그림으로 사진으로 기록하기 좋아하는 사람들이다. 과학기술은 카페에 앉은 우리 모두를 작가로 만들어줄 준비가 되어있다.

나는 지금 대학로에 있는 '카페 필립스'의 5500원짜리 런치 세트(파스트라미 샌드위치+아스파라거스 수프+콜롬비아 커피)를 먹으며 창가 자리에 있는 콘센트에 노트북 전원 플러그를 꽂은 채 글을 쓰고 있다. 자료를 찾는답시고 인터넷에 들어가 한동안 엉뚱한 짓을 하다가, 캄보디아의 여행자 거리에 있는 라운지 카페에서 블로그에 글과 사진을 올리고 있는 친구를 만났다. 혹시나 싶어 들고 간 노트북과 무선 인터넷을 갖춘 현대적인 카페가 그에게 여행작가의 첫발을 떼게 하고 있었다.

우리 시대의 작가들이
작업실을 떠난 건
비싼 월세 때문만은 아니다.

톡톡톡,
재봉틀이 돌아가는
공방 카페

이른 아침, 영화 〈카르멘〉에 나오는 그 다리를 건너 코르도바로 걸어 들어갔다. 유대인 거리의 타일 정원이 나를 반겼지만 풍경에 취하기엔 속이 허했다. 어디선가 구수한 토스트 향기가 풍겨왔고, 잠시 후 나는 작은 카페에 들어섰다. 주변을 돌아볼 여력도 없이 메뉴판부터 찾았다. 턱에 묻은 빵가루를 털고 카페콘레체로 입을 축일 때에야 발견했다. 내가 팔을 걸치고 있는 탁자가 오래된 재봉틀이라는 사실을.

　문득 그런 생각이 들었다. 정말로 이 세상 어디엔가 '재봉사 카페'라는 게 존재하지 않을까? 이쪽 바에서는 커피를 팔고, 저쪽 테이블에서는 가방에 수를 놓아주고, 메뉴판에는 색색의 실로 새긴 글씨들이 가득하고, 물 잔을 내려놓는 웨이트리스의 팔뚝에서 삐져나온 실 한 오라기 때문에 그녀가 봉제 인형이 아닐까 의심하는……. 나는 오랜 여행으로 어깻죽지 부분이 떨어진 재킷을 의자 팔걸이에 걸어두고 창밖을 바라본다. 제라늄 화분 사이로 샴고양이의 그림자가 지나가고,

찢어진 재킷이 스르륵 사라진다. 잠시 후, 등 뒤로 드륵드륵 소리가 들린다. 커피콩 가는 소리일까? 재봉틀 돌아가는 소리일까? 모르겠다. 다만 내가 알고 있는 것은, 잠시 후 나의 재봉틀 탁자 위에 따뜻한 커피 한잔이 올라올 것이고, 커피 잔의 바닥이 보일 즈음엔 잘 꿰매진 재킷이 새로운 여정을 재촉하리라는 사실이다.

그 후 나는 재봉틀을 지닌 카페를 가끔 만나게 되었다. 재봉틀을 탁자 삼아 커피를 마실 수 있는 곳은 많지 않았지만, 장식용의 빈티지 재봉틀을 보기란 어렵지 않았다. 다만 그 모든 재봉틀이 죽어있다는 게 아쉬웠다. 어린 시절 골방에 있던 오래된 재봉틀이 떠올랐다. 옷가게를 하는 어머니가 간간이 옷 수선용으로 쓰던 것이었는데, 나는 보조 상판을 옆으로 펼친 뒤에 미숫가루 한 잔을 올려놓고 숙제를 하는 책상으로 쓰기도 했다. 책을 읽다 심심하면 쇠로 된 발판을 굴러보기도 했다. 그렇게 살아 움직이는 재봉틀을 지닌 카페는 없을까?

그런 기대마저 희미해질 즈음, 정말로 만나고 말았다. 홍대 앞이었다. 톡톡톡톡, 재봉틀 소리가 노래처럼 울려퍼지는 카페가 있었다. 본업이 카페인지 재봉 공방인지 알 수 없는 그곳에서, 나는 커피를 홀짝이며 주인이 만드는 옷을 흘깃거릴 수 있었다.

요즘 이런저런 겸업 카페를 자주 만난다. 북 카페, 베이커리 카페, 소품 카페 같은 경우는 하위 장르까지 만들 만큼의 세력을 키우고 있다. 홍대 앞의 '토라 비Tora-B', 부산대 앞의 'CCC'처럼 갤러리를 겸하

는 경우도 아주 많다. 모두 다 공간에 특색을 주고, 주인의 취미를 여러 사람에게 자랑할 수 있는 다용도의 카페들이다. 이러한 겸업 카페 중에서 특히 내 흥미를 불러일으키는 것은 작은 작업장, 전시장, 판매장을 겸한 '공방 카페'다.

대학로에서 낙산공원으로 올라가는 뒷골목에 제법 꾸며놓은 카페가 있다. 여름밤에는 창가 자리에 앉아 가벼운 알코올이 든 커피를 마시고 싶게 하는 곳이다. 하지만 거미줄보다 연약한 크레마에 아메리카노보다 향이 없는 에스프레소를 두어 번 마신 뒤로는 다시 찾고 싶지 않은 곳이 되었다. 그런데 그 카페 뒤편에 재미있는 옷가게가 있다. 매번 옆을 지날 때면 장사를 하는지 마는지, 주인은 어수선하게 옷을 정리하거나 무언가를 고치며 바쁘게 움직이고 있다. 그런데도 나와 친구가 들르면 항상 반갑게 맞아준다. 우리는 인사만 하고 지나가려는데 굳이 옷과 가방을 옆으로 치우고 어렵사리 자리를 만든다. 주인은 일본에서 사왔다며 봉지 수프를 나눠주고, 차를 대접한다며 옷걸이 뒤로 돌아 들어간다. 거기에 타일로 된 오래된 세면대가 있다. "원래 이발소였거든요. 이거 보고 반해서, 바로 계약해버렸어요." 수십 년 된 세면대로 만든 간이 주방이라니, 그게 또 그렇게 탐난다. 차라리 여기가 카페였으면 좋겠네.

카페콘레체로 입을 축일 즈음에야 발견했다.
우리의 탁자가 재봉틀이라는 걸.
_스페인 코르도바에서

나는 여행길에 오르면 여기저기 작은 가게를 겸한 공방을 구경하기를 좋아한다. 보통 공방의 앞쪽은 깔끔한 선반에 공예품들을 진열하고 판매하는 곳이다. 그러나 나는 안쪽이 더 궁금하다. 반쯤 열린 문틈으로 어수선한 공방 안을 들여다보며 구경해도 되느냐고 물어본다. 절반 정도의 주인은 어색해하며 문을 열어준다. 커다란 탁자엔 여러 가지 재료가 어지럽게 널려있고, 스탠드를 켜놓고 집중해서 마무리 작업을 하는 장인도 보인다. 주인은 의자와 따뜻한 차 한 잔을 가져다준다. "혹시 방해가 되지 않나요?" "혼자 있는 것보다 심심하지 않아서 좋아요. 천천히 보고 가세요." 이런 공방들이 카페가 되었으면 하는 것은 나의 바람만은 아닌 것 같다. 다음에 찾아가보면, 거의 그 느낌 그대로 카페로 바뀐 곳도 발견하게 된다.

공방 카페는 항상 살아있다는 느낌이 들어서 좋다. 그곳 주인들은 멍하니 앉아 손님을 기다리는 일이 없다. 컵을 씻고 탁자를 정리하는 것은 손님을 대접하기 위한 예외적인 행동이다. 그 밖의 시간에는 언제나 자신의 작업에 열중한다. 나는 느슨함 속에서 친구의 작업실에 놀러온 듯한 기분을 만끽한다. 커피를 마시며 가만히 앉아있으니 갖가지 물건이 시야에 들어온다. 이곳이 보통 공예품 가게였다면 얼핏 보고 지나쳤을 것들이다. "저 가위는 뭐 하는 데 쓰는 거예요?" "저걸 만들려면 며칠이나 걸려요?" 주인의 작업을 방해하지 않는 게 불문율이지만, 가끔 그들은 뭔가 물어봐달라고 눈빛을 보내오기도 한다. 혼자 작업을 하자니 적적하기도 해서 카페를 연 탓이다.

어디에나 실과 바늘과 단추가 놓여있는 패브릭 카페 '스탐티쉬'

부암동 삼거리에 있는 연한 파란색 외양의 카페 '스탐티쉬 Stamm Tisch'. 그곳의 소파 자리에 앉아있으면, 유리창 앞에 바짝 붙어 안을 들여다보는 사람들의 눈길을 느끼지 않을 수 없다. 가끔은 참다못한 어르신들이 문을 벌컥 열고 물어보기도 한다. "여긴 도대체 뭐하는 데요?" 그도 그럴 것이, 한쪽에는 카페처럼 에스프레소 머신과 바와 탁자를 갖추고 있지만, 다른 쪽에는 온갖 천들이 선반 가득 담겨있고 예쁜 단추와 실이 조롱조롱 가격표를 매달고 있는 게다. 막상 안으로 들어온 사람들은 또다시 묻는다. "이 인형들은 얼마예요?" 헝겊으로 만든 특이한 인형들이 줄줄이 늘어서있다. 주인은 웃으며 답한다. "인형은 안 팔아요." "안 팔 걸 왜 내놨어요?" "직접 만드시라고요." 손으로 만드는 일을 좋아하고, 그래서 손님들도 이곳에 와서 손으로 무언가를 만들면 좋겠다는 게 이곳 주인의 바람이다.

공방 카페에서는 주인만 바쁘란 법은 없다. 도예 카페든, 목조각 카페든, 토피어리 카페든 작은 강좌를 만들어 함께 작업을 할 수 있게 한다. 손님들은 꼭 수업 시간이 아니더라도 소소한 일감을 들고 나온다. 같은 취미를 가진 사람들이 모여서 서로 대화할 수 있는 카페란 얼마나 정겨운가?

구경하는 카페도 재미있지만, 함께 놀 수 있는 카페는 좀 더 즐겁다. 베이커리 카페의 케이크 만들기 강좌에 함께하고, 토피어리 모임을 구경하다가 버려진 꽃을 싹쓸이해서 들고 온다. 날씨가 따뜻해지면 내가 제일 좋아하는 걸 하자고 주인을 쿡쿡 찌른다. "공방 물건도 팔 겸 벼룩시장이나 해보세요."

카페의 오만 가지 사용법

카페에서 커피나 마시고 사람이나 만난다고 생각하면 오산. 지금 카페는 갤러리, 서점, 낭독회장, 콘서트홀, 토론장, 공방, 패션쇼장으로 끊임없이 변신하고 있고, 다음의 용도로도 쓰인다.

'루시 앤 마르코스 하우스'의
영어 교실

'브릭레인 스트리트'의
런던 냄새 나는 벼룩시장

'스탐티쉬'의 바느질 교실

'전광수커피하우스 북촌점'의
커피 교실

아예 통째로 빌려 파티 열기!

… 어느 할로윈의 밤, '테이크아웃 드로잉 성북'을 통째로
빌려 파티를 열었다. 제목은 '그림자들의 날'. 나는 친구들과
함께 그림자놀이의 장식을 만들었고, P는 '검은 타자기'로 한 사람만을
위한 글을 써주었고, A는 머리에 도끼를 꽂은 채 마장동에서 가져온
소의 생간을 잘라주었다. 아래층에서는 〈미니 더 무처〉 스타일의
1930년대 고딕풍 재즈에 맞춰 스윙 댄스를 추었다.

북 카페가
낮 뜨거울 때

커피와 가장 친한 친구는 누구일까? 초콜릿과 우유라는 오랜 동반자들이 커피의 양쪽 팔을 하나씩 껴안은 채 눈을 반짝거린다. 이봐, 당신들은 친구라기엔 몸을 너무 섞었잖아. 저기 카페모카 잔 속에서 생크림으로 만든 하얀 이불을 덮은 채 뜨겁게 녹아버린 것도 당신들이잖아. 연인이나 부부 관계라면 모를까……. 내가 물어본 '친구'는 그런 게 아니야. 언제나 함께 있지만, 서로 섞일 일은 없는 존재. 커피에게 그런 친구는 누구일까?

영화로도 만들어진 오랜 중독의 커플, 커피와 담배가 떠오른다. 하지만 흡연자들이 옥상으로, 노천으로, 혹은 '흡연실'이라는 유리로 된 질식 상자 속으로 쫓겨나고 있는 세태로 볼 때 썩 들어맞지 않는 것 같다. 나의 답은 바로 책이다. 피아노 카페, 장난감 카페를 만나기란 쉽지 않다. 그러나 '북 카페' 간판은 동네마다 하나씩은 있다.

북 카페는 얼핏 카페의 이상에 닿아있는 것 같다. 약용이 아닌 음용의 커피가 널리 퍼진 것은, 예멘의 수도사들이 잠을 쫓아내고 공부에 열중하는 데 그것을 활용하면서부터의 일이다. 와인이 사람들 속의 디오니소스를 불러내 흥분시킨 뒤에 잠에 빠지게 한다면, 커피는 그들 속의 아폴론을 불러내 냉철한 이성의 시간을 지속할 수 있게 도와주었다. 커피 광신으로 유명한 발자크의 예를 들지 않더라도, 이 각성의 음료가 오랫동안 책을 읽고 글을 쓰는 사람들의 친구가 되어왔음은 자명하다. 카페 역시 책을 가까이 하는 사람들의 모임 장소로서 크게 성장했다. 헤밍웨이와 피츠제럴드가 만나던 파리의 '라 쿠폴'을 상상해봐도 좋다. 세기말 빈Wien의 문학 카페에서 독서대에 꽂힌 신문을 돌려 읽으며 논쟁을 벌이던 지식인들도 부럽다.

그럼에도 나는 북 카페라고 하면 의심부터 한다. 그 감정은 대략 이런 것이다. 누군가 자기소개서의 취미란에 '독서'라는 글자를 써놓았을 때. 사실 요즘의 세태에서는 자신 있게 독서를 취미라고 말하는 사람을 만나기도 어렵다. 그래서 반갑기도 하다. 그러나 독서 행위는 단순한 '취미'를 넘어선 보편적 '생활'이어야 한다는 내 편견이 어쩔 수 없는 위화감을 만들어낸다. 우리는 당연히 책을 읽어야 하고, 카페는 특별한 경우가 아니면 당연히 북 카페여야 한다.

의심은 반복된 실망을 통해 단단해졌다. 솔직히 '북 카페'는 이런저런 테마 카페의 콘셉트 중에서 가장 흔하고 가장 느슨하다. '커피는 장사꾼이 파는 거지만, 나는 책과 함께 문화를 판다.' 나는 이 순수한 주장 앞에 도사린 함정을 본다. 북 카페 간판을 내건 카페 안에는 주인 장의 집에서 그대로 옮겨온 듯, 편안하지만 낯 뜨거운 책들이 꽂힌 서 가가 들어선 경우가 적지 않다. 예전 어느 문인에게 "만화는 쓰레기가 많지 않나요?"라는 도발적인 질문을 들은 적 있다. 부정하지 않았다. "그래요. 모든 만화의 칠십 퍼센트는 쓰레기죠. 모든 책의 칠십 퍼센트 도 그렇고요." 나는 북 카페라는 간판을 내걸고 싸구려 처세술, 사이비 종교 서적, 심지어 학습지까지 꽂아두는 자신감에 당혹한다. 책의 옥 석 가리기에 무신경한 주인이 원두 통에서 결점두를 골라내고, 기한이 지나 시큼해진 콩을 갖다버릴 거라고는 생각하기 힘들다.

사실 내게 가장 확실한 북 카페는 정독도서관 근처의 모든 카페들 이다. 서울에서 몇 안 되는 제대로 된 도서관에서 마음에 드는 책 두세 권을 빌린 뒤, '베네'나 '연두'나 '커피 팩토리'를 찾아가 책과 커피를 함께 사랑하는 즐거움을 무엇에 비할까? 햇살이 너무 좋을 때는 텀블 러에 커피를 담아 도서관 앞 낡은 벤치에 기댄 채 오래된 활자들을 소 리 내어 읽는다. 그렇게 활짝 열린 목구멍과 콧구멍은 예전에 느끼지 못한 커피 향을 빨아들이기도 한다.

가끔은, 아니 매우 자주 나는 그런 즐거움을 놓치는 실수를 저지른 다. 책을 반납해야 할 날짜를 놓쳐 다음 책을 빌릴 수 없다든지, 깜빡 잊 고 빌린 책을 가져오지 않는다든지, 하필이면 도서관 정기 휴관일에 찾 아온다든지. 어느 날엔가는 그런 나를 자책하며 정독도서관에서 삼청동으로 뻗어있는 샛길을 무작정 걸어갔다. 그 길에는 나를 유혹하는 카페가 한둘이 아니었지만, 모두 소용없었다. 나는 정말 딱 한 시간만 커피와 책을 함께 즐기고 싶었던 거다. 그래서인지 그때 '북 카페' 라는 간판이 그렇게 또렷이 보일 수가 없었다. 삼청동의 카페 '내 서재' 다.

사실 예전에 주변을 지나면서 그 카페 안을 두어 번 들여다본 적은 있었다. 그러나 앞서 말했듯이 북 카페에 대한 내 편견 때문에 오히려 쉽게 지나쳤던 것 같다. 또 다른 필연에 의해 다시 찾은 그 장소에는 뜻밖에도 신선한 책이 잔뜩 꽂혀있었다. 보통의 북 카페가 주인장이 소장하고 있던 책을 진열하는 정도에 그친다면, 이곳은 매번 새로운 책으로 부지런히 물갈이를 하는 곳인 듯했다. 성균관대 도서관에서 기회를 놓쳐 못 빌린 리처드 도킨스의 《만들어진 신》을 꺼내 들고 조용히 체류에 들어갔다.

카페의 맛이란, 특히 북 카페의 맛이란 적어도 30분은 체류해야 서서히 빠져들 수 있다. '내 서재'에는 정말 작정하고 책을 읽으러 온 사람이 적지 않았다. 책꽂이 앞에는 한 사람씩 앉아 조용히 책에만 빠져들 수 있는 자리가 있었고, 실제로 그렇게 책을 읽는 사람들이 그쪽에 앉아있었다. 다정히 손을 잡고 들어온 커플이 그 자리에 나란히 앉더니, 그때부터 온전한 서로의 시간을 허락하고 각자 자신의 책과 커피에 빠져들었다.

사실 북 카페에 있어서 읽을 만한 책이 많이 있는 것만큼이나 중요한 조건들이 있다. 잡담이 가능한 자리가 없어 조용하고, 클래식 등

서현역 옆 교보문고 안에 자리 잡은 '에스프레사멘테 일리'

독서를 방해하지 않는 음악이 은은하게 흐르고, 물론 맛있는 커피가 맑은 정신을 유지할 수 있게 도와주어야 한다. 그리고 간과하기 쉬운 점은, 책을 읽을 수 있도록 충분히 밝아야 한다는 사실이다. 요즘 카페들을 보면 저녁에 와인과 식사를 겸업하면서 일부러 조도를 낮추는 경우가 많다. 낮 시간엔 넓은 창을 통해 들어오는 햇빛으로 쾌적하게 책을 읽거나 개인 작업을 할 수 있지만, 겨울이면 일찌감치 자리를 떠야하는 곳들이다. 그런 식으로 장기 체류자들을 쫓아내고 좌석 회전을 빠르게 하는 게 목적이라면, 그 주인장은 성공한 셈이다.

　반면에 정작 서가에 꽂힌 책은 몇 권 없지만, 바로 그 의자에 앉아 책을 읽고 싶어 견딜 수 없게 만드는 자리들도 있다. 도쿄 키치조지의 카페 '요코미'에 들어선 순간, 나는 중학생 때 읽은 어느 유럽 소설 속 한 소년의 다락방에 들어온 듯한 착각에 빠졌다. 퇴색한 빈티지 나무 의자와 책상, 어슴푸레 들어오는 햇빛을 보완해주는 친절한 간접 조명, 숨어있나 싶을 정도로 시선에 걸리지 않는 주인…… 친구들이 바깥에

달콤한 케이크 한 조각에
쌉쌀한 폴 오스터의 문장을 곁들일 수 있는 '미카야'.

서 공을 차자고 졸라대지만, 오늘 안에 이 책을 다 읽겠다며 책상에 매달려있는 소년만이 그 자리에 앉을 자격이 있었다.

카페는 도서관이 아니다. 그러니 무작정 많은 책을 꽂아두려는 욕심 자체가 무리다. 원두의 블렌딩처럼 북 카페의 책 역시 무조건적인 다채로움보다는 분명한 포인트가 있는 게 좋다고 생각한다. 그래서 때론 어떤 서점보다도 또렷한 전문 서가를 갖춘 카페들에 압도당하고 싶다. 특정 출판사의 그래픽 서적만 모아둔 대학로의 '타센', 여러 종류의 라이프스타일 매거진을 만날 수 있는 홍대 앞의 '위Oui', 직접 만드는 잡지 등 일본 로하스LOHAS 계열의 하위문화 서적들이 보기 좋게 꽂혀있는 산울림소극장 1층의 '수카라' 등이 나를 책에 빠지게 하는 장소다.

북 카페의 책이라고 무조건 무게 잡는 것일 필요는 없다. 카페에 앉아있는 짧은 시간에 읽을 수 없는 책이라면 감질만 날 수 있다. 영미권에는 '커피 테이블 북coffee table book' 이라는 말이 있다. 사진, 그림, 만화

서가에 가득한 미술, 사진 서적들이
단골들의 직업을 알려주는 카페 '이리'.

책 등 커피 테이블에서 가볍게 읽고 내려놓는 책이라는 뜻이다. 책의 장이 잘게 나뉘어있어, 눈에 들어오는 부분만 살짝 읽고 그쳐도 괜찮은 책들이기도 하다. 결국 이런 책들이 카페에 가장 어울리는 책이 아닐까?

예전에 어느 잡지에서 나를 인터뷰하며 책꽂이를 같이 촬영하고 싶다고 전화를 걸어왔다. 고개를 돌려 책들을 보고는 곧바로 대답했다. "싫은데요." 책을 좋아하는 사람이 자신의 책꽂이를 드러내는 일은, 자신의 속살을 보이는 것처럼 부끄러운 일이다. 내 작업실에 놀러왔다가 책 하나하나를 들춰보는 친구가 있어 발로 차서 쫓아낸 적도 있다. 나의 취향을 들키는 게 두려운 일은 아니다. 내 책꽂이에는 내가 직접 사지 않았지만 출판사에서 선물로 보내준 책이나, 제대로 씹어 비평하기 위해 장만한 책, 지인이 사인까지 해서 전해주었지만 절대 읽고 싶지 않은 책들도 꽂혀있다는 점이 문제다.

북 카페란 어떤 의미에서는 주인장의 서재를 과감히 선보이는 장소다. 주인의 취향과 관심을 한눈에 들여다볼 수 있다. 예전에 아주 훌륭한 컬렉션을 갖춘 어느 카페의 서가 귀퉁이에 이상한 실용서가 꽂혀

▲ 정독도서관에서 책을 빌린 뒤 들르는 '베네'.
◀ 책과 커피의 색다른 블렌딩. 도쿄 롯폰기힐스 앞의 '스타벅스' +츠타야 서점.

있는 걸 보았다. '아니 이런 책도 읽는 사람이었어?' 슬쩍 들여다보았더니 어느 단골이 그 카페를 좋아해서 기증한다는 사인이 적혀있었다. 그 순간 주인장이 내 쪽을 보며 안절부절못하고 있는 시선이 느껴졌다. '그건 절대 내 취향이 아니에요. 그렇지만 갖다버릴 수는 없잖아요.' 이렇게 말하고 있는 듯했다.

내가 메뉴판을 들여다볼 때 무슨 커피를 고를 건지 궁금해하는 주인처럼, 내가 책꽂이 쪽으로 다가가면 과연 이 손님이 무슨 책을 뽑을 건지 곁눈질하는 주인이 있다. 정말로 자신이 즐겨 읽은 책에 대해 함께 이야기하고 싶어 북 카페를 차린 사람이다. 그 주인이 하드보일드 소설 광이라서, 내가 서가 구석에서 눈을 반짝이며 책 하나를 꺼낼 때 그 저자인 레이먼드 챈들러에 대해 말하고 싶어 입술을 달싹거리는 모습을 볼 수 있다면 정말 좋겠다. 오래된 삼중당문고를 꺼내 몇 년도에 나온 것인지 확인하고, "혹시 중학생 때 이 책을 읽으셨나요?" 하고 물어보고 싶기도 하다.

달리는 자들은
잠시 머물러
황금빛 오일을
채우라

겨우내 차고의 먼지 속에 침몰해있던 나의 스쿠터 '찬찬'을 발굴해냈다. 뽀얀 먼지로 덮인 안장에는 두 마리의 고양이가 탱고를 춘 듯 발자국이 어지러이 찍혀있었다. 시동 단추는 혼절 상태로, 아무리 눌러도 피식피식 헛숨만 새어나왔다. 수동으로 몇 번이나 차고 나서야 겨우 기진맥진한 엔진 소리를 내뱉었다. 처음엔 달릴 수 있는지만 확인해볼 생각이었다. 곧이어 기름통이 비었다는 표시인 노란 불빛이 깜빡였고, 난 주유소까지만 가보기로 했다.

찬찬이 혜화로터리의 주유소에서 기름을 꿀꺽꿀꺽 들이키고 있을 때, 나는 그 한편에 있는 빈 매장을 보며 마른 침을 삼켜야만 했다. 예전 그 가게에는 '혜화동 커피집'이라는 간판이 붙어있었다. 너무나 썰렁한 간판이어서, 매일 그 앞을 지나면서도 그저 여기저기 주유소에서 그러듯 유행 따라 만든 싸구려 카페쯤으로 여겼다. 출근길 운전자가 몇 만 원 이상 주유하면 멀건 아메리칸 커피 한 잔을 서비스하는…….

자동차와 자전거가 만나 커피를 주고받는다. _ 도쿄 나카메구로

지나치다 가격표도 보았다. 1000원. 훗, 그러면 그렇지.

서울에서 가장 저렴하면서도 마실 만한 에스프레소를, 나는 그렇게 놓치고 있었던 거다. 알고 보니 '혜화동 커피집'은 커피전문가 이정기 씨의 '명동 커피집'에서 직영하는 가게였다. 똑같은 원두를 똑같은 방식으로 제공하면서도, 장소가 궁색하고 테이크아웃밖에 되지 않는다는 이유로 1000원에 내놓고 있었다. 나는 그동안의 외면을 부끄러워하며 틈만 나면 그 앞에 서서 에스프레소 한잔을 홀짝거렸다. 주유소의 기름 냄새로 머리가 아프긴 했지만, 그 정도는 감내할 만했다. 심지어 쿠키를 공짜로 주는 때도 있었다. "이러면 얼마나 남겠어요? 가게 문 닫으면 안 되는데……." 입이 보살이라 했던가? 얼마 가지 않아 정말 문을 닫아버렸다.

스쿠터에 기름이 탱탱하니 찬 김에 충무로에 가보기로 했다. 바이크 가게에서 몇 가지 정비를 받았다. "오일도 좀 주세요." "어떤 걸로 드려요?" "순정으로요." 이탈리아에서 온 이 녀석은 이제 수입이 안 되어 부속도 갈 수 없는 주제에 오일은 비싼 것을 마신다. 네가 아니라 내게 오일이 필요하단다. 내 뱃속에 찌릿한 커피 한잔이 들어가줘야겠어. 어설픈 희석액이 아니라 순정의 황금빛 오일이.

1960년대 유럽, 특히 영국의 장거리 도로에는 기름 먹인 머리에 검정 재킷을 입은 모터사이클 족이 넘쳐났다. 이들은 로큰롤 음악에 심취해 '로커스Rockers'라고 불렸지만, '카페 레이서Cafe Racer'라는 별명도 가지고 있었다. 언제나 도로 곳곳에 세워진 카페를 거점으로 움직였기 때문이다. 그들은 한 시간 안에 100마일 거리의 카페에 먼저 도달하는 경주를 하거나, 주크박스의 노래 한 곡이 끝나기 전에 목적지에 갔다가 돌아오는 '레코드 레이싱'을 즐기곤 했다.

왜 카페였을까? 왜 이 폭주족들은 기네스 맥주병을 입에 꽂는 대신 커피와 입을 맞추었을까? 죽기는 싫었던 거다. 아무리 불법을 일삼는 건달이라도 알코올보다는 커피로 목을 축이는 게 훨씬 현명하다는 사실 정도는 알았던 거지. 아라비아의 로렌스라면 모를까, 오토바이 사고로 죽어봤자 아무도 기억해주지 않을 테니까.

이 빡빡한 도시에서 50시시도 안 되는 스쿠터로 폭주를 흉내 낼 생각은 없다. 다만 엔진이 가냘픈 만큼 더욱 자주 쉬게 해줘야 하고, 그만큼 징검다리가 될 카페는 가까이 있어야 한다. 요즘 곳곳의 카페 앞에 스쿠터들이 사이좋게 서있는 모습을 자주 보게 되는 것도, 이 도시에 새로운 카페 레이서들이 태어나기 때문이 아닐까 싶다.

나는 찬찬을 끌고 나와 집으로 방향을 잡았다. 골골거리는 소음이 조금씩 잦아졌다. 혜화로터리에 다시 돌아왔을 때, 봄의 햇살은 더욱 찬란해지고 있었다. 나는 그대로 카페 레이싱을 하기로 했다. 찬찬의 한계치인 50분 내에 달려갈 수 있는 카페에 가서, 커피 한잔을 마시고 한 시간 정도 쉰 뒤 다시 달리는 징검다리 레이싱이다.

성북동 골목에서 스쿠터가 세워져있는 카페를 본 기억이 나 그쪽으로 먼저 향했다. 그전에 갔을 때도 그랬지만 또다시 문을 닫고 있었다. 스쿠터도 없는 것으로 보아 주인이 나처럼 카페 레이싱이라도 나선 듯했다. 곧바로 핸들을 틀어, 만만한 단골 카페 '테이크아웃 드로잉 성북'에 도달했다. 커다란 목욕탕 건물의 1층인데, 앞뒤로 넓은 주차장이 있고, 그중 아무 데나 스쿠터를 세워두어도 별말 않는 게 참 마음에 든다. '발레파킹' 표시가 요란한 청담동의 카페를 찾았다가 스쿠터라고 홀대받은 기억에 대한 반발심 때문이기도 하다. 창밖으로 서울성곽이 예쁜 스카이라인을 만들고 있었다. 그곳이 아니면 볼 수 없는 풍경이었다.

이어 북악 스카이웨이를 넘어가기로 했다. 예전에 이륜차는 이 길을 통과할 수 없었다. 하지만 이제는 밤만 되면 바이크 족의 야간 집회 장소가 되고 있다. 할리 데이비슨은 그들끼리, 철가방 바이크들은 그들끼리, 산악자전거 족은 또 그들끼리 이 언덕길을 즐긴다. 노쇠한 찬찬은 그 언덕을 낑낑대며 올랐다. 꼭대기의 팔각정에서 잠시 쉬며 강북의 풍경을 즐긴 뒤에 편안한 내리막길을 활강했다. 스카이웨이의 끄트머리에 '클럽 에스프레소'와 '스탐티쉬'가 사이좋게 마주보고 앉아있었다. '단골들을 위한 좌석'이라는 뜻의 '스탐티쉬'에서 가장 편안한 자리인 창가의 소파를 혼자 독차지하고 몸을 녹였다. 그제서야 스카이웨이가 고지대라 제법 쌀쌀했다는 사실을 깨달았다. 이 동네에 오면 찬찬은 보통 굴다리 밑에 두는데, 그날은 그냥 건너편 '클럽 에스프레소'의 화단 사이에 다른 바이크와 나란히 세워두었다.

자하문터널 윗길을 내려가니 바로 청와대로 통하는 길이 나왔다. 그대로 삼청동 쪽으로 가서 다음 레이싱 포인트를 골라볼까 하다가, 검문하는 경찰의 모습이 보이자 슬그머니 오른쪽으로 핸들을 틀었다. 찬찬의 머플러가 제 상태가 아니라 덜덜거리는 소리가 크게 났는데, 그런 걸로 꼬투리 잡히고 싶지 않았다. 생각해보니 운전면허를 따고 찬찬을 산 첫날 바로 이 길을 달렸다. 그때 검문 경찰이 스쿠터를 잡고 이것저것 꼬치꼬치 캐물었던 기억이 났다. "이거 몇 시시예요? 어느 나라 거예요? 얼마죠?" 사실 그냥 호기심에 물어본 거였고, 너무 높게 향해있던 찬찬의 전조등을 바로잡아주기도 했다. 하지만 잔소리는 듣기 싫다. 그게 스쿠터의 마음이다. 에스프레소의 마음이다. 둘의 고향인 이탈리아의 마음이다. 무슨 상관관계인지 따져 묻지 마라(혹시 궁금하면 유튜브에서 브루노 보제토가 만든 〈유럽인과 이탈리아인의 차이〉라는 애니메이션을 찾아보라. 힌트를 얻을 수 있을 것이다.).

통인동 쪽의 몇몇 카페가 머릿속에 들어왔지만 골목길을 구불구불 돌아서 청와대 앞 연무관 옆으로 들어갔다. 묘하게 넓은 주차장이 나오고, 그 뒤에 카페 '숲'이 다정한 불빛을 내비쳤다. 인테리어가 좋은 카페는 어쨌든 주인의 능력으로 만들어낸다. 그러나 근사하고 느낌 좋은 아웃테리어는 오랜 답사나 행운의 결과물이다. 그런 면에서 이 카페의 주인은 운이 좋았다. 어느덧 어스름이 밀려오고 있었다. 봄이 었지만 아직 해는 짧았고 저녁 공기는 여전히 쌀쌀했다. 나는 손에 입 김을 불며 서둘러 가게 안으로 들어갔다.

카페 '숲'은 그 이름처럼 초록의 이미지가 가득한 카페다. 생기발 랄한 화분과 꽃을 함께 파는 일종의 가드닝 카페랄까? 주인은 내 헬멧 을 보고 말했다. "바이크 타고 오셨나 봐요." 나 역시 카페 앞에 다른 스 쿠터가 서있는 모습을 보았다. 스쿠터 마니아끼리 만나면 제법 수다를 떨게 되지만, 나는 이야기를 피했다. 이 초록의 카페 '숲'에서 내 바이 크 이야기를 꺼내긴 부끄러웠다. 대기오염의 주범이라며 유럽에서 쫓겨 난 이륜 기동의 엔진인데, 지금은 더욱 상태가 안 좋아졌다. 하지만 찬 찬에 처음 올라타며 '20년은 타줄게'라고 했던 약속도 무시할 수는 없 다. 자원 낭비를 막는 것과 대기오염을 줄이는 것, 어느 쪽이 더 중요한 일일까? 물론 내게는 작은 스쿠터를 타고 서울 곳곳의 카페를 찾아다니 며 커피 한잔을 마시는 쾌락이 제일 중요하다. 나의 찬찬이 아니었다면, 이런 골목길의 카페를 마음 편히 들락거리지는 못했으리라.

다시 밖으로 나와 스쿠터 안장 밑 트렁크에 있는 장갑을 꺼냈다. 찬찬을 처음 타기 시작한 해에 홍콩에서 5000원 정도 주고 산 녀석으 로 기억한다. 하늘색 헬멧의 귀 부분을 벌려 머리에 씌웠다. 헬멧도 장 갑도 10년 가까이 '찬찬'과 한 세트로 움직이고 있다. 독립문 위 고가 를 지나, 이화여대 후문 쪽으로 넘어갔다. 대학로에 있던 '데미타스' 가 이쪽으로 옮겨왔다가 지금은 사라졌다.

카페 앞에 세워진 모터바이크를 보면 친근도가 급상승!
_ 도쿄 다이칸야마의 '미스터 프렌들리'

어느 날인가 홍대에서 대학로로 넘어가다가 무지막지한 폭우를 만난 적이 있었다. 찬찬은 부르르 떨면서 습식 냉각을 즐기며 신을 냈지만, 나는 수평으로 날아와 얼굴을 때려대는 빗줄기의 폭격을 견딜 수 없었다. 그때 '데미타스'가 보였다. 하얀 웨이터 복을 입은 종업원과 주인 아저씨가 비바람 속에서 간판을 손보고 있는 듯했다. 나는 핸들을 꺾어 카페 앞으로 갔다. 아저씨는 반갑게 맞으며 따뜻한 수건과 아주아주 따뜻한 수프를 품에 안겨주었다. 역시 스쿠터와 커피가 없었다면, 지상에 존재하지 않았을 순간이다.

연세대 안으로 들어가 저녁 무렵의 교정을 구경하다가 신촌로터리를 지나 산울림소극장 앞으로 갔다. 그곳 1층의 '수카라'도 끌리기는 했지만, 옛 철로변 길을 따라 '위'로 가기로 했다. 이 밝고 귀여운 카페 앞쪽에는 다른 건물 주차장 앞의 묘하게 튀어나온 공간이 있어 스쿠터를 세워두기에 좋다. '위'에서 간단한 요깃거리와 커피로 속을 채우며 창밖을 내다보았다.

나의 카페 레이싱 코스에 들어오는 카페들의 공통점이 떠올랐다. 대중교통으로 가기엔 애매한 위치에 있고, 스쿠터를 세워두기에 적당한 장소가 있고, 1층에 자리 잡고 있어 창을 통해 언제나 찬찬의 위치를 확인할 수 있고, 나쁘지 않은 커피 한잔과 아늑한 분위기로 편안히 쉬다 갈 수 있는 곳이다.

다음은 어디로 갈까? 상수동 쪽에 있는 스쿠터 카페는 어떨까? 스쿠터를 세워두고 커피 한잔을 마시며 온갖 스쿠터 장비를 구경하고 새로운 제품의 카탈로그도 구경할 수 있는 곳. 거기야말로 스쿠터 카페 레이서의 전용 카페가 아닐까? 하지만 찬찬에 대한 죄책감이 되살아났다. 어느 겨울 신문사의 송년회에서 그 카페의 운영을 겸하고 있는 스쿠터 잡지의 발행인을 만났는데, 스쿠터를 1년 동안 공짜로 시승하면서 잡지에 스쿠터 일기를 연재하는 프로젝트에 대해 듣게 되었다. 나는 당장 시켜달라며 나의 스쿠터 예찬론을 늘어놓았다. 그리고 그날 밤에 어떤 스쿠터가 좋을까 열을 내며 온갖 자료를 찾아다녔다. 하지만 막상 발행인으로부터 메일이 왔을 때는 가슴이 뜨끔해졌다. 이렇게 다른 스쿠터를 타기 시작하면, 찬찬은 점점 먼지 구덩이 속에 묻히지 않을까? 20년 동안 타겠다는 약속은 어떻게 하지?

밤이 많이 깊었다. 나는 천천히 집으로 돌아가기로 했다. 가다가 눈에 띄는 카페가 있으면 한 군데 더 들러볼 수도 있겠지. 정동길에 있는 벌레 그림의 카페가 될까? 청계천 변의 어느 카페가 될까?

그 전에 홍대 앞을 지나 '호호미욜'에 들러, 가게 안의 폭스바겐 캠퍼에게 인사만 하고 가기로 했다. 나는 그 자동차를 보면 도쿄의 지유가오카와 나카메구로 같은 데서 만난 자동차 카페들이 떠오른다. 캠핑카, 밴 등을 개조해 주방을 만들고 커피를 파는 작은 카페들. 따뜻한 햇살 아래 자전거를 타고 와 커피를 사 가는 사람들. 정말로 그 자동차들이 영화 〈스테이션 에이전트〉에서 카페콘레체를 팔던 녀석처럼 길을 달리는 모습은 보지 못했지만, 그들 주인 역시 카페 레이서처럼 커피와 카페를 사랑하지만 한군데 머무르고 싶지 않은 사람들이 아닐까?

스쿠터는 저들끼리, 할리 데이비슨은 저들끼리, 장거리 트럭은 또 그들끼리 어울려 쉴 카페를 원한다. 편안한 의자, 따뜻한 식사, 무엇보다 한 잔의 강렬한 커피 덕분에 더욱 먼 길을 떠날 수 있다. 언젠가 정말로 사랑할 수밖에 없는 장소에 닿으면, 그들 스스로 카페가 되어버릴지도 모른다.

바다가 보이는
기차 너머엔
빨간 커피 강아지

"바다가 보이는 기차라니까!" 너무 서둘러 가는 게 아니냐는 친구를 떠밀어
기차에 태웠다. 금세 자리는 따뜻해졌고 친구는 잠이 들었다. 기차는 지나는 모든
역에 서려는 듯, 덜덜거리며 아주 천천히 달렸다. 나는 가끔씩 창밖을 보았다.
바다는 커녕 야트막한 산만 이어질 뿐이었다. 나도 조금씩 졸음 속에 젖어들었다.
나도 모르게 거짓말을 해버렸나?

바다가 등장했다. 목적지인 해운대역에 거의 다 와서였다. 우리는 반대쪽
창으로 옮겨 오후의 해를 등진 채 바다를 바라보았다. 해운대 쪽에서 출발하지
않아 다행이었다. 처음 보는 것보다, 마지막에 보는 게 훨씬 낫다. 나는 용서받았다.

친구는 물어물어 바닷가에 있는 안내소를 찾아갔다. 웬만하면 그냥 걸어가도
될 것 같은데, 지도를 꼭 챙겨야겠다는 거다. 바닷가의 잘 정비된 길을 따라,
호텔 건물들 사이의 '스타벅스'와 '홀리스'를 지나, 미포 건널목에 도달했다.
바다에서 가장 가까운 건널목이라나? 지도를 찾느라 보낸 시간 동안 사위는
어둑어둑해졌다. 내 카메라의 렌즈로는 멀리 흐릿하게 보이는 것이 바다인지
하늘인지 안개인지도 알 수 없게 되었다. 다시 가파른 경사로를 따라 올라갔다.
가방은 자꾸만 무거워졌다. 아까 기차를 타고 오면서 본 바닷가의 풍경들이
다시 나타났다. 해는 거의 떨어졌다. '해오라비'에 도착했다.

하얀 계단을 올라가니, 바깥 정원에서 커다란 개가 마구 반겼다. 우리는
식어가는 땀에 몸을 떨며 안으로 들어갔다. 프로바트 로스팅 머신과 원두 포대와
커피의 몽상을 자아내는 갖가지 도구들이 어두운 갈색의 카페 안을 채우고 있었다.
그제서야 심한 피로감이 몰려왔다. 기차와 바닷가와 언덕과…… 떨어져가는 해에
대한 아쉬움이 새삼 떠올랐다.

치즈 케이크로 위벽을 바르고 융 드립으로 내린 진한 모카 마타리와
브라질 피베리를 그 위에 끼얹었을 때였나?

빨간 모자를 쓴 꼬마가 나타났다. 발랄하게 뛰어노는 강아지 녀석. 여주인이
다가와 '코나'라는 이름을 가르쳐주었다. "커피 이름이네요." 코나가 우리와
놀아주는 동안, 주인은 안으로 들어가 수줍음 많은 '모카'를 데리고 나왔다.
녀석은 무서워하며 이내 안으로 뛰어 들어갔다. 코나도 어느새 다른 테이블로
달려간 뒤였다. 반 잔의 피베리만이 내 앞에 남았다.

_ 부산 달맞이길의 '해오라비'에서

커피는
익어간다

지구를
지지고
볶고
구워 마신다

일과 놀이로, 도쿄는 내가 가장 자주 만나온 외국 도시다. 도쿄 '시市'가 아니라 도쿄 '도都'이니만큼 넓기도 무척 넓다. 어느 동네에 숙소를 정하느냐에 따라 여행의 풍경이 달라진다. 그리고 그 풍경 사이사이에 개성 있는 카페들이 숨은그림찾기하듯 박혀있다. 가뜩이나 빡빡한 일정을 더욱 잘게 쪼개야만 한다.

그해 늦가을의 숙소는 우에노 지역의 현대식 료칸旅館이었다. 후루야 미노루의 만화 《크레이지 군단》을 보면, 시골에서 기차를 타고 무작정 상경한 소년들이 우에노 공원 부근을 배회하는 모습이 보인다. 도쿄 치고는 꽤나 후락한, 그래서 옛 풍경이 많이 남아있는 곳이다. 나의 숙소는 우에노 중심에서도 좀 떨어진, 와세다에서 출발하는 촌스러운 토덴 아라카와센都電荒川線 전차의 종착지 부근이었다. 엉금엉금 기어가는 전차만으로도 복고풍의 도쿄를 여행하는 재미가 쏠쏠하지만, 다시 거기서 지역 버스인 '메구린'을 갈아타면 더욱 흥미진진한 동네들로 들어가게 된다. 이 버스는 도쿄의 대표적 전통 관광지인 아사쿠사淺草 신사 지역으로도 가는데, 신사 앞에 길게 늘어선 노점은 서양인이나 신기해할 풍경이다. 나는 옛 서민 마을인 시타마치下町의 모습이 살아있다는 야나카谷中의 시장 골목으로 향했다.

야나카는 메이지 시대 초기의 건물까지 남아있을 정도로 예스러운 지역이지만, 손때 묻은 감각을 좋아하는 젊은 아티스트들의 손길로 다시금 새롭게 태어나고 있는 동네다. 당연히 신구의 취향을 대변하는 카페들이 곳곳에 자리하고 있다. 고양이 장식품이 가득한 '란포亂步'는 고양이 애호가에게도, 추리소설가 에도가와 란포의 팬에게도 지나칠 수 없는 곳이다. 양쪽에 강한 소속감을 지니고 있는 나였지만, 가는 날이 휴일인 건 어쩔 수 없었다. 시장 쪽으로 털레털레 걸어가 전통 빵 하나를 사 먹고 커피를 그리는 수밖에.

그때 피할 수 없을 정도로 고소하고 달콤한 향기가 소매를 잡아끌었다. 커피콩 볶는 냄새였다. 근처에 로스팅 카페라도 있는 걸까? 나는 캔 따는 소리를 들은 고양이처럼 발을 재촉했다. '야나카 가배점やなか珈琲店'이라는 간판. 그리고 안쪽으로 갖가지 커피 생두가 든 나무 상자와 포대, 뜨거운 김을 뿜으며 돌아가는 로스터가 보였다. 커피를 마시는 카페가 아니라, 커피콩을 구워서 팔기만 하는 커피 방앗간이었다. 30종 이상의 단종과 블렌드 원두를, 작게는 100그램부터 주문해서 바로 구워갈 수 있었다. 미리 구워둔 원두를 파는 카페들은 많이 보았지만, 이렇게 직접 고른 생두를 바로 구워갈 수 있는 곳은 처음 만났다. 가격도 100그램에 500

'야나카 가배점'에서는
30종 이상의 커피 생두를 골라
즉석에서 구워갈 수 있다.

엔 정도로, 당시 환율과 시세로 볼 때 서울의 절반 가격에 불과했다.

　나는 당장 프리미엄 블렌드를 비롯해 몇 종의 콩을 골랐다. 점원은 작은 삽으로 포대 안의 생두를 푼 뒤 무게를 달아 확인시켜주었다. 구운 커피콩은 처음보다 10~20퍼센트 정도 중량이 줄어든다는 설명도 잊지 않았다. 여덟 단계의 로스팅 정도를 직접 선택할 수 있다는 것도 흥미로웠다. 커피에 빠진 사람들은 대부분 '자신만의 블렌드'를 만드는 것이 꿈인데, 가정집에서 커피를 볶는다는 건 보통 까다로운 일이 아니다. 그러나 이런 커피 방앗간을 이용하면 '수마트라 만델링 다크 로스트 30퍼센트+예멘 모카 마타리 시나몬 로스트 20퍼센트+브라질 미디엄 로스트 45퍼센트+비밀의 절대원두 5퍼센트=M의 크리스마스 블렌드'가 가능해지는 것이다. '야나카 가배점'은 내가 찾아간 가게에서 처음 태어나 도쿄 시내에 10여 군데의 지점을 두고 있었다. 돌아오는 비행기 안에서 나는 내내 안타까워했다. 서울에는 왜 이런 가게가 없는 거야?

　누가 없대? 야나카에서 구워온 커피콩을 거의 다 갈아 마셔버렸을 때쯤 그런 곳을 찾아냈다. 친한 디자이너가 어느 갤러리 카페의 안쪽 방을 작업실로 얻어 쓰는 대신 거기서 발행하는 신문을 디자인해주고 있었는데, 그 신문에 카페의 원두를 블렌딩해 볶아주는 커피 방앗간에 대한 기사가 실려있었다.

　이상하게도 새로 사냥하는 가게들을 찾아갈 때는 날씨가 갑자기 차가워지거나 비가 오거나 한다. 제법 쌀쌀해진 바람을 맞으며 버스를 두어 번 갈아타고 대흥역 근처로 향했다. 작은 곳이라 찾기 힘들 줄 알았는데, 예상 외로 독특한 모습이 금세 눈에 들어왔다. 요즘은 참 보기 어려운 유리 미닫이문과 커피 애호가만이 이해할 수 있는 글자들이 우리를 반겼다.

서울에서 처음 만나는 커피 방앗간 '빈스 서울'의 문을 열었다. 순간 방앗간이라기보다는 쌀집이라는 느낌이 훅 하고 밀려들었다. 여기저기 생두를 담은 포대와 바구니가 보이고, 이름과 가격을 적어놓은 푯말이 각각 꽂혀있었다. 손 글씨 푯말은 여러 카페에서 만날 수 있지만, 흔한 소녀풍이 아니라 연륜이 담긴 글씨체라 쌀집의 냄새를 더욱 강하게 만들었다. 벽에는 커피 원두가 자라나는 곳을 알려주는 세계지도, 커피에 관련된 여러 기사, 사진 들이 다닥다닥 붙어있었다. 정감 가는 천 커튼 너머로는 가정집의 살림살이가 엿보이는, 정돈되지 않은 느낌이 오히려 살아있는 기분을 전해주는 곳이었다.

주인장과 가볍게 인사를 나누고, '에티오피아 모카 하라 롱베리'를 비롯해 두어 종의 생두를 구워달라고 했다. 로스터를 직접 보고 싶었지만, 주인장이 커피를 굽는 방은 안쪽에 있었다. 그의 등 너머로 슬쩍 보이는 로스터는 아주 작은 크기였고, 직화의 냄새가 강하게 올라왔다. 직접 만든 로스터 같았다. 커피는 마실 수 없는 곳이라고 들었지만, 주인장은 커피콩이 구워지는 동안 나와 친구에게 커피를 한 잔씩 만들어주었다. 미니어처 모카 포트와 테이블 세트가 보이기에, 모카 포트로 내린 커피의 맛에 대해 두런두런 이야기를 나누었다. 곧 따끈하게 구워진 커피콩이 우리 손에 쥐어졌다. 바로 내려 마시는 것보다는 하루 정도 맛을 들이는 게 좋다는 이야기를 새겨듣고 유리문을 밀고 나왔다. 동네마다 이렇게 작은 커피 방앗간이 하나씩 생겨나면 어떨까 생각하며, 빗속으로 아쉬운 발걸음을 옮겼다.

'빈스 서울'에 다녀온 얼마 뒤, 친구가 홍대 주차장 골목 뒤 카페 거리에 '빈스 메이드'라는 로스팅 전문점이 문을 열었다는 소식을 전해주었다. 휘파람을 불며 달려갔다.

동네가 동네인지라 전통적인 로스팅 하우스의 쌀집이나 방앗간 분위기와는 달리 아주 산뜻한 모습을 하고 있었다. 구석구석 미니멀하지만 세련된 분위기를 풍기고 있었고, 은색으로 빛나는 로스팅 머신도 각진 테두리로 도회적인 미모를 자랑했다. 예쁘게 볶아진 콩들이 투명한 상자 안에서 기름기를 잘잘 흘리며 군침을 돌게 만들었다. 파는 원두는 모두 시음할 수 있다고 해서 고르기에 들어갔다. 그런데 가는 날이 장날이라더니, 구청에서 누군가 온다고 잠시만 기다려달라는 것이다. 커피 '콩'이 아니라 커피 '음료'를 판다고 오해를 하면 영업 허가가 달라서 곤란하다나? 역시 카페와 방앗간은 법적으로도 차이가 있구나 싶었다.

온다는 공무원은 안 오고, 시간만 흘러갔다. 다음 약속이 있었던 터라 시음은 다음에 하고, 콩만 볶아가려고 했다. 그런데 여기에 중요한 오해가 있었다. 내가 고른 특정 원두를 주문한 대로 구워주는 게 아

니라, 대량으로 미리 볶아둔 원두만을 사갈 수 있다는 것이었다. 원하는 정도로 소량을 로스팅해주는 줄 알았다니까, 그런 식으로 파는 가게가 있다는 이야기는 금시초문이라고 했다. 나는 다음을 기약하고 일단 철수하기로 했다.

손님이 원하는 대로 특정의 강도로 소량의 커피콩을 구워주는 가게, 전문가에 의해 대량으로 적정한 강도로 커피콩을 구워두는 가게. 어느 쪽이 더 커피 방앗간의 이상에 맞는지는 모르겠다. 나의 의견은 둘 다 아주 많았으면 좋겠다는 거다. 내가 굳이 소리 높여 외치지 않아도, 이미 전국에는 전문적으로 생두를 볶아 파는 방앗간들이 속속 생겨나고 있다. 울산의 '빈스톡', 대구의 '빈스투고'는 이미 지역은 물론 전국적인 명성을 얻고 있는 전통의 로스팅 하우스들이다.

2000년대 초반만 하더라도 나와 카페 정키 친구들은 '일리'나 '라바짜' 깡통 하나만 있어도 보름이 뿌듯했다. 정평 있는 회사가 보장하는 최적의 블렌딩에 확실한 밀폐 포장. 그보다 나은 에스프레소 원두를 찾을 수 있을까 싶었다. 카페를 찾을 때도 이런 브랜드가 주는 신뢰

대흥동의 로스팅 하우스 '빈스 서울'은
정겨운 쌀집 느낌이 난다.

감은 적지 않았다.

나는 못됐다. 여기저기 로스팅 하우스를 오가며, 커피 깡통에 대한
나의 신뢰를 깡통처럼 차버렸다. 커피라는 음료가 생두를 갖가지 방법
으로 구워 먹는 것이라는 사실은 관념으로 알고 있었지만, 매번 전혀
다른 맛을 만들어낸다는 걸 실제로 확인하는 놀라움은 적지 않았다. 복
숭아 맛 가루 주스(인스턴트커피)를 마시다가, 복숭아 통조림(캔에 든 커
피 원두)을 먹다가, 방금 딴 진짜 복숭아(커피 방앗간에서 구워온 원두)를
입에 무니 알게 되었다. 커피는 더 신선할수록, 먹기 직전에 조리할수
록 좋다. 코스트코 커피 원두 깡통에 적혀있는 'best before 200X' 따위
의 글자는 말장난이다. 구워서 2주 안에 마시지 않으면, 아무리 제대로
보관해도 산패酸敗하여 엉망이 된다. 삼청동의 '빈스 빈스'는 원두를
팔 때 기한이 거의 다 된 원두를 덤으로 건네주며 자신들이 구운 콩의
유통기한을 지켜나간다는 사실을 똑똑히 보여준다.

커피콩만 볶아 파는 방앗간이 아니라도, 자가 로스팅의 카페들이
부쩍 늘었다. 나는 똑같은 원두라도 어떤 방식으로, 얼마나 오래 볶느
냐에 따라 팔색조처럼 다채로운 맛이 나타난다는 사실도 알게 되었다.
그 맛은 로스터리의 스타일에 따라 더욱 다양해진다. 직화로 확 태워

로스팅 머신에서
커피가 익어가는 모습을 보는 것도
색다른 재미다. _ 빈스 메이드

버린 듯하지만 탄 맛의 개성이 더 살아나는 경우도 있고, 시나몬 로스
팅의 엷은 듯 서늘하게 침투하는 맛을 제대로 만들어내는 곳도 있다.
'칼디'의 숯불 배전이나 버터로 구워 캐러멜 향이 나는 베트남 식 로
스팅의 개성도 재미있다.

매년 연말이면 '서울 카페쇼'가 열린다. 〈커피프린스 1호점〉의 인
기를 등에 업은 바리스타 선발대회, 캡슐 형 등 한층 다양해진 에스프
레소 머신, '티라덴티스'를 앞세운 브라질 원두……. 모두 달콤한 하이
라이트를 기대하며 얼굴을 내밀고 있다. 그런데 최근의 쇼에서 가장
주목받은 주인공은 의외의 모습이었다. 커피 볶는 데는 자기가 최고라
고 뽐을 내는 각국의 로스터 기계들이 거뭇거뭇한 얼굴로 후끈한 열기
를 뿜어내며 사람들을 불러 모으고 있었다.

최근 새로 얼굴을 내민 카페 중에는 '자가 배전'이라며 스스로 콩
을 볶는다는 자부심을 내세운 곳이 많다. 여기저기에서 불쑥 나타나는
카페 안에는 각국의 로스터가 들어서있고, 정오 무렵이면 커피콩 굽는
연기가 진동한다. 바리스타들은 자신이 원하는 커피의 진수에 한걸음
더 다가가고, 우리는 기계와 볶는 방법에 따라 변화무쌍해지는 커피의
다채로움을 즐길 수 있게 되었다.

이론적으로는 그렇다. 그러나 나는 이렇게 폭발적으로 늘어나는 자가 로스팅 카페들이 달갑지만은 않다. 커피콩을 굽는 일은 커피 맛을 만드는 과정에서 개인의 역량에 따라 가장 다양한 결과를 만들어내는 부분인 것 같다. 그만큼 욕심이 나는 부분이지만, 오랜 시간의 정진과 시행착오 역시 불가피하다. 그러나 지금 마구잡이로 들어서고 있는 자가 배전의 카페 주인들이 얼마만큼의 경험과 완성도를 갖추고 있는지 의심스러울 때가 적지 않다. 같은 로스터리의 같은 콩인데도 맛이 일정하지 않을 때가 부지기수고, 풋내 나는 원두를 팔아대는 등 최소한의 양심을 저버리는 일도 일어난다. 물론 바리스타로서는 원두를 직접 구우며 그 맛을 찾아가는 것만큼 훌륭한 수련법이 없다. 고가의 기계를 사서 힘겹고 까다로운 로스팅 과정을 직접 수행하며 자신만의 커피를 찾아가는 모습에 박수를 쳐주고도 싶다. 하지만 설익은 아마추어의 꿈을 위해 손님들에게 자신의 연습 과정을 감내할 것을 요구한다면 곤란하지 않나?

물론 개개 카페들의 질은 다르다. 짧은 경험에도 훌륭한 실력과 열정을 갖추고, 신선한 커피를 만들어내는 로스팅 카페도 있을 터. 그러나 소위 '업계'의 상황을 전해 들으면 걱정이 앞설 수밖에 없다. 이런 자가 배전의 핸드드립 카페를 내는 사람들 중 많은 수가 '창업'을 목적으로 수백만 원대의 강의료를 지불하며 6개월 정도의 로스터리, 바리스타 과정을 통과한 이들이다. 그리고 그 과정에서의 투자를 빨리 회수하려는 마음에 곧바로 가게를 열고 적정한 수련 기간 없이 자신의 실험을 손님들에게 선보인다. 이런 종류의 카페를 처음 방문한 손님에게는 박수와 칭찬을 받을지 모른다. 난생처음 나무에서 딴 복숭아를 먹은 사람이니까. 그러나 여러 개의 복숭아를 먹어보게 되면, 자신이 아주 아끼던 가게에서 사실은 설익거나 떫거나 썩은 복숭아를 팔고 있었다는 사실을 깨닫고 실망하지 않을까?

나는 카페 정키로서 그저 맛있는 가게들을 찾아다닌다. 그리고 그 한구석에 로스팅 머신이 있으면 반가운 마음에 가까이 다가가 구경할 것이다. 염가의 터키산 기계에서부터 '로스터의 벤츠'로 알려진 '프로바트 엘5 Probat L5'까지, 로스팅 기계를 탐닉하는 여행도 즐겁다. 가장 기쁠 때는 별다를 바 없는 머신을 쓰고 있는데도, 아주 색다르고 흥미로운 커피를 내놓는 가게를 만나는 경우다.

커피를 사랑하고 커피에 빠지는 사람은 직접 내려보고, 직접 뽑아보고, 그리고 직접 구워보고 싶어한다. 철인 28호나 자이언트 로보 같은 거대한 로스터가 다투고 있는 '서울 카페쇼'의 한편에는 깡통 로봇처럼 소박하지만 기발한 생김새의 자작 로스터를 선보이는 동호회 전시회가 있었다. 나 역시 작은 로스팅 수망과 한 줌의 샘플 생두를 들고 집으로 돌아가며 생애 처음 원두를 구워볼 꿈에 젖었다. 마침 동네로 접어드니 백인 남자가 러닝셔츠 바람으로 골목에 나와 프라이팬에 구운 커피 원두를 바람에 식히고 있었다.

원두를 따라가는
적도 세계 여행

우리는 벌처럼 날아다닌다. 부웅~ 부웅~ 이 카페에서 저 카페로, 이 커피에서 저 커피로……. 그러면서 사실 지구 위를 날아다니는 셈이다. 커피 한잔은 우리를 수많은 곳으로 데려다준다. 에티오피아에서 홍해를 건너 예멘으로, 다시 남쪽의 킬리만자로를 끼고 케냐로, 이어 대서양을 건너 카리브 해로, 그 아래 브라질의 붉은 흙을 마시고, 태평양을 건너 자바의 운하를 맴돌다, 인도의 몬순을 맞고 다시 예멘으로 돌아간다. 멀다면 멀고, 단순하다면 단순한 루트다. 우리는 지구의 볼록 나온 배, 북회귀선과 남회귀선 사이, 해발고도 800~2000미터, 이 벨트 위를 날아다니고 있다. 대부분의 커피는 거기에서만 자라니까. 이미 우리는 커피를 통해 많은 나라를 여행했다. 하지만, 이제 좀 더 섬세하게 그 나라들을 느껴보자. 지금부터라도 내가 마시는 커피가 지구상 어디에서 날아왔는지, 내가 마셔보지 못한 나라는 어디인지, 기록해보는 건 어떨까?

에티오피아 아라비카 커피의 고향. 카페인이 별로 없고 신맛(산미)과 꽃의 향이 어우러진 이르가체페를 쉽게 만날 수 있다.

케냐 바로 케냐 AA를 떠올릴 정도로 엄격한 등급제로 원두를 판단할 수 있게 한다. 뛰어난 산미와 감칠맛으로 블렌딩의 포인트로 쓰이는 경우도 많다.

예멘 전통적인 방식으로 경작되기에 질의 차이가 크다. 그러나 모카 하라, 모카 시다모 등에서 다크 초콜릿의 향을 만나는 기쁨을 버리기는 아깝다.

인도 역사적으로 이른 시기부터 커피가 재배되기 시작했지만, 병충해 등으로 많은 곡절을 겪었다. 로부스타 위주의 저품질 커피가 많다. 인공적으로 발효시킨 몬순 커피의 맛이 재미있다.

베트남 세계 커피 생산국 순위상 가장 급성장하고 있는 나라. 전통적으로 로부스타의 경작이 흔하지만, 싼 가격의 아라비카도 맛볼 수 있다.

인도네시아 독특한 쓴맛의 수마트라와 신선한 풀 맛이 느껴지는 자바 등을 만날 수 있다.

하와이 최상급 원두인 코나는 이름만으로도 커피 애호가의 가슴을 설레게 한다.

과테말라 그늘에서 경작되어 풍성한 풍미를 가진 원두들이 많다. 안티구아는 독특한 훈연 향에 여러 가지 맛이 다채롭게 배합되어있다.

콜롬비아 당나귀와 콧수염 농부 캐릭터로 유명하다. 슈프리모는 독특한 짙은 맛으로 정평이 나있다.

코스타리카 맛과 향이 균형 잡힌 타라수, 투르농 등이 유명하다.

자메이카 블루마운틴은 세계 최고의 품질을 지닌 원두로 손꼽힌다. 최고라는 건 부드러우면서 모든 맛을 갖추고 있다는 뜻이다.

브라질 전체적으로 균형 잡힌 맛의 대명사. 각종 블렌드의 베이스로 많이 쓰인다.

찰리의
커피 농장에서는
새들이 뛰논다

"**꼭 커피 공장으로 가달라고 하셔야 돼요.**" 강릉 근처에 있는 카페 '테라로사'를 찾아간다고 했더니, 먼저 다녀온 지인이 일러주었다. 그냥 '테라로사'라고 하면 시내에 있는 카페 분점으로 데려가기도 하니, 꼭 '테라로사 공장'이라고 말하라는 것이었다.

고속버스 터미널에서 올라탄 택시는 금세 방향을 알 수 없는 곳으로 달려가기 시작했다. 카페가 있을 만한 도회지와도 멀고, 분위기 좋은 경포대 바닷가 쪽도 아니고, 펜션이 늘어선 휴양지와도 인연이 없어 보이는 시골길을 곡예하듯 달려갔다. 공장, 공장……. 내 머리 속에는 영화 〈찰리와 초콜릿 공장〉에 나올 법한 커피 공장이 떠올랐다.

빨간 옷을 입은 난쟁이 원주민이 다람쥐를 채찍질해 커피 열매를 나르면, 컨베이어 옆에 웅크리고 있는 고양이가 꿀꺽 삼킨 뒤에 껍질을 벗겨내 배설하고, 하얀 옷의 난쟁이가 그 위에 올라가 동글동글 공을 굴리듯 춤추며 나쁜 콩을 골라내고, 거대한 파이프 속으로 쑤욱 빨려 들어간 원두는 검은 연기를 내는 난로 속에서 이글이글 구워지고, 이어 나팔 소리와 함께 커피를 실은 기차가 튀어나와 나선형의 철도를 따라 내려온다.

공상이 제법 무르익었을 즈음 택시는 한적한 시골길에 우리를 내려주었다. 여기가 공장? 연기를 뿜어내는 굴뚝도, 우악스러운 컨베이어도 없었다. 회백색의 공장이 아니라, 진초록의 농장이었다. 마당 여기저기를 채우고 있는 커피 묘목, 온실 안에 보이는 더 큰 커피나무들, 그 사이사이의 하얀 테이블……. '찰리의 커피 공장'으로 가는 황금의 초대장을 얻은 우리는 영국식 가드닝 카페에 들어서고 있었다.

'테라로사terra rossa'는 브라질의 커피 농원을 만들어내는 붉은 화산재의 땅을 뜻한다. 나는 왜 그 이름에서 흙냄새를 맡지 못했을까?

자판기에서 덜컥 하고 튀어나오는 갈색의 액체, 알록달록한 비닐 봉지 안에 또 다른 비닐로 포장된 인스턴트 커피믹스, 스테인리스 깡통 속에 밀봉된 가루 원두, 칙칙대며 김을 뿜어내는 커피 머신……. 오래전의 나는 커피라는 것을 공장에서 만들어지는 '공산품'의 이미지로 강하게 인식하고 있었던 것 같다.

컵 안에 든 검은 액체는 자신의 역사를 가지고 있다. 뜨거운 물을 맞기 전의 가루, 잘게 갈기 전의 갈색 콩, 굽기 전의 초록색 콩, 말려서 벗기기 전 과육에 둘러싸인 빨간 열매, 열매가 맺기 전 초록색 잎 사이로 돋아난 재스민과 닮은 하얀 꽃……. 커피의 내력을 거슬러 올라가면서 나는 커피를 둘러싼 '공장'의 이미지를 조금씩 벗겨냈다. 커피는 아주 특별한 과일일 뿐이다.

스스로 커피 공장이라 칭하는 '테라로사'에서, 나는 역설적으로 커피가 얼마나 생명력 넘치는 식물인지를 깨닫게 되었다.

높은 천장의 어둑한 카페 본체는 '공장'의 이미지가 강했다. 여기저기 도장이 찍힌 누런 포대가 보이고, 육중한 로스터가 돌아가며 연기를 뿜어냈다. 온갖 종류의 그라인더와 옛 시절의 무지막지한 로스터도 보였다. 커피콩의 무게를 재는 데 쓰는 거대한 저울에선 육중한 노동의 냄새가 배어나왔다.

공장은 공장이되, 산업화된 공장이 아니라 장인의 손길이 곳곳에 스며든 수공업장이었다. 로스터리 머신은 후지 로얄 제품으로, 한 대는 한창 열을 내며 커피를 굽고 있었다. 작은 유리창으로 계피색으로 변해가는 원두의 모습이 보였다. 그리고 다른 한 대 앞에서는 한 남자가 열심히 생두를 고르고 있었다. 파르란 생두는 곡물의 이미지를 강하게 풍겼다. 검게 구워지기 이전에는 제각각의 크기와 모양이 더욱 선명하게 보였다. 옆에 늘어선 포대들을 엿보면 세계 각국에서 날아온 커피 원두가 얼마나 개성 있는 생김새를 하고 있는지 알 수 있다. 이런 것들은 공장에서 찍어낼 수 없다.

공장의 왼쪽 귀퉁이에 바가 있었고, 나는 일행과 함께 그 앞을 지나 왼쪽으로 돌아 나갔다. 거기에선 전혀 다른 세계가 우리를 기다리고 있었다. 투명한 유리 아래 흰 테이블 몇 개가 옹기종기 앉아있었고,

가을이 거의 끝나가는데도 풍성한 햇살 아래 초록의 커피 묘목들이 한 껏 뽐을 내며 자라나고 있었다. 우리의 자리는 정해졌다. '공장'이 아 니라 '농장'이었다.

종업원이 메뉴판을 가져왔다. 우리는 세 종류의 커피를 마셔볼 수 있다는 테이스팅 코스를 원했다. 바에 자리가 없어 잠시 기다려야 한다 는 말에, 배를 채우며 천천히 커피의 시간을 기다리기로 했다. 나무 아 래에서는 어쩐지 시간에 너그러워진다. 공장의 기계 앞이라면 달랐으 리라.

고향을 멀리 떠나 추운 나라의 화분에서 자라나는 커피나무를 보 니, 프랑스 국왕의 온실이 떠올랐다. 18세기 초반 인도네시아의 자바 를 커피 식민지로 개척한 네덜란드인은 그곳의 어린 커피나무를 암스 테르담에 있는 식물원으로 옮겨 심었다. 그 씨앗을 받아 수리남을 비 롯한 자신들의 식민지로 퍼뜨리기 위해서였다. 암스테르담 시장은 그 중 한 그루를 프랑스의 루이 14세에게 선물했다. 국왕은 자르댕 데 플 랑트의 온실에 그 나무를 보냈지만, 별 관심이 없었던 것 같다. 그러나 카리브 해에 있는 프랑스의 식민지 마르티니크에서 휴가차 파리에 온 드클리외 총독은 이 보물의 가치를 깨달았다. 그는 동인도의 열대에서 자라는 식물이 서인도에서도 훌륭히 자랄 것이라 여기고, 사정사정해 서 커피 묘목을 얻었다. 대양을 건너가는 긴 여정 속에서 그가 자신의 식수를 나눠주며 폭풍 속에서 지켜낸 나무는 오늘날 카리브 해가 자랑 하는 커피의 어머니가 되었다. 어쩌면 카페 '테라로샤'의 주인은 아열

'테라로사'의 뜻은 브라질 커피가 자라는 붉은 화산 토양.
카페 '테라로사'는 밤나무와 나란히 자라고 있다.

대가 되어가는 이 땅에서 새로운 커피를 키워 열매 맺을 꿈을 꾸고 있는지도 모르겠다.

온실의 열락에 빠져 몽상의 커피 농장에서 영원의 시간을 보낼 것처럼 늘어져있을 때, 종업원이 자리가 났다고 일러주었다. 다시 우리는 공장 한편에 있는 시음대에 들어섰다. 능숙한 바리스타가 여러 손님에게 차례대로 커피를 내주며, 이런저런 물음에 답을 해주고 있었다.

우리에게 온 녀석들은, 처음엔 모카 하라, 두 번째는 에스프레소 베이스의 마키아토, 세 번째는 수마트라 만델링이었다. 그러고 보니 커피가 공장에서 찍어내는 화학 조합물이 아니라는 사실을 알기 위해 굳이 커피의 지리학이며 재배 과정 따위를 공부할 필요가 없었다. 좋은 커피를 마시면 단번에 알게 된다. 그 안에는 고구마, 산딸기, 구운 땅콩, 찐 쌀을 비롯해 온갖 식물의 향과 맛이 섞여있다. 인스턴트커피의 진액에 빠져 '로부스타의 싸구려 커피 향+카페인+설탕+인공 커피 크리머'가 커피 맛의 전부라고 여기는 사람에게 커피는 공산품인 것이

맞다. 그러나 진짜 커피의 문을 열면 전혀 다른 세계가 나온다. 그 바깥은 〈아웃 오브 아프리카〉에 나오는 케냐의 싱그러운 커피 농장이다.

커피가 나무 열매라는 사실을 알면, 그 나무가 어디에서 어떻게 자랄까 하는 궁금증도 생긴다. 나는 마지막 잔에서 수마트라의 정글 냄새를 맡기 위해 애쓰다가, 요즘 자주 눈에 띄는 '그늘 재배shade grown'라는 표시를 떠올렸다. 커피 생산이 산업화하면서 주요 산지에서는 숲의 나무를 모두 베어버리고 커피나무만 오밀조밀하게 심는 것이 일반화된 시절이 있었다. 이런 방식은 단기간에 많은 양의 커피를 생산하게는 해주지만, 주변을 민둥산으로 만들어버리기 때문에 생태계를 완전히 일그러뜨린다. 특히 그곳 나무에서 살던 새와 작은 짐승들은 갈 곳을 잃어버린다. '그늘 재배'란 환경의 변화를 최소한으로 하기 위해, 원래 있던 큰 나무들은 놓아둔 채 그 아래 그늘진 곳에 커피나무를 심어 길렀다는 뜻이다. 커피라는 까다로운 식물은 지구에서 태양의 혜택을 가장 많이 받는 땅에서만 자라지만, 또 그 빛에 지나치게 노출되는 건 싫어한다. 바나나처럼 키 큰 식물의 그늘에 숨은 나무라야 천천히 자라며 너욱 다채로운 향을 열매에 담아낼 수 있다. 비록 생산량은 줄어들지만, 환경주의자와 미식가 모두에게 박수를 받을 수 있는 방법이다.

커피는 식민(정치)과 착취(노동)와 훼손(환경)의 산물이다. 부정할 수 없다. '착한 커피'를 마시는 것은 정말로 어려운 일이지만 그 노력은 곳곳에서 계속되고 있다. '아름다운커피beautifulcoffee.com'는 네팔 등의 현지 농장들과 직접 거래함으로써, 유기농과 공정 무역을 통해 현지의 자연과 농부들의 삶을 유지하며 지속가능한 커피 탐미를 가능하게 해주려 애쓰는 곳이다. 사실 '아름다운가게'에서 첫발을 내디뎠을 때는 담당자 앞에서 대놓고 실망감을 표시하기도 했다. 공정 무역이란 이상은 좋지만, 티백 커피를 '에스프레소'라는 이름으로 팔고 사는 것은 착하기 위해 맛없는 커피를 '먹어주는' 것에 불과하다고. 그분도 잘 알고 있었다. 내가 이 카페 저 카페 미식 탐험을 하러 돌아다니는 시간 동안, 그들은 네팔을 비롯한 각지를 오가며 땀의 결과를 만들어냈다. 그리고 이제는 생두를 들여와 '전광수커피하우스'를 통해 신선하게 구운 것만을 판매하고 있다. 나는 맛있는 커피를 싸게 마시면 장땡이라고 생각하는 이기주의자지만, 유기농과 공정 무역이 결국 가장 적은 대가를 치루는 방법이라는 걸 알고 있다.

공장 쪽을 지나는 한 무리의 사람들 중 낯익은 얼굴이 보였다. 부암동 '클럽 에스프레소'의 사장님이었다. 부암동을 일주일에 몇 번씩

갈 때도 얼굴을 마주칠 수 있을까 말까 한데, 이렇게 먼 곳에서 보니 신기하고도 반가웠다. 사장님도 우리를 보고 긴가민가해 하고 있었다고 한다. 그는 한창 신이 나서, '테라로사' 안의 온갖 물건을 자기 것인 양 자랑하며 설명해주었다. 중세 기사의 투구를 닮은 커피 로스터를 열심히 열어 보이는 모습에서 그 물건을 얼마나 아끼는지 그 마음이 보였다.

'테라로사'를 떠나며 그와 인사를 나눴다. 주문진 쪽으로 갈 거라고 했더니, 가기 전에 주변을 꼭 돌아보라고 했다. 카페 바깥의 밤나무 밭이 그렇게 좋다며. 우리는 밤나무 사이를 거닐며 그곳에서 가끔 열린다는 음악회에 가보지 못한 것을 아쉬워했다. 동네 주변에 탐스럽게 열린 주홍색 감을 보며, 감의 향이 나는 커피가 무엇일까, 혹은 감과 곁들여 먹으면 가장 좋은 커피는 무엇일까 하는 이야기를 나누었다.

커피 열매에 토양의 성격이 묻어난다면, 카페에도 그것이 세워진 땅의 냄새가 배어난다. 드넓은 테라로사 위에서 자라는 브라질의 커피와 산골 마을에서 조금씩 키우는 예멘의 커피가 다르고, 고층 빌딩 숲 사이에 아슬아슬하게 자리 잡은 카페들과 이곳 강원도 땅에 느긋하게 들어앉은 '테라로사'가 다르다.

우리는 커피 묘목 하나를 샀다. 차에 앉아 눈을 감으니 카페 안을 채우고 있던 여러 물건들이 뒤늦게 망막에 아른거리기 시작했다. 특히 커다란 저울이 생각났다. 저 먼 어느 항구에 앉아 먼바다로 떠나갈 콩의 무게를 재어주었을 것 같은……. 나는 커피나무를 들고 가까운 바다로 가기로 했다. 서울의 콘크리트 정글로 들어가기 전에 녀석이 먼 고향에 인사를 할 수 있도록.

드립은 좋아하지만 커피 덕후는 아닙니다

산울림소극장 1층의 카페 '수카라'에 처음 갔을 때가 생각난다. 문을 열자 나는 도쿄의 지유가오카나 키치조지에 온 듯한 착각에 빠졌다. 자연스러운 질감을 살린 가구, 따스한 촉감의 책장에 늘어선 일본 예술잡지들, 조금 주저하는 듯 귓속을 찾아드는 노랫소리……. 종업원의 인사에도 일본식 억양이 묻어있는 듯했다. 결정적으로 메뉴판을 받아 들고 확신했다. 에스프레소 음료는 전무, 커피는 오직 핸드드립 커피만. "정말 일본이잖아!"

일본 곳곳에는 작은 카페들이 잘도 숨어있다. 허름한 간판을 달고 있지만 멀리서 찾아온 커피광들이 줄을 서서 기다리는 명소도 적지 않다. 흥미로운 사실은 100년을 넘긴 유럽의 전통 카페들도 이제는 에스프레소를 핵심으로 받아들이는데, 일본에서는 이상하게도 핸드드립 커피에 대한 애착이 강하다는 점이다. 수십 년 역사의 장인 정신과 옹고집 때문만도 아니다. 키치조지에서 문을 연 지 한 달도 안 된, 산뜻 그 자체의 카페 '요코미'를 찾았을 때도 마찬가지였다. "저희는 드립만 합니다."

강렬한 기계의 압력으로 커피의 핵심을 뽑아내는 에스프레소는 놀라운 속도로 세계인의 입맛을 사로잡아 왔다. 그러나 에티오피아에서 브라질까지, 각 지역에서 태어난 원두를 키우고 말리고 굽는 과정에서 생겨나는 섬세한 풍미의 차이를 드러내는 데는 핸드드립 방식을 따라오기 어렵다.

1908년 독일 드레스덴 가문의 멜리타 벤츠 여사는 구리 항아리 바닥에 작은 구멍을 뚫고 종이를 깔아 커피를 내리는 방법을 개발해냈다. 커피 찌꺼기를 쉽게 제거하면서도 각 원두의 개성 있는 풍미를 그대로 살려내는 이 방법은, 이후 커피 미식가들의 절대적인 사랑을 받게 되었다. 핸드드립의 매력이 더욱 풍성하게 꽃핀 데는 일본인의 섬세한 고집이 적지 않게 작용했다. 이들은 거품경제 시대를 통과하며 막강한 경제력으로 세계 와인 시장을 뒤흔들었을 뿐만 아니라, 좋다는 원두는 "얼마면 돼?" 하며 사들여 그 맛의 최상치를 구현하기 위해 쫀쫀한 노력을 거듭했다. 유럽의 멜리타에 대비되는 일본의 칼리타, 고노, 하리오 등이 최고의 드리퍼임을 자처하며 각축전을 벌이게 되었고, 고급 품질의 스트레이트 원두를 가장 열심히 소비하는 시장을 이루었다.

동해 바닷가의 카페 '보헤미안', 경주 시내의 '슈만과 클라라', 대구 동성로의 '커피명가', 서울 청담동의 '커피미학' 등 한국의 커피 전도사들 역시 일본을 통해 커피 문화를 익혔기 때문에 핸드드립에 대한 애착이 강하다. 당연히 카페 정키들에게는 이러한 자가 배전의 핸드드립 카페 명가를 찾아다니는 일이 중요한 투어 코스가 되고 있다. 스타일 위주의 카페는 아무래도 서울에 집중되고 있지만, 커피의 진미에 집중하는 카페는 전국 각지에 조심스레 숨어있기 때문이다.

대전역에서 도시철도로 갈아타고 찾아간 '커피디자인'은 바로 그러한 지역의 명소 중 하나였다. 주택가 옆 상가에 자리 잡은 테이블 네 개와 바가 있는 이 작은 카페는 한순간에 커피 마니아의 향기를 느낄 수 있는 곳이었다. 방명록에는 '일본인이 좋아하는 커피'라는 메뉴 그림이 아주 섬세하게 그려져있었고, 주변에 새로 생긴 핸드드립 카페를 홍보하는 조심스러운 글도 보였다.

낯선 핸드드립 카페에서는 일단 바리스타에게 많은 것을 맡기는 게 좋다. "오늘은 어떤 원두가 좋은가요?" 우리의 방만한 취향을 전하고, 코스타리카와 과테말라를 추천받았다.

나는 보통 카페에 들어가면 주인이 잘 안 보이는 자리에 앉는 경우가 많지만, 핸드드립 카페에서는 바에 앉는 경우가 많다. 에스프레소는 기차처럼 달려와 뜨거운 키스를 퍼붓고 달아난다. 그러나 핸드드립은 뜸을 들인 원두에 가는 물줄기를 흘려보내 달팽이처럼 서서히 커피를 거두어내는 느긋한 과정을 만끽해야 한다. 다행히도 '커피디자인'에서는 모든 도구를 들고 테이블로 와 한 잔씩 내리는 모습을 직접 보여주었다. 그 성의도 성의지만, 한 동작 한 동작에 대한 자신감이 없으면 하기 힘든 일이다.

핸드드립 커피가 일본에서 특히 발전한 이유에 대해 일본의 지인들에게 물어보면, 대개 섬세한 미식 취향과 고도성장기의 경제적 여력이 중요한 역할을 했을 거라고 말한다. 나는 거기에 더해, 또 다른 결정적인 요소를 제시하고 싶다. 한 잔의 커피를 얻기 위해 수많은 과정을 정성 들여 통과해야 하는 핸드드립의 방식이 동양의 다도茶道와 아주 비슷하기 때문이 아닐까? 신선한 원두를 제대로 갈아 뜸을 들이고 부풀어오르는 거품 속에 물을 내리다 멈추었다 다시 내리는 모습은, 마치 한 송이의 꽃이 피었다 저물며 열매를 맺는 과정을 보여주는 영상처럼 아름답다. 그야말로 정중동靜中動의 정제된 의식이다.

나는 코스타리카를 진하게, 친구는 과테말라를 연하게 한 잔씩 받았다. 그런데 연하게 한 잔을 만들고 서버에 남은 커피를 가져가는 게 아닌가? 친구는 눈을 일렁거리며 다급하게 말했다. "저기요, 남은 건 두고 가시면……." 바리스타는 한 잔을 만들고 남은 커피는 거두어가는 게 이곳의 원칙이란다. 커피 한 잔이란 '진하더라도 한 잔, 연하더라도 한 잔'이라는 건가? 드립으로 적당량을 내려놓고 여러 잔에 물을 타서 마시기보다 자신의 취향에 맞는 한 잔을 찾으라는 생각 같기도 했다.

나는 주제넘은 품평을 지껄여댔다. "이 코스타리카는 신맛이 비교적 명료하고 바디는 전반적으로 무거워 입안에 질감이 오래 남는군. 약간 떫은맛이 배어나왔지만 무시해도 될 만해. 과테말라는 명랑하고 밝은 맛이 나지만 역시 연하게 만들어 가벼운 게 아쉬워." 나는 연한 과테말라를 시킨 친구를 책하며 덧붙였다. "대덕 연구단지가 가까워서 그런지, 여기 오니 나도 과학자의 섬세함을 흉내 내게 되는 것 같네." 친구는 콧방귀를 뀌었다. "커피 오타쿠의 망령이 살아나는 거겠지."

까만 벽에 적힌 '커피 배틀'이라는 문구가 눈에 쏙 들어왔다. 아마도 이곳 단골들이 모여 커피 드립을 겨루는 날인가 보았다. 혹시 시간이 되면 KTX를 타고 달려와볼까? 대전이라면 전국의 중심이니 아예 전국대회를 열어도 괜찮겠는걸? 전국의 교통 중심을 측량하는 과학자와 커피 드립 전국대회의 꿈을 꾸는 커피 덕후가 내 몸 안에서 일체화되고 있었다.

드립을 통해 우리는 커피의 천변만화를 경험할 수 있다. 품종에 따라, 산지에 따라, 블렌딩에 따라, 로스팅에 따라, 어떤 드리퍼를 쓰느냐에 따라 감귤, 체리, 훈연, 흙냄새는 물론 콩 속에 숨은 몬순의 소금기까지 느낄 수 있다고 한다. 커피 애호가들은 작은 수첩을 들고 다니며 케냐 AA, 과테말라 안티구아, 콜롬비아 슈프리모, 에티오피아 이르가체페, 브라질 산토스 등등의 이름에 대한 체험을 꼼꼼히 적어 나가기도 한다. 나 같은 범인凡人은 종이 드립만으로도 그 세계의 풍미를 감당하기 어렵지만, 또 다른 경지에 이른 사람들은 새로운 방법으로 커피의 숨은 진미를 찾아가려고 한다.

어린아이의 내복 옷감과 비슷한 천을 이용한 융flannel 드립 법은 종이 드립처럼 깔끔하면서도 기름기를 비롯한 커피 고유의 요소를 효과적으로 통과시켜준다. 따라서 원두 본연의 향에 좀 더 가까이 다가가게 하며 특유의 감칠맛을 느끼게 해준다. 여의도에 있는 '주빈'은 융을 특별히 선호하는 카페다. 사람이 많지 않은 시간을 이용해 카페 바에 앉

바리스타가 테이블로 찾아와
핸드드립의 과정 하나하나를
감상하게 해주는 대전의 '커피디자인'.

아 융으로 커피를 내리는 모습을 천천히 바라보시라.

나는 아라비아 상인이 낙타 등에 싣고 가던 포대를 내려놓고선 검은 보석에 신기루의 물을 부어 거품의 요정을 탄생시키는 것을 보는 착각에 빠지기도 한다. 시각적 즐거움에 더해 목구멍을 부드럽게 타고 넘는 특유의 질감까지 경험하면 한동안 융 드립에서 빠져나오기 어렵다. 직접 융을 구해 집에서 즐기곤 했는데, 항상 제대로 씻고 물에 담가 냉장고에 보관해야 하는 등 관리가 만만찮아 지금은 포기 상태다.

대구 경북대병원 근처에 있는 '엑수마EXUMA'에서는 더욱 색다른 핸드드립을 만날 수 있었다. 저녁 무렵 작은 불빛에 이끌려 들어간 카페 안은 가운데 테이블 하나 외에는 사람을 받기 어려울 만큼 좁았다. 당연히 나와 친구는 주인장과 거의 얼굴을 마주보다시피 하고 있었고, 주인장 뒤의 메뉴판을 보고 무얼 시킬까 고민하는 게 조금 머쓱한 상태였다.

그런 상황에서 일행은 메뉴판을 보고 대뜸 물었다. "저기 수망 커피란 건 뭐죠?" 내가 오지랖 넓게 나섰다. "수망, 몰라? 저번에 내가 산 거 있잖아. 집에서 커피 볶는 데 쓰는 철망." 나는 수망으로 직화한 커피를 내려준다는 건 줄 알았다. 나의 사투리도 만만찮지만, 주인장은 더욱 오리지널한 사투리로 낮고 천천히 말했다. "수망이요? 이건 아마 다른 데서는 못 보셨을텐데요." 그러면서 뭔가 도구를 꺼낸다. 융 드리퍼 정도의 크기에 손잡이가 달린 철망이다. 저건 로스팅 용은 아니다. 내가 물었다. "어, 그걸로 커피를 내려요?" 주인장은 대답은 하지 않고 수망을 닦기 시작했다. 일행은 눈을 반짝이며 당장 내려 마셔보고 싶다고 했다. 그제서야 주인장의 목소리가 들렸다. "원두는 뭘로 해드릴까요?" 내가 어떤 원두를 말했더니, 그건 연해서 잘 안 어울린단다. 진하게 구운 케냐로 결정했다.

쇠로 된 가는 망으로 내리는 커피. 예상은 했지만 매우 원초적이었다. "맛이 어때요?" 주인장이 물었다. "까칠까칠하네요." "기름기도 많고요." 우리 둘이 번갈아 말했다. 그리고 내가 말하려는 걸 주인이 먼저 말했다. "터키시, 마셔보셨습니까?" "그러게요. 터키시 비슷하네요." 수망이란 드립을 쓰면서도 터키 식 커피의 원초적인 맛을 내리고 개발한 방식이란다. 나의 지론은 이렇다. '사람들이 많이 안 쓰는 데는 그럴 만한 이유가 있다.' 터키 식 커피와 비슷하게 티슈로 입속에 남은 커피 가루를 닦아내야 했기 때문이다. 그러나 재미있었다. 핸드드립 커피라는 게 아랍 식의 거친 커피를 벗어나기 위해 개발에 개발을 거쳐 오늘에 이르렀는데, 이렇게 또 누군가는 원시적인 맛에 가까이 가기 위한 핸드드립을 만들어내다니…….

요즘 길을 걷다보면 새로운 카페들이 참 많이 생겨나고 있음을 알게 된다. 그중에서도 자가 배전의 핸드드립 카페들이 저래도 되나 싶을 정도로 많이 나타난다. 에스프레소 일변도에 질린 바리스타들이 핸드드립의 묘미에 빠지고 있는 듯도 하다. 에스프레소는 기계의 역량이 워낙 중요한데, 소규모 카페는 고가의 장비를 감당하기 어렵다. 작은 규모의 카페에서 핸드드립에 주목하는 데는 그런 이유도 있을 것이다.

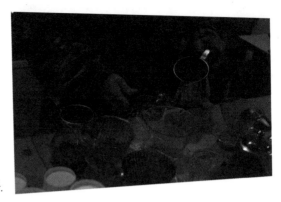

'엑수마'에서 수망으로 내려주는
커피는 터키 식 커피의 맛과 닮았다.

어느 날인가, 자주 오가는 성북동 길가에서 몇 날 며칠 뚝딱거리던
가게 앞이 말끔해졌다. 혹시나 하고 문을 열고 들어가 물었다. "여기 카
페가 들어오나요?" 안경을 낀 좋은 인상의 주인장이 대답했다. "그렇긴
한데, 다음 주에 정식 오픈합니다." "그럼, 다음에 문 열면 올게요." 이
렇게 말하고 돌아서는 나를 주인장이 잡았다. "그래도 커피 한잔은 하
고 가셔도 됩니다." 나는 주인장을 마주보고 바에 앉았다. 그는 니카라
과를 내려주었다. 다른 데서 느껴보기 어려운 스파이시한 맛이 재미있
었다. 그리고 그와 조심스레 나누는 이런저런 대화가 더욱 재미있었다.
이 카페가 계동 현대 사옥 건너편에 있는 '일상'에서 분갈이해 나온 곳
이라는 사실도 알게 되었다. "그래요? 원래 '일상'도 한번 가보고 싶었
는데……. 이제 여기에 다니면 되겠네요." 그렇게 단골이 될 거라는 듯
한 멘트를 날렸지만, 스스로도 지키기 어려운 말이 아닐까 생각하고 있
었다.

핸드드립 카페를 다니다 보면 결국 자신이 직접 커피를 내리고 싶
어진다. 나도 그즈음 내가 직접 내리는 커피에 더 집중하게 되었던 것
같다. 요즘은 다시 한계를 느끼고 좋은 핸드드립 카페를 찾아다니면서
비기秘技를 훔쳐낼 궁리를 하고 있지만 말이다.

악마의 물방울
— 말할 수 있는 만큼 맛이 잡힌다

"아아, 이것은 수마트라의 화산재 속에 감춰두었던 신선한 체리 다발의
폭발……. 탄자니아 출신의 노예가 마르트니크의 해적선에 잡혔다가
풀려난 뒤, 내 혀 위에서 기쁨의 북북 춤을 추는 듯한 스파이시…….
아, 그리고 캐리비안 베이의 워터 슬라이드를 미끄러지듯 시원하게
넘어가는 목 넘김까지……."

《신의 물방울》을 비롯한 요리·미각 만화의 유행 속에, 음식의 맛을 표
현하는 일이 가히 판타지와 개그의 수준에까지 이른 듯하다. 나 역시 이러한
화술은 만화니까 가능한 것이라 생각했다. 직접 맛을 보여줄 수 없으니 저런
식으로 호들갑을 떨 수밖에 없구나, 라고. 그러나 와인과 커피의 세계에 깊이
들어갈수록 이러한 맛의 관능을 표현하는 일이 맛을 탐구하는 과정의 본질과
닿아있다는 생각이 들었다.

내가 어떤 커피를 마시고 진정 그 맛에 반했다고 해보자. 그런데 단지
'맛있다'고 하기엔, 그 속에 담긴 맛의 향연이 너무나 다채롭다. 나는
몽롱하게 혀와 머리 사이에서 수수께끼의 맛을 굴리다, 어느 순간 그 본질을
표현할 수 있는 한마디를 발견해 내뱉는다. "이건 살짝 얼었다가 녹은 밀감
같아." 나는 진정으로 그 맛을 감별해냈다는 기쁨에 젖음과 동시에, 옆에서
같은 커피를 마신 사람과 함께 "맞아, 그 맛이야!"라며 내가 만난 맛이
진짜였음을 확인할 수 있다. 이렇게 애써 맛을 분별하고 그것을 어떤 말로
내뱉는 과정을 거듭하면, 정말로 예전엔 느끼지 못했던 맛들이 불쑥불쑥
튀어나온다. "스위스 초콜릿 맛 님아. 언제 오셨어요?" "원래 여기 살고
있었는데요. 매번 인사 드려도 모른 척하시더니."

물론 쉽지는 않다. 그래도 우리는 오랫동안 전문적으로 커피의 맛을
분별해낸 사람들로부터 지혜를 얻을 수 있다. 커피의 맛을 분류하는 범주에는
여러 요소가 있지만, 나는 다음 세 요소가 핵심이라고 생각한다.
첫 번째는 음료의 물리적 느낌을 표현하는 '바디감'. 커피를 마시면서 혀를

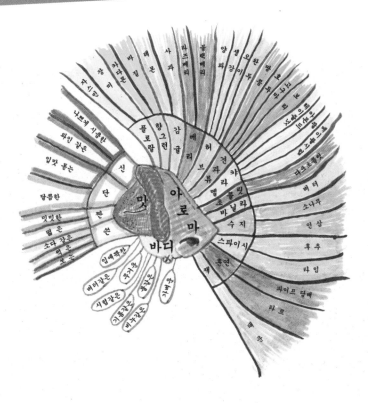

입천장에 대보면 좀 더 명확히 알 수 있다. 두 번째는 혀로 느끼는 '맛'. 의외로 좋은 맛보다 나쁜 맛을 감별해내는 게 중요해 보인다. 세 번째는 코로 빨아들이는 '아로마'. 커피의 행복을 가장 다채롭게 만날 수 있다.

여러 서적과 자료를 통해 커피의 맛을 분류하는 표를 접해왔는데, 처음에는 '이게 다 뭐야' 싶었다. '정말 커피에서 이런 맛이 나는 거야?' 할 정도로 종류가 많았고, 단체나 회사나 감별사에 따라 차이가 있고, 게다가 서구인이 주로 접하는 맛의 범주를 기준으로 표현하고 있어 내가 만나는 커피의 맛을 효과적으로 대조하기 어려웠다. 그래서 나는 큰 원칙을 벗어나지 않으면서도 나와 친구들이 좀 더 보기 쉽도록 표로 정리해보기로 했다. 그냥 재미삼아 커피 속에 들어있는 맛을 찾아내고, 친구들에게 잘난 척할 때 참고가 되었으면 좋겠다. 당신이 전문 감별사인 커퍼Cupper나 바리스타를 꿈꾼다면 더 정교하고 검증된 감별표를 찾아보시도록.

에스프레소를
맛없게 만드는
삼위일체어
맞서는 방법

교대 앞은 법조인의 터전이다. 파산, 이혼, 경매 같은 황망한 단어들이 가득한 동네다. 나는 일주일에 한두 번 이곳에 있는 스윙 댄스 바에 춤을 추러 간다. 어느 날은 대학로에서 연습을 같이 한 동호회 사람들과 전철을 타고 갔는데, 피로감에 온몸이 떨려 우선 커피부터 한잔하자고 했다. 가장 가까운 횡단보도를 건너, 제일 먼저 눈에 띄는 카페 체인에 들어갔다. 이 동네에서 커피의 맛을 고를 처지가 아니라는 사실을 잘 알고 있었다.

생각 없이 에스프레소 한 잔을 시켰다. 아뿔싸…… 그걸 커다란 종이컵에 담아주리라곤 예상치 못했다. 어쩔 수 없지. 설탕을 넣고 재빨리 흔들어 입에 털어넣었다. 싸구려 로부스타robusta가 기나긴 종이컵을 타고 흘러 입안으로 기어 들어왔다. 그래, 카페인과 설탕, 가장 원초적인 자극제를 마시는 데 만족하자.

그때 나를 노려보는 무서운 시선이 느껴졌다. "이런 걸 왜 마셔요?" 댄스 바에 같이 온 일행이었다. 88년생인 이 친구는 무얼 시킬까 고민하다가 88학번인 나를 믿기로 했다. 내가 에스프레소를 시키니 따라서 시켰다는 거다. "아, 그러니까, 에스프레소가 원래 이런 게 아닌데……." 나는 얼버무릴 수밖에 없었다. 어른이 되면 진짜 이게 맛있어질 거라고 말할 수도 없었다.

홍대 앞은 풍성한 카페의 숲이다. 일주일에 하나씩은 새로운 나무가 솟아나는 듯하다. 어느 날 그 숲에서 근사한 나무를 발견했다. 가정집을 개조한 듯 여유롭고 상냥한 분위기, 기분 좋은 나무 테이블에 서로 다른 디자인의 세련된 의자, 벽에는 느낌 좋은 아티스트들의 작품까지……. 홍대 앞에 딱 어울리는 가게였다.

한껏 부푼 마음. 늘 그렇듯 첫 번째 선택으로 '커피의 심장' 에스프레소를 시켰다. 은은히 흘러나오는 음악도 마음을 울렸다. 바깥 테이블에는 주인을 따라온 강아지가 유리 안의 나를 보고 왕왕 짖어댔다.

에스프레소가 도착했다. 커피 잔은 북유럽 스타일, 그것도 동서냉전 덕분에 소련을 통해 엄청 돈을 벌어들이던 시절의 투박한 듯하면서도 시간이 지날수록 빛이 나는 디자인. 주인의 안목이 새삼 빛났다. 눈을 감고 커피 잔을 든 뒤 서서히 눈을 떴다. 어서 오라, 커피의 심장이여. 아뿔싸, 나는 곧바로 내 심장에 심대한 타격을 받았다. 원형탈모증에 걸린 듯 흔적만 엷게 뜬 크레마crema, 그 아래 멀건 액체.

어둠 속의 검은 물, 검은 물, 검은 물……. 컵 속에서 〈링〉의 사다코가 꾸부정한 허리로 튀어나와 목을 조를 것만 같았다. "누가 에스프레소 같은 걸 시키랬어? 우유랑 시럽 팍팍 넣은 달달한 걸 마시란 말이야."

　한때 나도 에스프레소는 지옥의 음료라고 여긴 적이 있었다. 나 같은 변두리 미각은 한약을 마시듯 눈 딱 감고 들이킨 뒤, 0.3초 이내에 설탕과 물로 입안을 소독해야 하는 줄 알았다. 그러나 이제는 우리 모두를 에스프레소 맹인으로 만든 거대한 음모가 있음을 알고 있다. 한국 땅에는 에스프레소를 맛없게 만드는 삼위일체가 존재하고 있는 거다.

　삼각 편대의 첫 번째 축은 지금 세계 경제를 위태하게 만들고 있는 팍스 아메리카나다. 우리나라에 에스프레소 계열의 커피 음료가 본격적으로 들어오게 된 계기는 '스타벅스'를 필두로 한 미국, 특히 시애틀 계열 커피 전문점의 진출이 결정적이었다. 사실 시애틀은 미국치고는 커피 맛이 괜찮은 동네다. 미국의 커피란 원래 웨이트리스가 들고 다니는 주전자에서 미시시피 강물처럼 끊이지 않고 쏟아져 나오는 게 제 모습이다. 그만큼 멀겋고 풍미 없는, 약간의 카페인이 희석된 채 들어있는 듯한 커피가 대부분이다. 시애틀은 이탈리아의 에스프레소 커피 문화를 가져와 미국인의 커피에 대한 관념을 확실히 바꾸었다. 그러나 컵은 클수록 좋다고 생각하는 그 패권주의는 바꾸지 못했다. 〈심슨 가족〉을 보면 광고물 속 경찰관이 들고 있는 거대한 컵을 이용해 라디오 전파를 쏘기도 한다. 시애틀의 카페 체인은 에스프레소 기반의 커피를 제공하지만, 동시에 다채로운 시럽을 첨가해서 먹는 문화를 제공했다. 달리 말해, 고객들이 우유와 시럽을 넣어 마시는 걸 전

전문가들은 크레마에서
살짝 삐져나온 거품만으로도
에스프레소 추출상의 실수를 가려낸다.

제해 커피를 만든다는 거다. 우유의 양도 이탈리아에 비해 훨씬 많다. 그래서 우유와 시럽의 두터운 층을 뚫고도 커피의 향이 올라오도록 에스프레소의 블렌딩을 쓴맛이 강하게 한다. 로부스타 원두의 비중이 높고, 풍미는 떨어진다. 이런 카페 체인에 들어가 '나도 이제 에스프레소 좀 마셔봐야지.' 하는 사람들은 곧바로 그 강하기만 하고 풍미는 별로 없는 커피에 질린다.

두 번째 원흉은 한국 카페 문화의 조급증이다. 한편에는 로스터리와 핸드드립을 통해 커피의 진수에 다가가기 위한 노력이 벌어지고 있지만, 에스프레소 중심의 카페는 기계 판매처에서 패키지로 공급해주는 원두를 짧은 시간에 배운 바리스타 기술만 믿고 고민 없이 받아 쓰는 경우가 많다. 원가 절감을 위해 저질 원두를 대량으로 받아서 쓰는 것이다. 에스프레소 자체의 맛보다는 라테아트 같은 외형에 치중하고, 인테리어를 그럴싸하게 하면 커피도 맛있다고 느낄 거라 생각하는 것 같다. 비싼 에스프레소 머신이 너무 아깝다.

세 번째 축에는 우리가 있다. 에스프레소의 진짜 맛을 즐길 기회를 잃은 고객들은 '원래 쓴 거잖아.' 하며 우유와 설탕과 시럽을 듬뿍

듬뿍 넣는다. 그러면 다시 첫 번째의 문제로 돌아가게 된다. 카페 주인
은 생각한다. 어차피 에스프레소만 시키는 사람도 별로 없고 맛을 알
아주는 사람도 없는데 뭐하러 신경 쓰느냐고?

십여 년 전에 와인 애호가인 어느 사진가 선생님의 스튜디오를 찾
아가 물었다. "와인은 어떻게 골라야 하죠? 라벨을 보면 되나요?" 그는
어시스턴트가 세팅해둔 카메라 셔터를 누르며 시큰둥하게 말했다. "돈
이 있으면 제일 비싼 와인을 사. 정말 맛있는 건 어떤 바보가 마셔도
맛있는 줄 알아." "돈이 없으니까 말이죠." "그럼 마주앙을 사. 그 가격
에 비해 정말 나쁘지 않아."

나는 그의 말을 따랐다. 돈이 없어 마주앙을 마시듯 '스타벅스'와
'커피빈'의 에스프레소를 번갈아 마셨다. 괜찮았다. 조금씩 쓴맛에 익
숙해지며 그 강함을 즐길 수 있게 되었다. 확실히 몇몇, 정말 못 먹어
줄 만한 커피를 파는 카페들보다는 나았다. 그러나 진짜 에스프레소에
대한 갈망을 감출 수는 없었다. 역시 가장 비싼 에스프레소를 마셔봐
야 하나? 가장 비싼 와인과 마주앙의 값 차이에 비하자면, 가장 비싼

에스프레소와 '이디야' 중에서도 특히 싼 여의도 KBS 본관 1층 매장의 에스프레소 가격 차이는 미미할 정도다.

다행히 그럴 필요까지도 없었다. 그리 비싸지 않으면서도 꽤나 맛있는 에스프레소가 속속 나타났다. 그리고 그 맛이 꼭 가격에 비례하는 게 아니라는 사실도 알게 되었다. 한국에서도 그랬고, 외국에 나갈 때마다 에스프레소 사냥을 하면서도 확인한 사실이다.

요즘 나는 부정기적으로 '에스프레소 번개'를 연다. 나 혼자 "진짜 에스프레소는 이게 아니네." 어쩌고 떠들어봤자 소용이 없다는 사실을 알게 되었기 때문이다. 대한민국의 에스프레소를 맛없게 만드는 삼위일체를 붕괴시킬 동지들을 규합해야 한다.

내 와인 선생님의 '맛있는 와인에 바보 없다.' 이론이 에스프레소에 바로 적용되지는 않았다. '맛있는 에스프레소'를 무턱대고 입에 털어넣게 한다고 "오오 이게 진짜 에스프레소였군. 난 인생 헛살았어." 하고 말하는 경우는 별로 없었다. 서서히 그 강한 맛에 적응하는 과정이 필요했다.

카페라테를 익숙하게 마시는 친구에게는 일단 설탕을 빼라고 한다. 그 다음엔 우유의 양을 줄이든지, 에스프레소 샷을 추가하라고 한다. 우리 카페는 미국 스타일에 익숙해 우유의 양이 너무 많다. 에스프레소는 투 샷 정도를 넣어야 적정한 비율이 된다. 다음엔 에스프레소에 우유 거품만 살짝 얹은 마키아토를 마시게 한다. 최종적으로 순수한 에스프레소. 드디어 최후의 단계에 올라 에스프레소 '직샷'을 들이

키는 순간, 약간의 흥미로운 의식으로 분위기를 고조시킨다.

　드디어 여기까지 오셨군요. 이 작은 잔 속에서 커피의 심장이, 두 근두근, 뛰고 있는 소리가 들리지 않으십니까? 하늘의 별이 하나가 아 니듯이, 세상에는 수없이 많은 종류의 빛나는 에스프레소들이 있습니 다. 마시는 방법도 조금씩 다르고요. 오늘 우리는 에스프레소의 고향, 이탈리아의 방식을 따라볼까 합니다.

　먼저 티스푼으로 설탕을 떠 황금빛 크레마 위에 올려보세요. 제대 로 뽑은 에스프레소라면 잘 직조된 크레마가 그물처럼 설탕을 잡을 겁 니다. 그리고 잠시 후 꿀꺽 하고 삼키죠. 다음에 잔을 들어 살짝만 흔든 뒤에, 컵에 입을 대고 단숨에 털어버리세요. 시중의 에스프레소는 한입 에 먹기 어려운 경우가 많습니다. 손님들이 양이 적다고 항의를 해서인 지, 에스프레소 룽고Lungo 정도로 좀 과한 양을 뽑아주는 때가 많거든 요. 원래는 27~30밀리리터 정도로 정말 한 입에 털어넣어도 아쉬울 정 도입이다. '앗, 쓰다!' 하고 느껴졌나요? 다시 느껴보세요. '앗, 강하 다!' 하는 쪽이 아닌가요? 에스프레소는 '쓰다'는 말도, '쓰지 않다'는 말도 거짓말입니다. 거의 쓰지 않은 에스프레소도 있고, '맛있게 쓴'

에스프레소도 있습니다. 어쨌든 그 강함에 혀가 덜덜 떨리지요. 그러면 얼른 컵 아래 커피와 섞여 가라앉은 설탕-커피 캔디를 티스푼으로 긁어 먹어요. 얼얼한 쓴맛을 단맛으로 감싸주기 위함이죠. 이제 컵과 스푼을 놓고 의자 뒤로 몸을 젖히세요. 신기하게도 진짜 에스프레소를 마시는 것은 이제부터입니다. 콧구멍을 넓히고 에스프레소의 뒷맛이 입의 뒤쪽에서 코안으로, 그리고 온몸으로 번져가는 걸 느껴주세요. 잔에 담겨있을 때 에스프레소의 크레마는 마치 뚜껑처럼 아래에 있는 커피의 향이 달아나는 걸 막아줍니다. 더불어 그 벌집 모양의 구조 속에 향 자체를 가두어, 우리 입안까지 보호해와 뒤늦게 터지도록 해주죠. 이제 우리는 그 행복감을 오래도록 느끼면 됩니다. 그러니 당분간은 물을 마셔 입안에 퍼진 커피 향을 씻어내는 일이 없도록 해야겠죠.

솔직히 몇 번 에스프레소의 의식을 진행하긴 했지만, 단번에 에스프레소의 진미를 알아낸 경우는 거의 없었다. 보통 초심자는 강한 맛 한 덩어리에 당황해 할 때 커피 캔디의 달콤한 맛 한 덩어리로 위로를 받는 정도였다. 여러 번 의식을 거듭하며 에스프레소 안에 든 여러 향과 진미를 분별해가는 과정이 필요하다. 나의 경우에는 지나치게 균형을 추구한 맛보다는, 개성이 또렷한 맛을 마시며 비교할 때 그 차이를 좀 더 확실히 알 수 있었던 것 같다.

예전에 명동에 있을 때는 '명동 커피집', 그다음 인사동에 있을 때는 '인사동 손흘림', 지금은 다동에 자리잡아 '다동 커피집'이 된 이정기 선생의 에스프레소가 한쪽 방향의 개성을 잡을 수 있는 곳으로 생각된다. 이 카페는 여러모로 특색이 넘친다. 같은 블렌드로 로스팅의 정도만 다르게 해서 핸드드립과 에스프레소를 만들어낸다는 점도 흥미롭고, 다른 곳에 비해 연하게 구운 커피로 신맛과 과일향이 풍성한 커피를 뽑아낸다는 점도 특이하다. 무엇보다 3000원만 내면 모든 메뉴를 무제한으로 마실 수 있어 커피 공부에 아주 적격이다.

나는 친구들을 이 카페에 데리고 가면 '리스트레토 더블'로 첫 잔을 마셔보라고 한다. 리스트레토는 에스프레소보다 더 빠른 시간에 적은 양을 뽑아내기 때문에 에스프레소를 특징짓는 본질의 맛을 더욱 충실히 전달한다. '다동 커피집'이 원래 배전이 약한 카페인 데다, 리스트레토 자체가 빨리 뽑아낸 커피라 크레마는 약하다. 앞에서 말한, '꿀꺽' 하고 설탕을 삼키는 크레마의 기준에는 부합하지 않는다. 대신에 우리가 보통의 커피에서 만나기 어려운 상큼한 과일 향의 맛있는 신맛을 확실히 느끼게 해준다. 에스프레소가 쓰지 않으면서 강할 수 있다는 사실도 알게 된다.

다음에는 직화한 수마트라를 잘게 갈아 좋은 흙 맛, 맛있게 쓴맛을 내는 '테이크아웃 드로잉' 같은 곳을 찾아가 반대쪽 개성을 확인해보는 게 좋다. '테이크아웃 드로잉'은 성북동에 문을 열었을 때는 좀 심하다 싶을 정도로 개성을 나타내 이 사이에 낀 커피 가루를 혀로 빼내기 바빴다. 그래도 그 야성적인 맛이 재미있었는데, 요즘은 좀 더 균형에 충실한 쪽으로 움직이는 것 같다.

여러 개성을 분별하게 된 다음에는 종합적이면서 각자의 입맛에 맞는 에스프레소를 찾아가면 된다. 맛으로 명성을 얻고 있는 에스프레소 카페들은 대체로 균형 있고 풍성한 맛을 잘 드러낸다. 두 종류 이상의 에스프레소 블렌드를 내놓거나, 원두의 수급에 따라 그때그때 블렌딩을 다르게 하는 곳도 있다. 카페 체인 중에서는 아무래도 시애틀 기반의 체인보다는 이탈리아 기반의 체인이 에스프레소 자체의 맛이 낫다. '파스쿠찌'가 얼마 전까지는 가장 믿을 만한 체인이었다(그중에서도 서울역 점의 맛이 특히 좋았다. 이건 나뿐만 아니라 여러 사람의 의견이었는데, 정확한 이유는 모르겠다.). 지금은 '에스프레사멘테 일리'가 비범한 맛을 보여준다. 값은 좀 더 비싸지만 달콤한 고구마 향이 발길을 당긴다.

당신의 취향이 에스프레소처럼 강한 맛이 아닐지도 모른다. 그러나 에스프레소의 맛을 제대로 분별하면, 우유와 생크림으로 덮인 베리에이션의 가치도 쉽게 알아낼 수 있다는 사실을 잊지 마시라. 정말 맛있는 카푸치노는 에스프레소의 맛에서 80퍼센트 이상 승부가 난다. 에스프레소의 진미에 물들면 얼치기 에스프레소의 나쁜 맛을 알아내 오히려 괴로울 수도 있다. 카페 정키의 딜레마다.

에스프레소의 한쪽 개성인
과일 향의 신맛을 만끽하게 해주는 '다동 커피집'.

연금술사의 방에서 커피를 뽑는 증기기관차를 만나다

모퉁이를 돌아 두 블록쯤 걸어가면 반지하로 내려가는 파란 계단이 보일 걸세. 저녁 무렵이면 묘한 각도의 태양광이 시선을 방해할 테니, 차라리 눈을 감아버리게. 그래도 길을 잃을 걱정은 할 필요가 없네. 흘려보낼 수 없는 진한 향기가 자네의 발을 잡아당길 테니까. 조심스레 계단을 내려가 유리문 안쪽으로 발을 들이기 전에는 꼭 마음을 다잡아야 하네. 자칫 숨이 멎어버릴지도 모르니. 자네는 그곳에서 방안 가득 수증기를 뿜어내는 유리병들, 드르륵대며 이빨을 가는 작은 악마들, 지옥에서 밀수해온 듯한 육중한 기계들을 만날 걸세. 지상의 인간들은 이 연금술사의 방을 카페라고 부른다더구먼.

커피는 지상에서 살아온 대부분의 시간 동안 에티오피아 고원의 빨간 열매로 은둔해왔다. 이 자그마한 콩이 신비한 각성의 음료로 변신할 수 있었던 것은, 지난 몇 백 년 동안 승려, 상인, 의사, 과학자 들이 굽고 부수고 끓이고 우려내는 실험을 거듭한 덕분이다. 이제 커피는 세계인의 상식이 되었고, 자판기에서 단추 하나만 누르면 누구든 입에 댈 수 있는 생필품이 되었다. 그러나 커피의 깊이에 다가가는 사람들은, 한 잔의 커피를 만드는 일에도 고도의 과학 기술과 숙련된 정성이 함께해야 한다는 사실을 잘 알고 있다.

바 너머에서 커피 한 잔을 드립해내는 바리스타의 모습을 지켜보노라면, 나는 마치 부두교 주술사의 의식이나 외과의사의 집도를 엿보고 있는 듯한 착각에 빠진다. 바리스타의 주변을 둘러싸고 있는 그라인더, 드리퍼, 프레스, 로스터와 같은 온갖 기구들이 그런 환상을 더욱 부추긴다. 카페의 문을 여는 것은 마법과 과학을 넘나드는 연금술의 현장에 들어가는 것과 같다.

'클럽 에스프레소'는 원래 대학로에 가게를 두고 있었는데, 그때는 내가 자주 찾아가던 카페 중의 하나였다. 한창 에스프레소에 관심을 쏟고 있을 때였으니, 그 간판이 주는 매력이 적지 않았다. 그러나 부암동으로 자리를 옮기고 나서는 발길이 뜸해질 수밖에 없었다. 동선이 멀어지기도 했지만, 그즈음 다른 에스프레소 전문 카페가 많이 생겨나기도 했다. 지인의 집이 근처에 있어 들를 일이 있어도 이미 너무 명소가 되어 자리를 차지하기도 쉽지 않았다.

그러던 어느 날, 평일의 비교적 한가한 시간에 그 앞을 지나게 되었다. 나는 친구들과 자리를 잡고 메뉴판을 받아 보았다. 진하게 볶은 커피

콩 냄새가 콧구멍을 간질이는 사이, '터키시 커피'라는 글자가 보였다.

예멘의 커피 의례만큼은 아니지만, 터키 식 커피는 아랍 전통에 가장 가까운 방식으로 커피를 즐길 수 있게 해준다. 터키에 갔을 때 두어 번 맛을 보았는데, 사실 커피 가루가 입에 묻어나는 그 텁텁함이 좋다고만은 할 수 없다. 그러나 터키 식 커피포트, 제즈베Cezve를 직접 불에 올려 커피를 만드는 모습만큼은 무척이나 정겹고 신비롭다. 친구가 터키에서 사다준 제즈베를 가끔 우유를 데워먹는 용도로 쓰고 있었는데, 이 기회에 터키 식 커피를 만드는 법을 훔쳐보고 집에서 만들어보자 싶었다. '클럽 에스프레소'는 커피 원두를 강하게 볶는 편인데, 그렇다면 터키 식 커피와도 잘 어울릴 것 같았다.

즉석 떡볶이를 기대했는데, 아쉽게도 접시에 담겨서 나와버렸을 때의 기분이랄까? 테이블에 불을 올려놓고 눈앞에서 만들어주리라 예상했는데, 완성된 커피를 내왔다. 이국적인 제즈베의 문양을 감상하며, 치아 사이 커피 가루의 감촉을 혀끝으로 느끼는 데 만족하기로 했다.

몇 년 뒤 '전광수커피하우스' 북촌점을 들렀을 때 다시 '터키 식 커피'라는 글자를 발견했다. 이번에는 메뉴판이 아니라 커피 교실의 안내장이었다. 일요일 아침에 열리는 교실이라……. 과연 가능할까? 요즘 토요일마다 밤새우는 일정이 마구 달려드는데……. 고민하던 나는 지금이 아니면 언제 또 가능하겠나 싶어, 질러보기로 했다.

잠을 설치고 달려간 보람이 있었다. 젊고 친절한 바리스타는 섬세하고 현대적인 방법으로 제즈베를 가지고 노는 법을 가르쳐주었다. 아주 가늘게 간 커피에 계피 가루와 같은 향신료, 설탕을 넣고 함께 끓이는 이 방식은 학교 앞 '뽑기'를 떠올리게 할 만큼 소박하다. 그 맛 역시 독특하기는 하지만, 커피는 끓이면 안 된다는 원칙을 위배하고, 원두 본연의 맛보다는 향신료와 설탕 맛이 더 강하게 지배한다. 그럼에도 마치 알라딘의 램프로 마법의 연기를 피우는 것처럼 신비로운 재미가 있다.

나는 바리스타에게 혹시 터키 식 커피를 카페의 정식 메뉴로 만들 생각은 없는지 물어보았다. 고개를 절레절레 흔들었다. "너무 손이 많이 가요. 이것만 하면 모르겠는데." 사실 몇 분 동안이나 불 앞에 앉아 제즈베를 들었다 놓았다 하는 것은 보통 번거로운 일이 아니다. 번거롭기 때문에 더 신비롭고 정겨워 보이긴 하지만.

카페에서 여러 도구를 써보면서 커피의 역사를 배워가는 것도 흥미로운 일이다. 나와 친구들이 '프랑스 국왕의 압박'이라고 부르는 '프렌치 프레스'는 아랍 식의 '끓이는 커피'에 대비되는 유럽 식 '우리는 커피'의 대표 도구다. 굵게 간 커피에 뜨거운 물을 부어 불린 다음, 프레스로 커피 가루를 꾹 눌러 앉히고 남은 음료를 따라 마신다. 원래부터 이런 스타일은 아니었고, 베트남의 햇살 좋은 노천카페에서 만날 수 있는 알루미늄으로 된 작은 프레스가 프랑스 식민지에 널리 퍼진 고전적인 형태다. 이후 코펜하겐의 주방기구 회사 '보덤Bodum'이 이 기구를 유리로 개량해서 세계적인 히트 상품으로 만들었다. 그래서 아예 이 프레스를 '보덤'이라고 부르기도 한다. 하지만 요즘 카페에서는 프렌치 프레스로 커피를 만드는 모습보다 차를 우려내는 모습을 더 자주 보게 된다. 카푸치노 용의 우유 거품을 내는 데 쓰기도 한다.

커피를 증기압으로 추출하는 도구에 이르면 연금술의 시대가 산업혁명의 시대로 넘어가는 느낌이다. 모카 포트나 나폴리타나가 작지만 신비로운 능력으로 커피의 진수를 뽑아내는 알라딘의 램프라면, 큰 덩치의 커피 머신들은 칙칙폭폭 달리며 커피를 무자비하게 뽑아내는 증기기관차다. 산업화된 커피 머신과 증기기관차는 여러모로 이미지가 통한다. 초창기 머신 중에는 증기기관차와 같은 모양을 한 종류도 있었고, 빅토리아 아르두이노Victoria Arduino의 유명한 에스프레소 광고는 달리는 기차에서 커피를 받아 마시는 모습을 보여줌으로써, 에스프레소가 '급행'이라는 의미임을 똑똑히 보여준다.

에스프레소의 참맛을 찾아 카페를 순례하는 것만큼이나, 에스프레소 머신을 구경하며 이 카페 저 카페를 옮겨 다니는 일도 재미있다. 여기에도 개인적인 취향이 작용하겠지만, 내 경우에는 전자동 머신이 주는 산뜻함보다는 수동 머신의 예스러움이 좋다. 대학로 '디마떼오' 2층에는 '닥터 로빈'이라는 느슨한 카페가 있었는데, 분위기는 별로였

지만 복고풍의 에스프레소 머신을 보기 위해 가끔 찾아가곤 했다. 이 곳은 피자집의 카운터를 겸하고 있어 커피를 주문하면 어디선가 기계를 다룰 줄 아는 사람을 불러온다. 그러면 그가 올라와서 한참 꼼지락대다가 굵직한 수동 레버를 내린다. 이어 레버가 천천히 올라가는데, 나름대로 기다리는 재미가 있었다.

에스프레소 머신의 주 생산지는 이탈리아다. 그러니 오죽하겠는가? 그 기계들은 성능뿐만 아니라 디자인에 있어서도 불꽃 튀는 경쟁을 하고 있다. 여기저기 카페를 돌아다니다 보면, 커피가 나오기도 전에 침을 질질 흘리는 나 자신이 부끄러워지기도 한다. 내 시계에 있는 특수 버튼을 눌러 로봇처럼 철컥철컥 두 발을 움직여 따라오게 하고 싶은 녀석들이 한둘이 아니다. 그중에서도 특히 마음에 쏙 들어온 놈을 만나기 위해 나는 한때 목숨을 걸 뻔했다.

경복궁역에서 청와대로 가는 몇몇 길에는 예전부터 자그마한 카페가 생겨났다 사라졌다 하곤 했다. 그런데 조금 썰렁했던 바로 그 창성동 영추문길에 김달진 미술자료박물관, 갤러리 팩토리, 헌책방 가가린 등이 모여들어 아주 기분 좋은 골목이 만들어졌다. 그리고 그 한복판에

전자동, 반자동, 수동……
설계와 디자인과 용도에 따라
다채롭게 변하는
에스프레소 머신을 구경해보자.

'mk2'라는 카페가 있다. 나는 가끔 이 카페에 가슴을 두근거리며 들어
가곤 한다. 물론 주인인 사진가 이종명 씨 때문은 아니다. 이분은 예전
에 내 작업실에 놀러왔다가 동네가 좋다며 혜화동에서 집을 구하기도
했지만, 여전히 그냥 인사만 하고 지내는 사이다. 나를 떨리게 하는 것
은 바로 페이마Faema E61 머신이다. 너무 미니멀해 휑뎅그렁해 보이는
카페 안에서, 불빛이 은은히 흘러나오는 이 녀석의 뒤통수가 그렇게 빛
나 보일 수가 없다. 에스프레소 머신을 보면 앞쪽—커피를 뽑아내는 부
분—이 예쁜 부류와 뒤통수가 예쁜 부류가 있는데, 확실히 이 녀석은
카페 좌석 쪽으로 뒷머리를 내놓고 있어야 한다.

　E61의 전설은 단순히 미려한 디자인 때문에 생긴 것이 아니다. 신
생 에스프레소 머신 메이커인 페이마가 1961년에 내놓은 이 모델은 여
러모로 획기적인 기계였다. 업계 최초로 9기압을 일정하게 유지해주는
시스템을 개발해 채용했고, 특유의 그룹 헤드로 커피를 미리 불려놓아
에스프레소의 맛을 한 차원 업그레이드시켰다. 증기공학 시대의 산물인
에스프레소 머신을 전기공학의 시대로 이끈 작품이기도 하다. 실력과
외모를 모두 갖춘 이 '엄친아'는 레플리카로 그 전설을 이어오고 있다.

내가 왜 이 녀석 때문에 목숨을 걸어야 했는가? 한창 이 동네에서 솟아나는 여러 카페들을 반가워하며 돌아다닐 때, 미국산 쇠고기 수입 사태로 촉발된 대규모의 촛불시위가 벌어져 동네가 꽉 막히고 말았다. 전경들이 골목 어귀를 겹겹이 둘러싸고 있어 그 동네에 사는 학생들도 집으로 못 돌아가 발을 동동 구를 지경이었으니, 일개 카페 정키인 내가 그리로 들어갈 수 있을 리 만무했다. 인사동 초입에서부터 컨테이너로 막아버린 길을 돌아 광화문 뒤를 헤치고 나가 경복궁역 근처까지 갔지만, E61이 기다리는 저 너머로 들어갈 수는 없었다. 그렇다고 경찰들과 육탄전을 벌이며 카페로 돌격해 들어가진 않았다. 목숨을 '걸 뻔' 했지, 걸지는 않은 거다. 그 시절 삼청동, 효자동, 통의동, 부암동 카페 주인들이 월세 부담을 이기지 못해 폭도로 돌변할 뻔했다는 사실은 잘 알고 있다.

육중한 머신의 매력 반대편에는 다시 시간을 거슬러 마법사의 방으로 안내하는 카페 도구들이 있다. 알코올램프의 불로 작은 유리관의 물을 뿜어 올리는 사이펀과, 긴 유리관으로 커피를 차갑게 천천히 우려내는 더치커피 기구들이 그 대표자다. 가끔 이 기구들을 정말 잘 쓰는 장인을 만나기도 하지만, 요즘은 욕심 많은 카페들이 모든 도구를 갖추고 모든 커피를 만든다고 나서는 통에, 겉멋만 든 허술한 커피를 만나 실망하는 일이 종종 있다. 내가 카페의 도구들에 열광하고 미치는 것은 단지 그것이 그럴듯한 앤티크 소품이라서가 아니라, 언제나 살아 움직이며 나를 신비한 커피의 나라로 데려가줄 수 있다는 사실 때문이다.

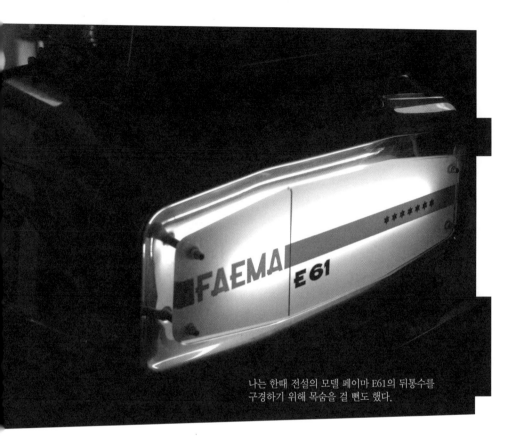

나는 한때 전설의 모델 페이마 E61의 뒤통수를
구경하기 위해 목숨을 걸 뻔도 했다.

모카 엑스프레소
_알루미늄과 카페인의 모더니티

모카 엑스프레소Moka Expresso. 1933년 알폰소 비알레티가 개발한 이 커피메이커만큼 이탈리아를, 20세기를, 그리고 커피를 상징하는 물건을 찾아보기는 어려울 것이다. 에스프레소의 나라 이탈리아에서도 팔각형의 알루미늄제 '모카'는 90퍼센트 이상의 가정에서 발견될 만큼 절대적인 사랑을 받고 있다. 그 매력적인 디자인은 스쿠터 '베스파'와 더불어 이탈리아 최고의 아이콘 자리를 다투고, 산업디자인 역사에 길이 남을 작품으로 런던의 과학박물관 등지에 전시되고 있다. 모카는 또한 그 작은 덩치 속에 20세기의 흥미로운 역사를 압축해 담고 있다.

1차 세계 대전이 끝나고 얼마 뒤인 1922년, 이탈리아의 국가 권력은 베니토 무솔리니가 이끄는 파시스트 당의 손아귀에 들어간다. 파시스트들은 영국, 프랑스 등 선진 제국에 맞서기 위한 이탈리아의 무기를 찾아 헤맸는데, 새로운 금속 '알루미늄'이 그들의 시야에 들어온다. 이탈리아 반도에서 풍부하게 나는 광물로 만들어낼 수 있는 이 가볍고 강한 금속은 곧 철강으로 대변되는 구 제국주의 국가들에 대적할 현대 과학의 산물로 여겨진다. 알루미늄은 '이탈리아의 금속'으로 불리고 모더니티의 상징이 되었다.

또한 이 시기 밀라노에서 발현된 에스프레소의 뜨거운 열기가 반도를 휘감고 있었다. 증기압을 통해 고도로 농축된 이 커피는 단번에 사람들을 사로잡았고, 집에서 마시는 밋밋한 커피가 아니라 진짜 에스프레소를 마시기 위해 카페를 찾아오는 남자들이 급속도로 늘어났다. 바에 선 채로 에스프레소를 입에 털어넣은 이들은 곧 예민해진 정신으로 활발한 정치 토론에 나섰고, 이탈리아의 카페는 파시즘의 선동장이 된다. 이들은 알바니아를 보호국화하고 에티오피아를 집어삼키려는 무솔리니의 정책에 열렬한 박수를 보냈고, 동아프리카의 커피를 직접 공수해오며 세계 커피의 왕자로서 지위를 본격화한다.

모카 엑스프레소는 바로 이 알루미늄과 에스프레소라는, 20세기 초반 이탈리아를 들끓게 한 두 불꽃을 하나로 모았다. 알폰소 비알레티는 대유행

중이던 에스프레소를 쉽고 간편하게 만들 수는 없을까 고민하고 있었다. 당시 증기압을 이용한 소규모 커피메이커를 개발하는 데서도 지역 간의 각축은 만만찮았다. 핵심적으로는 나폴리타나(나폴리)와 밀라네제(밀라노)가 경쟁하고 있었는데, 비알레티는 밀라노 스타일을 개량하면서, 무엇보다 주부들이 집에서 간편하게 쓸 수 있는 시스템을 만들고자 했다. 그 결과, 가볍고 열전도율이 뛰어난 알루미늄을 재료로, 밀라노 스타일 포트의 시스템과 디자인을 개량한 혁신적인 발명품 모카 엑스프레소가 탄생했다.

알루미늄과 카페인이 한데 모였다. 속도와 각성이라는 두 날개가 이탈리아에 장착되었다. 그런데 흥미로운 점은, 모카 포트의 유행으로 각 가정에서 에스프레소를 마실 수 있게 되자 부인들이 카페에 가서 정치 토론을 일삼고 멱살잡이나 하던 남편들을 집 안에 붙어둘 수 있게 되었다는 사실이다. 혹시 이 때문에 이탈리아의 파시스트들이 독일의 나치들만큼 강렬히 번성하지 못했던 것은 아닐까? 어쨌든 파시스트들은 실각했고, 이탈리아는 2차 세계 대전에서 졌다. 그러나 모카는 살아남았다.

1950년대 초반 창업주의 아들 레나토 비알레티가 의욕적인 마케팅을 펼치면서 모카는 새로운 증기를 내뿜기 시작했다. 이때 등장한 것이 바로 콧수염 난 작은 남자 캐릭터인 로미노L'Omino인데, 창업주 알폰소 비알레티가 그 모델이다. 손가락 하나를 곧게 편 모양은 이탈리아 카페에서 에스프레소 한 잔을 박력 있게 주문하는 모습이다. 〈로마의 휴일〉에서 오드리 헵번을 태운 베스파 스쿠터와 더불어 모카 포트는 전후 이탈리아 재건의 상징이 되었다. 자유롭고 가볍고 빠르고, 그러면서도 멋진 이탈리아를 뽐내며 전 세계에 수많은 팬을 거느리게 되었다.

모카 엑스프레소의 또 하나 놀라운 점은 최초의 디자인과 시스템이 거의 바뀌지 않은 채 오늘날까지 세계 시장을 휩쓸고 있다는 사실이다. 에스프레소의 크레마를 효과적으로 만들어 내는 '브리카' 시스템이 개발되고, 청소나 사용의 용이함 등을 이유로 스테인리스를 몸체로 쓰거나 전기 장치를 연결한 제품도 나오고 있다. 그러나 모카에 매혹된 사람들은 알루미늄의 바디를 가스불에 직접 달구는 고전적인 모델을 고집한다(이탈리아 커피와 알루미늄은 아직까지 떼려야 뗄 수 없는 관계다. 에스프레소 머신의 여러 부품, 원두 포장 용기, 캡슐 커피의 캡슐, 탬퍼 등에서 수시로 이 금속을 만날 수 있다.).

BOZ호 보세요.

301호 에서 캔드라운드 6등
세개 5다라로 드려주
거세요.

빈거 청등여러 우편창에
넣어 주십어다.

104호

카페인의 나라에서
열린
캔커피 시음대회

20대 중반까지 나는 커피를 못 마셨다. 아니 못 마신다고 '생각'했거나, 또는 못 마신다고 '주장'했다는 게 더 정확할지도 모르겠다. 친구들이 커피 한잔을 건네주면 사양하며 말했다. "미안. 나는 커피가 안 맞아. 커피만 마시면 배가 아프고 밤에 잠을 못 자. 너 알잖아, 나 수전증 있는 거……. 그 열 배쯤 손가락이 떨려."

대한민국에서 종이컵에 든 인스턴트커피를 거부하는 태도는 사교 생활에 아주 큰 지장을 준다. 대학생 때 동호회 활동을 하며 다른 학교와의 연합 모임에 갔던 적이 있다. 그때 어느 여대생이 나름의 친절을 베풀어 자판기 커피를 뽑아 내게 건네주었다. "오시느라 힘드셨죠? 커피 한잔하세요." 그때 내 입에서 나온 말. "저 커피 안 마시는데요." 나로서는 정직하게 내 의사와 취향을 말한 것이었지만, 굳은 얼굴에 경상도 사투리까지 섞여 나온 말이니 여학생으로서는 적잖이 무안함을 느꼈나 보다. 돌아가서 친구들에게 '저 자식 건방지다. 사람의 성의를

무시하고……'라며 악평을 늘어놓았다고 한다.

대학을 졸업한 뒤 첫 직장이었던 출판사에 처음 출근한 날에도 아주 비슷한 일이 있었다. 사무실 사람들에게 인사를 하고 내 자리에 앉아있으려니, 직원 중에서 가장 막내인 여성 편집자가 머뭇거리며 내게 다가왔다. "커피는 어떻게 드세요?" 넘치는 호의를 베풀어 신참의 커피 취향을 물은 것이었지만, 나는 단호했다. "저, 커피는 안 마시는데요." 돌아서는 그의 인상을 보고 깨달았다. 또 저질렀구나.

이 두 사건은 나중에 그 피해 당사자들과 아주 친해져 그때의 정황을 확실히 전해들은 케이스다. 하지만 이런 식으로 나도 모르게 누군가의 호의를 냉정히 거절했던 적이 한두 번이 아니었으리라. 그때마다 커피를 받아 마실 줄 알았다면, 나의 연애 편력은 풍성한 꽃밭이 되었을 텐데…….

시간이 흘러 나는 지금 커피 중독자가 되었다. 그런데도 여전히 커피로 인해 사회생활에 곤란을 겪는 일이 적지 않다.

업무차 다른 사무실을 방문하거나 라디오 방송 일 때문에 스튜디오에 들르면 으레 친절한 목소리가 들려온다. "커피 한잔 드릴까요?"

경주의 다방 골목에서
원조 '별다방'을 발견했다!

이제 나는 커피를 마신다. 아주 좋아한다. 그러나 너무 좋아해서 탈이
다. 저 찝찝한 인스턴트커피는 웬만해선 못 마시겠다는 거다. 그렇다고
대놓고 "저 인스턴트커피는 안 마시거든요."라고 하면, "저 커피 안 마
시는데요."라고 하는 것보다 열 배쯤 더 재수 없어 보이리라.

　최근에는 신문에 커피나 카페에 관한 칼럼을 연재하고 커피 만화
의 스토리를 쓰면서 나의 커피 취향을 자연스럽게 드러내게 되었다.
그러나 여전히 괴로운 상황은 벌어진다. 누군가의 집을 찾아가면 "커
피 좋아하시죠?" 하며 가정용 머신으로 뽑은 에스프레소나 직접 로스
팅한 원두를 '칭찬해달라는 마음을 한껏 담아' 건네주는 것이다. 인스
턴트커피보다는 백배 나은 상황이지만, 내 마음은 여전히 씁쓸하다.
'이렇게 또 나의 하루 카페인 허용치를 깎아먹는구나.'

　나를 재수 없는 인간으로 만드는 이 모든 상황의 궁극적인 원인은
바로 카페인이다. 사실 인스턴트커피도 특유의 개성적인 맛이 있다.
다른 커피도 사교를 생각하면 극단적으로 사양할 이유는 없다. 하지만
카페인에 취약한 인간이면서도 맛있는 커피를 좋아한다는 근본적인
딜레마가 내 발목을 잡는다. 하루에 섭취해도 괜찮은 카페인의 양은

제한되어있다. 좋은 품종의 아라비카arabica 원두, 혹은 에스프레소로 뽑은 커피처럼 카페인이 적은 방식으로 마시면 하루에 몇 잔도 즐길 수 있다. 하지만 사회생활을 위해 맛은 없고 카페인만 꽉 차있는 인스턴트커피나 싸구려 로부스타 커피를 마시게 되면, 그날 내게 주어진 카페인 허용치는 금세 한계를 넘어버리는 거다.

한때 9 대 1을 넘었던 한국의 인스턴트커피 대 원두커피 시장 비율이 이제 8 대 2 정도가 되었다고는 하지만, 한국은 여전히 세계에서 알아주는 인스턴트커피 소비국이다. 저질 로부스타 원두로 만든 커피 향에 설탕과 가짜 우유를 듬뿍 넣어 달콤하게 만든 인위적인 맛을 커피라며 세뇌해온 것이다. 가정용 인스턴트커피보다 더 싸구려인 자판기 커피가 코카콜라, 박카스 등과 함께 온 국민을 카페인 중독자로 만드는 주범인 게 사실이다. 커피는 근본적으로 각성을 위한 음료다. 그러나 각성에도 질과 한계가 있다. 가벼운 카페인으로 정신을 깨우고 풍성한 향과 맛으로 기분을 고양시키는 진짜 커피의 각성이 아쉽다.

정말 아쉬운 상황은 불시에 발생한다. 사실 서울만 하더라도 눈높이만 좀 낮추면 그럭저럭 갈 만한 커피 전문점이 적지 않다. 여러 대도시에서도 최근 1~2년 사이에 새싹 같은 카페들이 무럭무럭 솟아나고 있다. 그러나 전국의 모든 동네가 그런 건 아니었다.

주문진 바닷가에서 훠이훠이 황진이 춤을 추며 갈매기를 쫓던 우리는 어느새 배가 고파졌다. 사방에 우리를 붙잡는 호객꾼이 있었지만,

수조에 든 대게 값을 듣고는 혼비백산했다. 그런 우리의 뒤통수를 때리는 아주머니의 말. "그렇게 다니다간 못 먹어!" 그건 아마도 예언이 아니라 보편적인 법칙이었나 보다. 결국 마땅한 식당을 구하지 못해 어쩌나 하고 있는데, 친구가 말을 꺼냈다. "예전에 누가 그랬는데, 바닷가에서 싸고 괜찮은 식사를 하려면 중국집으로 가래. 중화요리가 원래 해물을 많이 쓰잖아. 그러니 신선한 해산물이 있는 데가 훨씬 맛있대." 마침 중화요리 간판이 보였다. 식당 안에 관광객으로 보이는 사람은 한 명도 없는 게 더 그럴싸해 보였다. '역시 지역의 진미는 그 동네 사람들이 잘 알지.' 그러나 30분 뒤, 우리는 냉동 해물에 사흘 된 죽을 비벼놓은 것 같은 주문진 표 삼선볶음밥을 반도 못 먹고 튀어나왔다. 정말로 커피 한잔의 입가심이 절실해졌다.

롯데리아를 가볍게 보고 지나치는 게 아니었다. 파리바게트에서 혹시나 커피를 팔지 모른다는 기대를 지우지 않았어야 했다. 고속버스 터미널 가까이 오니 사방에 토착 카페 문화인 다방만 가득하고, 그 흔한 테이크아웃 에스프레소 가게도 하나 보이지 않았다. 일단 목을 축이러 편의점에 들어갔다. 그런데 눈앞에 휘황찬란한 캔커피들이 등장하는 게 아닌가? '요즘 100퍼센트 아라비카니, 천상의 맛이니 하면서 요란하게 광고들을 하더니만 캔커피도 많이 달라졌나 봐? 어디, 맛을 확인해볼까?' 무얼 마실까 고민하다 마음먹었다. 그래, 이렇게 된 거, 본격적으로 '편의점 캔커피 시음회'를 열어보자. 이건 주문진이 우리에게 준 운명적 기회일지 몰라.

주문진 고속버스 터미널에서 열린
편의점 캔커피 시음회의 후보들.

　　주문진은 서울행 고속버스 승객만을 위한 독립된 휴게실을 갖추
어두고 있었다. 공항으로 치면 VIP 라운지인 셈이다. 소박하지만 아늑
하고 조용한 그곳이 우리의 인스턴트커피 시음 카페가 되었다.

　　편의점에서 데려온 후보는 '스타벅스 더블샷 에스프레소 & 크림',
'조지아 오리지널', '원두커피에 관한 4가지 진실'. 그리고 터미널 휴
게실에 비치되어있던 인스턴트 가루 커피 '맥스웰하우스 오리지널 커
피믹스'이 네 번째 후보가 되었다. 다음은 나만의 아주 주관적이고 즉
흥적인 평가다.

스타벅스 더블샷 에스프레소 & 크림

　　이름부터 난센스, 본체는 역시. 에스프레소의 본질은 고압으로 막
뽑아낸 커피다. 식혀서 캔 안에 넣은 커피를 두고 에스프레소라고 이
름 지은 것부터 노골적인 기만이다. 마셔보니 '에스프레소' 보다는 '&
크림'이 중요했다. 달았다. 마신 뒤 향은 거의 없었지만 싸구려 커피
특유의 나쁜 맛도 별로 없었다.

조지아 오리지널

　　가격이 쌌다. 그럴 만했다. 밋밋하고 무슨 맛인지 알 수 없는 독특

한 액체였다. 삼돌이가 마님에게 내쳐진 뒤 꽃분이를 찾아왔다가 가마솥 뒤에서 발견한 일주일 된 숭늉을 들이켰을 때의 맛이랄까?

원두커피에 관한 4가지 진실

커피에 대한 논문을 쓰려고 지은 듯한 기나긴 이름이다. 일단 캔커피는 우유와 설탕을 기본으로 첨가해놓는다는 상식을 버렸다. 달지 않았다. 대신 좋지 않은 쓴맛 뒤에, 아주 좋지 않은 신맛이 다가왔다. 왜 캔커피를 다들 그렇게 단맛 덩어리로 만드는지 알게 되었다.

맥스웰하우스 오리지널 커피믹스

익숙한 고소함이 다가왔다. 인스턴트커피를 안 마신 지 4~5년은 된 것 같은데, 고향 같다. 달지만, 단맛보다는 고소함이 앞선다. 그리고 치아 사이에 애틋한 찜찜함이 묻는다. 향수 어린 인스턴트 향이다.

친구와 나의 결론은 '넷 중에서는 맥스웰하우스 오리지널 커피믹스가 제일 낫다'였다. 적어도 훈훈하잖아. 캔커피 중에서는 '스타벅스 더블샷 에스프레소 & 크림'이 그나마 마실 만했다. 하지만 어떤 캔도 전부 마시지는 못했다. 자판기 커피 마니아나 캔커피 애호가라면 '취향'을 이야기하며 나의 편견을 나무랄 것이다. 그런 논쟁에 나설 생각은 없다. 차라리 인정하고 싶다. 인스턴트 가루 커피, 캔커피, 진짜 원두커피는 서로 다른 장르다.

기묘한 장르의 커피들에 머리가 이상해졌나 보다. 네 가지 남은 커피를 한데 섞어보기로 했다. 원래 싸구려 재료의 찌개도 뭔가를 자꾸 섞다 보면 맛있어지는 법이다. 이런 우연한 순간에 세계를 감동시킬 만한 블렌드가 만들어지지 않을까? 가슴이 마구 두근댔다(물론 인스턴트커피의 카페인에 과다 노출된 탓이었겠지만……). '원두커피에 관한 4가지 진실' 캔에 담았다. 돌리는 마개가 있어 들고 갈 수 있으니까. 마셨다. 두 눈은 본능적으로 화장실을 찾았다. 원초적인 메슥거림이 올라왔다. 일단 속을 게워내고 다음 차를 타야 할까? 아니다. 진짜 커피를 마시고 싶은 욕망이 더 컸다. 빨리 버스를 타자. 그리고 가장 가까운 카페로 달려가자.

대한민국에 사는 우리는 인스턴트커피로부터 달아나기 어렵다. 사무실 복도에는 버튼만 누르면 나오는 종이컵에 담긴 검은 액체로 하루의 피로를 이기려는 사람들이 가득하다. 막노동 공사판이나 고물상 앞에 놓인 커피믹스 두 봉지로 한 끼를 해결하는 사람들도 있다고 한다. 2차 대전 이후 미군 부대를 중심으로 퍼져나온 인스턴트커피는 격렬한 산업화의 전쟁터에서 우리를 중독시켜왔다. 그 덕분에 인스턴트커피 업계는 번창해왔고, 한국산 커피믹스의 맛은 국제적으로도 손색이 없게 되었다고도 한다. 어느 외국 여행자는 한국에서 만난 가장 독특한 음료가 자판기 커피라며 엄지를 세우기도 했다.

건강에 대한 관심이 커져서인지, 진짜 커피의 맛을 알아서인지, 인스턴트커피의 자리는 조금씩 줄어들고 있다. 내가 아는 여러 사무실에서는 작은 에스프레소 머신이나 네스프레소 같은 캡슐 커피 머신을 들이고 있다. 그 와중에 자기만은 드립 커피를 마시겠다고 회사에 여러 장비를 가져와 주위의 눈총과 시샘을 받는 사람도 있다. 후식용으로 으레 주는 자판기 커피 대신 좀 더 나은 커피를 대접하려는 식당도 생겨나고 있다. 홍대에 있는 일본식 선술집에서는 아예 에스프레소 머신으로 만드는 커피 메뉴를 같이 내놓고 있다. 강한 음식 냄새가 나는 식사 자리에서는 커피를 안 마신다는 게 내 원칙이지만, 식후에 싸구려 커피가 아니라 진짜 에스프레소를 마실 수 있다면 마다할 이유가 없다.

딸깍하는 소리와 함께 나오는 자판기 커피 한잔, 설탕 크림 타서 내주는 다방 커피……. 나는 그걸 보면 오래된 친구나 고향 사람을 만난 듯하다. 그 풋풋한 모습에 짠한 향수를 느끼게도 되지만, 막상 옆에 앉아있자면 불편하다. 누군가 우리의 향수를 재현하면서 그 안에 진짜 커피를 담아주지는 않을까? 정말 옛날의 다방 모습 그대로인 채로 향긋한 드립 커피를 내려준다든지, 자판기 커피 머신과 똑같이 생긴 기계에서 에스프레소가 튀어나온다든지.

요즘 편의점엔
이런 인스턴트 드립 커피도 있다.

고양이 똥,
그리고
달팽이와 코끼리

여기저기서 사람도 잘 물어오고, 그 사람이 주는 선물도 잘 물어오는 친구가 있다. 5~6년 전쯤 그 친구가 또 뭔가를 물어온 적이 있다. "내 블로그에 찾아오는 사람 중에 커피 원두를 수입하는 사람이 있는데, 고양이 똥 커피를 나눠준대. 먹어볼래?"

나는 코웃음을 쳤다. '고양이 똥 커피'라고? 제법 유머러스한 이름이군. 나도 방에서 굴러다니는 그 덩어리를 보고 커피 원두로 착각한 적이 있지. 보나마나 고양이 마니아를 위해 얄궂은 캐릭터를 그려넣어 파는 상품이겠지. 나는 시큰둥하게 대꾸했다. "고양이 똥은 됐고, 에스프레소 원두 괜찮은 건 없대?" 친구의 지인은 고양이 똥은 다음으로 미루고, 캐나다 업체에서 블렌딩한 원두를 보내주었다.

코피 루왁Kopi Luwak에 대해 알게 된 것은 그로부터 얼마 후의 일이다. 나는 그때 그 고양이를 꽉 붙들고 똥을 구걸하지 않은 걸 백만 번 후회했다. 인도네시아의 긴꼬리사향고양이는 근처 숲에서 자라는 커피콩을 먹는데, 겉에 있는 과육만 소화시키고 그 안에 든 콩은 배설물로 내놓게 된다. 그런데 그 배설된 원두가 진국이다. 일단 이놈들이 따먹는 커피 열매가 제일 잘 익고 좋은 것들이고, 더불어 뱃속의 독특한 발효 과정을 통해 다른 어떤 원두에서도 만날 수 없는 풍성한 맛을 만들어낸다고 한다. 우수한 콩을 선별하고 과육을 세척하는 섬세한 과정을 생물학적으로 해결해버리는 건데, 거의 시럽과도 같은 바디에 지극히 복잡한 아로마를 만들어낸다나?

이런 정도니 전설과 숭배가 이어지지 않을 수 없다. 영화 〈카모메 식당〉을 보면 평범한 핸드드립 커피를 만들면서 원두 속에 손가락을 넣고 "코피 루왁"이라고 주문을 외는 장면이 나온다. 〈버킷 리스트〉에서 졸부로 연기한 잭 니콜슨이 휴대용 사이펀 세트로 내려 마시며 자신의 부를 과시하는 커피도 코피 루왁이다. 이 원두가 지상 최고의 커피라는 데는 이견이 있을 수 있지만, 가장 희귀한 커피라는 건 사실인 것 같다. 한 해에 불과 500킬로그램 정도만 생산될 뿐인데, 일본에서 거의 휩쓸어간다. 가끔 미국이나 유럽 등지에서 이벤트 성으로 판매되고, 국내의 백화점에 등장해 뉴스를 타기도 했다.

카라콜리Caracoli 또는 피베리Peaberry라 불리는 커피는 가끔 만나볼 기회가 있다. 보통 두 쪽으로 갈려야 할 원두가 하나로 붙어버린 변종이다. 통통하니 모양도 실한데, 맛 역시 부드럽고 풍성하다. 공 같은 모양이라 구울 때도 골고루 잘 구워진다. 카라콜리라는 이름은 달팽이를 뜻하는 스페인어 카라콜caracol에서 왔다. 코끼리 콩이라고도 불리는 마라고지페Maragogype 역시 큰 몸집과 부드러운 맛으로 애호가들의 사랑을 받고 있다. 피베리는 보통 나무의 가지 끝에 드물게 열리는 큰 원두인 데 비해, 마라고지페는 원두의 크기 자체가 큰 종이다.

와인만큼은 아니지만, 커피 역시 다채로움과 희귀성을 무기로 특별한 날의 한잔을 기대하게 한다. 그렇지만 '자메이카 블루마운틴'이라는 무거운 이름을 입에 담은 뒤, 커피 한 잔에 들어가는 50알의 원두 중 블루마운틴이 두세 알이나 되었을까 의심하고 싶지는 않다. 믿을 수 있는 로스팅 하우스나 로스팅 카페에서 확실한 원산지의 커피를 두루 맛보는 것이 커피의 진미에 다가가는 올바른 길이다.

바리스타들 사이에서는 이런 유머가 떠돈다. 어느 날 근사하게 차려입은 남자 셋이 카페에 나타나 주문을 하겠다며 대표 바리스타를 불러오라고 했단다. 그들 중 리더인 듯한 사람이 물었다. "오늘은 어떤 원두가 좋은가요?" "예멘 모카 마타리가 좋습니다." 그러자 신사들이 서로 쳐다보더니 한마디씩 했다. "나는 모카." "나는 예멘." "그럼 나는 마타리가 좋겠네." 코피 루왁이나 피베리는 알면서, 이렇게 하나의 품종을 섬세하게 지칭하는 말을 알아듣지 못하는 건 좀 곤란하지 않을까?

Peaberry
체리 하나에 단 하나의 커피투가 들
어있는 일종의 변종투로서 섬세한 가공
에 의해 독특한 맛을 지니고 있습니다.

M의
이탈리아 가정식 카페로
어서 오세요

토요일 아침, 구민회관 수영장에서 땀을 흘리고 돌아오던 혜화동 K씨가 나를 보고 깜짝 놀란다. "아니, 이 시간에 웬일이십니까?" 스쿠터에 하얀 장바구니를 위태롭게 싣고 비틀대며 가던 나는 그 소리에 놀라 바구니를 엎지르고 만다. K씨는 나를 도와 물건을 담아준다. 휴대용 버너, 핸드 그라인더, 카푸치노 거품기, 보온통에 담긴 얼음, 모카 포트 2개, 컵과 찻숟가락, 거기에 스위트 바질 화분까지……. 나는 멋쩍어하며 대답한다.

"아, 오늘 로터리에 있는 부뚜막 고양이 도자기 공방에서 벼룩시장을 열거든요." "그래요? 근데 이걸 다 파실 겁니까? 어렵게 모으시는 것 같던데……." "아, 그게 아니고요."

나는 두리번거리다가 도로 쪽으로 미끄러져 간 미니 칠판을 주워다 보여준다. 거기엔 이렇게 적혀있다. 'M의 이탈리아 가정식 카페'.

"오늘 카페 차릴 거거든요. 하루만요."

카페 정키들은 언제나 이런 말을 듣는다. "차라리 직접 카페를 차리지 그래?" 여기저기 남의 카페를 전전하며 이러쿵저러쿵 투덜댈 게 아니라, 자기가 원하는 딱 그 모양의 카페를 차리면 될 것 아니냐고. 정키에게 그런 꿈이 없다면 거짓말이다. 하지만 나는 "언젠가는……" 정도로 대답한다.

내 머릿속에는 언제나 나만의 몽롱한 카페 이미지가 떠다닌다. 그러나 아직은 그런 걸 차릴 만한 때가 아니라고 생각한다. 그리고 '언젠가'가 '영원히 연기' 될 가능성도 전혀 없지 않다. 우선 내가 카페를 차리기 위해 겪어야 할 온갖 잡일들이 번거롭고, 그만큼의 돈과 시간을 투자할 만한 배짱이 부족하기도 하다. 커피를 다루는 건 아무리 어려워도 뚫고 나가고 싶지만, 직원이든 손님이든 사람 다루는 건 피하고 싶다. 무엇보다 고통스러운 점은, 내가 카페를 차리면 하루 종일 거기에 붙어있어야 하니, 이곳저곳 가게들을 돌아다니는 카페 정키의 유랑 생활이 끝나버릴 거라는 사실이다.

아직 내게는 가끔 이렇게 반나절짜리 카페를 차리는 정도가 즐겁다. 동네 친구인 부뚜막 고양이 도자기 공방에서 열리는 벼룩시장 한쪽에서 직접 만든 커피와 직접 키운 화초를 파는 거다. 아니면 크리스마스를 기념해 벌어지는 스윙 댄스 파티의 한쪽 자리에서 딱 한 시간만 한정 메뉴를 판다. 그래도 그럴싸하게 보이기 위해 간판도 달고 메뉴판도 올려놓는다.

'M의 이탈리아 가정식 카페'라니. 너무 거창해 보이나? 쉽게 말하면, 평범한 이탈리아의 가정에서 가볍게 만들어 마시는 커피를 선보인다는 거다. 피렌체의 우피치 미술관 앞에서 술에 떡이 되도록 마시다가 현지의 젊은 주정뱅이와 죽이 맞아 그의 집에 쳐들어가 "야, 잠 깨게 커피 좀 가져와!" 하고 소리 지르면, 그 녀석이 구시렁구시렁 엉덩이를 긁으며 만들어 내오는 커피 같은 거 말이다.

벼룩시장 한쪽에 자리를 잡는다. 테이블 위에 휴대용 버너를 올려놓고, 이런저런 장비들을 차린다. 꼭 위에 올려놓을 필요는 없지만, 손님을 끌려면 뭔가 그럴듯해 보이는 게 있어야 한다. 눈에 잘 보이는 곳에 간판도 내건다. 그러면 지나가는 사람이 묻는다.

"칠판을 파는 건가요?" "아니요. 커피 파는 거예요. 오늘만요." "그럼 한 잔 주세요." "잠깐만 기다리세요. 시간이 좀 필요하거든요."

나는 먼저 원두를 꺼낸다. 원두는 로스팅 가게에서 모카 포트나 에스프레소 용 콩을 달라고 해서 기름기 잘잘 흐르는 녀석들로 장만해두면 된다. 그래도 영업을 할 거니까 웬만하면 신선한 콩을 준비해 가는 게 좋다.

그다음에는 나무로 된 핸드 그라인더를 꺼낸 뒤, 속을 탁탁 털어 청소한다. 손님은 다시 말한다.

"이건 뭐하는 거예요?" "커피 콩 갈려고요." "그래요? 나는 콩 살 때 갈아달라고 하는데……"

여기서 한번 물어봐야겠다. 혹시 여러분도 평소에 로스팅 가게에

서 콩을 살 때 갈아달라고 해서 가져오시는지?

삼청동의 '빈스빈스'에서는 새 원두를 사면 기한이 살짝 지난 원두를 덤으로 주는 1+1 행사를 한다. 예전에 거기에서 원두 200그램 두 봉지를 사고 두 봉지를 더 얻어가면서 "갈아주세요." 하고 외치는 아가씨를 목격했다. 나는 당장 쫓아가서 묻고 싶었다. "혹시 혼자 사는 건 아니겠죠?" 아무리 좋은 원두도 갈아놓으면 불과 몇 시간 안에 그 향이 졸렬해진다. 그 아가씨는 열 명 이상과 동거하거나, 아니면 그라인더를 장만해야 한다. 아니면 출장 핸드밀 서비스를 해줄 수 있는 나 같은 친구를 사귀든지.

집에서 직접 콩을 가는 것은 더 큰 즐거움을 준다. '나의 아침을 깨우는 한 잔의 커피.' 지독한 상투어다. 그렇다면 물어보자. 당신은 커피를 대하는 순간들 중 언제 잠을 깨는가? 쌉싸래한 액체가 혀에 닿을 때? 조금 더 앞이라면, 커피 향이 주방 모퉁이를 돌아 와 코에 닿을 때? 나는 그 전에 깨고 만다. 바로 내 손 안의 그라인더가 끄르륵거릴 때.

나의 아침은 핸드밀에 들어간 커피콩들이
비명을 토하며 향기를 폭발시킬 때 시작된다.

커피를 코로 즐기는 데는 여러 단계가 있다. 원두의 프래그런스,
커피액의 컵 아로마, 마신 뒤 콧속의 애프터 테이스트……. 그중에서
도 신선한 원두를 부술 때 터져나오는 프래그런스만큼 폭발적인 향기
는 없다. 왜 이 즐거움을 로스팅 가게에서 소모하고 마는가?

나는 나무로 된 핸드밀을 드르륵 돌리며 나사를 조정한다. 재미있
다고 쳐다보는 사람도 있다. 시각적으로 좀 먹어주긴 하지. 이래저래
불편하긴 하지만. 내 경우에는 처음 그라인더를 살 때 단지 모양이 클
래식하고 손으로 만지는 느낌이 좋아 나무로 된 핸드밀을 장만했다.
그러나 좀 더 간편하게 쓰면서 정확한 굵기로 원두를 갈려면 전동 그
라인더를 장만하는 것도 좋다.

커피콩은 여러 추출 도구에 따라 제각각의 굵기로 변신해야 한다.
퍼컬레이터나 프렌치 프레스는 아주 거칠게, 융 드리퍼는 중간 정도,
종이 드리퍼나 사이펀은 그보다 가늘게, 모카 포트는 조금 더 가늘게,
에스프레소 머신은 더욱더 가늘게, 터키 식 커피는 거의 밀가루 수준

으로. 수동 그라인더는 아주 가늘게 그리고 일정한 굵기로 갈아주어야 하는 에스프레소 원두용으로는 확실히 역부족이다. 그러나 나는 모카 정도는 수동으로도 괜찮다고 주장하며 나사를 최대한 조여 풀리지 않게 움켜쥐고 돌린다.

달콤한 향기가 사방으로 퍼져 나간다. 벼룩시장에 온 손님들이 하나둘 그 냄새의 그물에 붙잡혀 다가온다. 다시 여기저기서 주문이 들어온다. 나는 다시 말한다. "조금만 기다려주세요. 곧 드릴게요."

잠시 말씀드리자면, 여러분도 나처럼 큰돈을 들이지 않고 이런 카페를 차릴 수 있다. 여기에서 이 이탈리아 풍 초저자본 핸드 메이드 카페의 핵심이 등장할 차례다. 이 녀석이 내 손에 쥐어지지 않았다면 이런 카페는 꿈도 꾸지 못했으리라.

가끔은 하나의 물건이 인생을 만들어낸다. 아스토르 피아졸라의 탱고는 뉴욕의 말썽쟁이 꼬마 손에 쥐어진 반도네온에서 시작되었다. 그와 나란히 서기엔 부끄럽지만, 나의 커피 인생 역시 이 하나의 물건이 시동을 걸었다. 유럽에서 귀국한 지인이 건네준 은빛의 팔각 주전자, 모카 포트가 그 주인공이다.

1933년 알폰소 비알레티Alfonso Bialetti가 만들어낸 모카 엑스프레소는 당대 이탈리아 정신의 상징이었다. "모카의 몸을 이루는 알루미늄처럼 가볍고 빠르게, 그 입에서 토해져 나오는 카페인처럼 강렬한 각성으로 구 제국들을 따라잡자!" 최초의 애호가였던 파시스트들은 패퇴

1년에 두어 번만 열리는
M 카페의 주요 장비.
메뉴판과 거품기, 모카 포트, 핸드밀.

했지만, 모카엑스프레소만은 그때의 디자인과 설계를 거의 그대로 유지한 채 이탈리아를 상징하는 물건이 되었다.

모카 포트가 만들어내는 커피를 진짜 에스프레소라고 할 수 있는가에 대해서는 논쟁의 여지가 있다. 나는 "아무래도 아니죠."라는 입장이다. 대형의 고압 기계에서 나오는 커피에 비하자면 확실히 크레마도 부족하고 맛도 밋밋하다. 그러나 어쭙잖은 짝퉁이라고 단정하는 것도 곤란하다. 제대로 다루기만 하면 어설픈 가정용 에스프레소 머신이나 불성실한 카페보다 훨씬 나은 커피를 만들어주기 때문이다. 이 독특한 맛 자체를 즐겨 '모카프레소'라 하는 사람들도 있다. 그들은 완전 세척이 되지 않는 보일러 통의 커피 잔액이 맛의 풍미를 더해준다는 주장도 내놓는다.

내 주변에도 모카 포트를 구해 쓰는 친구들이 적지 않았다. 일단 모양이 아주 멋지고, 가격이 몇 만 원대라 부담스럽지 않기 때문이다. 하지만 많은 경우 집에서 두어 번 쓰다가 못 쓰겠다며 장식품으로 전락시키는 경우가 많다. 나도 적지 않은 시행착오를 거쳐야 했다. 핵심은 불 조절이다. 적당한 압력을 꾸준히 유지시키다가 어느 시점에는 서서히 불을 줄여 나쁜 커피가 끓어 넘치지 못하도록 해야 한다. 솔직히 말해, 쉽지는 않다. 스타벅스의 커피 교실 등에서도 모카 포트에 대한 강좌를 즐겨 하던데, 과연 그 강사가 모카 포트를 몇 번이나 써보았는지 의심스러울 때가 많았다. 거의 끓어 넘쳐 폭발 직전까지 간 구정물 같은 걸 시음하라고 하는 고문을 당한 적도 있다.

에스프레소 머신을 들여놓기가 부담스러운 작은 카페 중에도 모카 포트를 이용하는 경우가 있다. 선뜻 반갑다고 하기는 어렵다. 내가 굳이 카페를 찾는 이유는 업소용 머신의 강력한 힘을 빌리려는 의도도 크기 때문이다. 그러나 이 깡통 로봇을 닮은 포트가 사랑스러운 주둥이로 커피를 부어내는 모습은 제법 마음을 두근거리게 한다. 즉석 떡볶이 가게처럼 가스레인지와 모카 포트를 내주고 직접 만들어 마시게 하는 카페는 어떨까?

이런 상념에 젖어있는 동안, 휴대용 버너 위에서 모카 포트가 달궈져간다. 버너와 포트의 크기가 맞지 않으면 삼발이라는 지지대를 구해서 올려놓으면 된다. 머지않아 익숙한 모카 포트 사용자의 귀에만 들리는 증기 올라오는 소리와 달콤한 첫 향이 등장할 것이다. 그 전에 준비해야 할 게 있다.

"세 분은 카페라테, 한 분은 카푸치노라고 하셨죠?" "카푸치노도 돼요?" "그럼요."

이때 나의 비장의 도구가 또 하나 등장한다. 가정용 카푸치노 거품기다. 모카 엑스프레소의 자매품으로 나오는 이 녀석은 가정식 이탈리안 메뉴를 위해 꼭 필요한 물건은 아니다. 우유를 데우는 정도라면 집에 있는 작은 냄비를 써도 된다. 거품을 내려면 거품기를 돌려도 된다. 그러나 폼이 안 나고 까다롭다. 불에 직접 올려놓을 수 있는 이 거품기라야 우유도 데우고, 순식간에 촘촘한 거품도 만들어낼 수 있다.

사람들이 이 가정식 카페에 감동하는 순간은 바로 이때다. 이렇게 집에서 라면 끓이듯 만든 커피가 거품까지 제대로 된 카푸치노라니…… 내 특유의 수전증 때문에 자연스레 무늬라도 생겨나면, 손님들은 라테아트라며 호들갑을 떨기도 한다. 나는 말없이 그 위에 시나몬 가루를 살짝 더해준다.

갑자기 카페 앞이 시끄러워진다. 시럽은 없느냐고 누군가 묻는다. 내 자존심 때문에 인공 향은 넣지 않는다. 그 사이에 주문이 밀려오는 것도 문제다. 나는 뜨거운 모카 포트를 열려다 손을 델 뻔한다. 이것이 가장 크고 결정적인 약점이다. 한번 쓴 모카 포트는 식히고 씻는 시간이 너무 오래 걸린다. 모카 포트를 두 개 들고 가 번갈아 쓰기도 하지만, 두세 탕을 뛰고 나면 나도 귀찮아진다. 슬슬 폐업할 준비를 해야 한다.

나로선 잠깐의 이벤트였지만, 그래도 사람들은 그 기억을 오래 간직하고 몇 번씩 이야기하곤 한다. 그리고 나처럼 집에서 카푸치노를 만들어 마시는 길을 배워가곤 한다. 그게 바로 커피를 사랑하는 마음이 퍼져가는 길이다. 나는 틈나고 기운 날 때마다 '두 시간 카페', '30분 카페'를 열곤 한다. 친구의 생일잔치 때 주방을 빌려 'M의 이스탄불 대학 자취생 카페'를 열어 터키 식 커피를 한 잔씩 돌리기도 한다. 드립과 로스팅을 공부하는 친구를 불러와 '오대륙 커피 감별 카페'를 만들기도 한다. 드립에 좀 더 자신이 붙으면 부암동 등산로 밑에 직접 만든 세 칸짜리 드립 세트를 들고 가 커피를 팔아볼까도 했는데, 근처에 카페를 열고 있는 지인이 "민원 넣는다!"고 협박해 자제하고 있다.

당신의 블렌드
주파수는 몇
헤르츠인가요?

봄날에 영화제가 있는 전주에 왔었다. 태양은 뜨거웠고 나는 작은 광장에서 춤추던 일행으로부터 간간이 도망 나와 파란색 '파니니Panini'에서 목을 축였다. 처음에는 주문이 밀려 얼음물로 긴 휴식만 취하다 나왔고, 다음에는 아이스 카페라테로 여름의 시작을 축복했다.

겨울의 초입에 다시 전주를 찾았다. 내가 춤추던 곳에서 멀지 않은 골목에 노란색 대문이, 그 뒤 기와지붕 처마 밑에 '나무 라디오'가 숨어있었다. 한옥 서까래 아래, 아기자기하고 깔끔하고 이야기 많을 것 같은 카페가 자리 잡고 있었다. 너무나 전주다운 곳이 아닌가?

진공관 오디오에서는 엘라 피츠제럴드의 목소리가 들려왔다. 시선은 벽을 타고 올라 천장 아래 매달린 낡은 스피커에 가 닿는다.

메뉴판에 붙잡히는 '하우스 블렌드 392.4㎒'. 라디오 주파수와 같은, 가까이 가기는 쉽지 않지만 한번 잡으면 그 곁을 떠날 수 없는 커피인가? 젊은 바리스타가 내려준 커피에선 감칠맛이 풍풍 솟아올랐다. 숫자는 신기한 연상을 일으킨다. 만 39.24세를 지나는 시점에 다시 와서 마셔볼까?

뒷자리에 있던 특이한 옷차림의 남자가 찾아와 인사를 했다. 옆자리에 있는 그의 부인이 인터넷 쇼핑몰을 냈단다. 섹시한 속옷을 전문으로 다루는데, 내 패션 취향으로 보니 찾아와보면 후회하지 않을 거란다. 남자는 박력 있게 웃으며 떠났다. 나도 웃었다. 마치 라디오에서 누군가의 사연을 들은 듯한 기분이었다. 얼굴 한번 본 적 없는 낯선 사람이 그 전파를 넘어 인사하고, 나는 커피를 마시며 인사를 받는다.

돌아와 서울에서 티브이를 켰더니, 〈심슨 가족〉의 호머 심슨이 차를 타고 가다 라디오를 듣는 장면이 나왔다. 호머 심슨은 라디오 앵커의 말을 통해 자신의 현재 나이가 기대 수명의 딱 절반인 38.2세라는 걸 깨닫고, 그동안 아무런 의미 있는 일도 하지 못했음을 한탄한다. 그러자 그의 부인 마지는 호머가 39세임을 가르쳐준다. 생각해보니 나의 만 39.24세도 머지않았구나. '나무 라디오'에 다시 갈 날도 얼마 남지 않았다.

　　　　_ 전주 영화의 거리 '나무 라디오'에서

메뉴는
꼬드긴다

바다에서 만나는 모닝커피와 계란의 발라드

바다를 바라보며 커피를 마시고 싶었다. 주변의 카페 정기들이 떠들어댔다. "강릉으로 가." "주문진 아닌가?" "이봐, 영진이야!" 그들이 말하는 곳은 결국 한 카페였다. "알았어. 가면 되잖아." 나는 곧바로 짬을 내 동해로 가는 버스에 올라탔다.

강릉 부근에서 한 카페에 들른 뒤 택시를 타고 시외버스 정류장으로 향했다. "어디 가시는데요?" "주문진요." "시내버스로 가는 게 나을 텐데." 택시 운전사가 가르쳐준 곳에 내려 시내버스를 타고 주문진으로 향했다. 혹시나 해서 버스 기사에게 물어보았다. "이 버스, 영진항은 안 가나요?" 그는 친절하게 내려야 할 곳을 알려주었다. 제법 먼 길을 걸어 바닷가에서 저녁을 먹은 뒤, 식당 주인에게 택시를 불러달라고 했다. "어디 가신다고요? 너무 가깝네요. 제가 데려다드릴게요." 내가 얻어탄 차는 대나무가 양쪽으로 기울어져있는, 내비게이션을 켜고도 헷갈리기 쉽다는 좁은 오솔길을 올라갔다.

어둠 속에서 달빛을 받아 하얗게 빛나는 카페 '보헤미안Bohemian'. 핸드드립 커피나 로스팅에 관심을 가진 사람이라면 한 번쯤 들어본 이름이리라. 한국 커피계의 대가 중 한 사람인 박이추 선생이 바다를 찾아와 만든 카페 겸 펜션이다. 나는 세 강원도 아저씨의 친절 덕분에 먼 길을 수월하게 질러 왔다. 여기까지는 참 좋았다. 그러나 뜻밖의 고난이 나를 기다리고 있었다.

도착하니 8시 반. 9시가 마감이라더니 사모님이 벌써 가게를 거두고 있었다. 저녁상이 생각보다 너무 많이 나온 터라, 배를 꺼뜨릴 커피 한잔이 간절했다. "커피는요?" 사모님은 어렵다는 표정을 지어 보였다. "내일 아침에 드세요. 아침 아홉 시부터 모닝 타임이니까. 토스트하고 같이……." 아쉬웠지만 사모님의 표정이 너무 피곤해 보여 일단 예약한 방으로 내려갔다(특이하게도 숙소가 1, 2층이고 카페는 3층이었다. 카페에서 바다를 보기 위해서일까?).

침대에 가방을 던지니 갑자기 막막해졌다. 이 시간부터 방에 틀어박혀 뭘 하지? 서울에서의 내 시간표상으로 보자면 9시는 저녁 치고도 아주 초저녁이잖아. 차가 있는 것도 아니니 멀리 나갈 수도 없고, 딱히 가볼 데도 없어 보이고……

문득 아사다 지로의 소설 《프리즌 호텔》이 생각났다. 거기에는 작가가 원고 마감에 쫓길 때 오직 집필을 위해 기어든다는 호텔이 나온다. 외부와의 연락과 접촉은 엄금. 오직 로비에서 출판사 편집자와만 만날 수 있는. 또 다른 소설가 시마다 마사히코의 말도 떠올랐다. "나

영진항의 '보헤미안'에서 바다 같은 커피를 만나다.

는 자발적으로 자주 칸즈메(缶詰: 일정한 장소에 사람을 가두고, 외부와의 연락을 차단한 상태로 두는 것)에 들어간다. 출판사에는 전용 칸즈메방이 있어, 신쵸오샤의 방은 문호의 유령이 나오기로 유명하다."

그래, 나는 이 바닷가 펜션의 독방에 감금된 거야. 그러니 노트북을 켜 글을 쓰자. 인터넷도 안 되니, 딴짓할 염려도 전혀 없잖아. 이곳에 오기 위해 차표를 샀을 때는 집필 여행을 간다는 마음도 없지 않았고. 위이잉, 노트북의 시동 소리가 뱃고동처럼 들려왔다. 인공의 백지가 눈앞에 펼쳐졌다. 그리고 자판을 두드리려는데……. 그 순간에 다시 간절해지는 게 커피였다. 아, 지금 케냐 한잔이면 이 부들거리는 손가락의 힘줄이 다시 팽팽히 당겨져 아프리카 초원의 얼룩말처럼 달려갈 텐데.

나는 도저히 안 되겠다 싶어, 어떻게 좀 비벼볼 작정으로 다시 카페로 올라갔다. 공식적인 마감인 9시를 5분 정도 앞둔 시간이었다. 마침 손님 한 팀이 커피를 기다리고 있었다. 뭐야, 커피가 되는 거였잖아. 나는 간절한 어조로 물었다. "커피 한잔 어떻게 안 될까요?" 역시 어렵다는 표정의 사모님. "저분들은 너무 멀리서 오셨다기에⋯⋯." 그 힘없는 말투엔 왠지 거역하지 못할 힘이 있었다. 나는 헛헛하게 방으로 돌아왔다. 아, 주인은 커피의 신령을 대신해 나를 놀리는 거다. 그동안 너무 커피에 매달린 나를 꾸짖으며, 커피에 대한 안달로 애를 태우다 죽게 만들려는 거다. 빨리 자자. 그리고 내일 아침 일어나자마자 아련한 커피 향을 무시하며 카운터로 걸어가서 당당히 말하자. "저, 커피는 싫거든요. 우유나 주세요."

애초에 거짓말인 걸 나도 잘 알고 있었다. 제인 구달의 후배들이 아프리카의 침팬지를 연구하러 갔을 때 그랬다고 한다. 연구팀이 아무리 침팬지를 불러내려 해도, 녀석들은 사람을 경계해 캠프 주변의 숲을 어슬렁거릴 뿐 당최 밖으로 나오지 않았다. 그런데 어느 날 아침 이 녀석들이 코를 킁킁거리며 하나둘 다가오는 게 아닌가? 침팬지들조차 캠프의 모닝커피 냄새를 맡고 도저히 참을 수 없었던 것이다.

다음 날 아침 나는 납죽 엎드려 아침 커피 상을 받았다. 아침의 커피라는 것 자체로도 매혹적인데, 하물며 장인이 내려주는 모닝 드립 커피임에야. 세상 어디를 가서 이렇게 맛있는 모닝커피를 마실 수 있을까? 첫 잔은 하우스 블렌드, 그리고 어제 커피를 주지 못해 죄송하다며 또 한 잔의 커피를 내려줬다. 이번엔 인도 커피다. 마음이 갑자기 울렁울렁했다.

그때 내 마음을 확 하고 사로잡은 것은 어느 쪽의 커피도 아니었다. 커피와 함께 토스트와 삶은 계란이 나왔는데, 그게 가슴속 깊은 곳을 찔렀다. 일본에서 커피를 배워오셨다더니, 역시 일본 휴양지의 유럽 식 펜션 같은 느낌의 아침을 내주시는구나. 그러니까 료칸 식의 전통 일본 요리가 아니라, 일본 사람들에게 여행지에서 서구식 식사를 즐기는 기분을 주기 위한 메뉴인 게다. 동해에 와서 일본인의 서구 판타지를 만나다니……. 아니다. 더 깊다, 더 먼 곳의 기억이 떠올랐다.

삼십 년 전의 일이다. 나는 일요일마다 카페에 가는 일이 습관처럼 되어버린 못된 소년이었다. 만화 《사바스 카페》 같은 판타지는 접어주시기 바란다. 그때 나는 유럽의 도시들을 여행하는 부유층 자제가 아니라, 읍내 시장을 헤매는 꾀죄죄한 꼬맹이였다. 그 시절 대구 서문시장에 큰 가게를 두고 시골 장터를 돌아다니는 도매상 아주머니가 있었는데, 아침나절의 짧은 일을 마치면 나를 데리고 근처 다방에 가곤했던 거다. 집에 두고 온 내 또래의 아들을 생각하며.

아주머니는 어른 대접을 하며 내게 메뉴를 고르라고 했지만, 나는 뭐가 뭔지 알 수 없었다. 어쨌든 레지 누나는 내 앞에 가장 비싼 음료인 쌍화차를 내왔는데, 어느새 나의 눈은 아주머니의 커피 잔을 바라보고 있었다. 그 독하고 쓴 물에 빠져들기엔 아직 혀가 여린 때였다. 내가 초롱거리는 눈으로 바라본 것은 커피 위에 동동 뜬 노란 계란이었다. 도시의 마나님을 따라간다는 부푼 마음에 시래깃국 밥상을 물리치고 나온 탓이다. 아주머니는 커피 잔 받침에 반쯤 익은 계란을 담아주었다. 아침 커피 옆에 놓인 계란 하나는 그렇게 내 오랜 환상으로 자리 잡게 되었다.

커피의 각성과 계란의 영양을 합치면 훌륭한 아침이 될 거라는 기대는 우리 다방에만 있었던 것은 아니다. 헝가리에서는 커피에 날계란과 그 껍질, 소금을 넣고 끓인 뒤 액체만을 마신다. 독일의 아이에르 카페는 커피에 계란과 우유를 넣고 힘껏 저어 거품을 만든 뒤 들이키고, 지중해와 남미에서도 비슷한 풍경을 볼 수 있다.

개인적 취향으로는 계란과 커피를 한 컵 속에서 뒤섞은 맛은 결코 달갑지 않다. 그러나 간편한 아침 테이블에 이 둘이 서로 마주보며 앉아있는 모습은 참 보기 좋다. 한때 나는 서울의 카페들을 돌아다니며 '최고의 모닝 세트' 리스트를 만들기도 했다. 인사동 프레이저 스위츠 1층의 '커피빈'이나 대학로 '파리크라상' 2층의 카페가 특히 기억에 남는다. 3000원 남짓한 돈으로 커피와 계란 요리, 샐러드와 작은 빵까지 먹는 호사를 누릴 수 있었다. 커피는 리필로 한 잔 더.

〈섹스 앤 더 시티〉가 뉴요커의 브런치 열풍을 데리고 올 즈음, 이들 착한 메뉴들은 하나둘 사라졌다. 재료가 어떻게 달라졌는지 몰라도, 호사스러운 치장과 함께 가벼운 지갑으로는 만나기 어려운 존재가 되어버렸다. 브런치는 브렉퍼스트breakfast와 런치lunch를 합친 말이 아니고, 빅 런치big lunch의 줄인 말인가?

스페인에서 만난 카페 메뉴 중에 '아메리칸 브렉퍼스트'가 있었는데, 정말 싼 가격에 푸짐한 샌드위치를 내주었다. 토스트 한쪽에 계란 노른자가 보이도록 동그란 구멍을 뚫어놓은 게 너무 앙증맞았다. 이렇게 귀엽고 뱃속 따뜻한 아침 메뉴가 어째서 한국에는 들어오지 않는 걸까?

한때 3,000원 남짓한 가격으로 나를 흡족하게 했던
'파리크라상'의 모닝 세트. 커피도 리필! 그러나 이제는……

아랍의 왕자가 하얀 여인을 품어 갈색의 아이를 낳았다

설날이 지나자 500원, 추석을 넘기자 1000원. 오늘도 우리는 먹을 만한 한 끼 식사의 값이 시시각각으로 올라가는 모습을 묵묵히 바라보고 있다. 이 카페의 메뉴판 역시 뒤지기 싫은가 보다. 알록달록한 손 글씨의 메뉴 이름들과는 어울리지 않게 허여멀건 A4 용지에 출력된 공지문이 쌀쌀맞은 이야기를 전한다. '다음 주부터 음료 가격이 일괄 인상되오니 양해바랍니다.' 커피 원두 값이 10년 만에 폭등했다더니 그 때문일까? 매니저의 말은 다르다. "우유 값이 너무 올라서요."

예전에 어느 친구가 그랬다. "우리나라 카페는 커피 전문점이 아니라, 우유 전문점이야." 피식 웃었지만, 일리 있는 말이었다. 카페에서 손님들이 가장 사랑하는 메뉴인 카페라테, 카푸치노, 카페모카 같은 것들은 컵의 3분의 2 이상을 우유로 채우고 있으니까.

커피는 그 색채에서부터 쓰고 독하다는 인상을 자아낸다. 그러나 우유와 몸을 섞은 뒤에는 초콜릿에 뒤지지 않는 달콤한 유혹의 옷으로 갈아입는다. 나는 10년 전 유럽 여행에서 매일 아침 한잔의 커피를 몸속에 누적시키며 중독자가 되었는데, 그 모든 순간에 우유가 함께했던 것 같다. 가난한 여행자였던 나에겐 우유의 부드러우면서도 밀도 있는 질감이 번듯한 식사를 대신해 칼로리를 전해줄 거라는 기대도 적지 않았을 거다.

나만 비겁했던 건 아니다. 투르크 병사들이 빈을 포위했다가 물러나며 남기고 간 원두가 서부 유럽에 커피를 전파시킨 결정적인 계기였다고 하는데, 이 커피가 곧바로 유럽인의 탁자에 오르진 못했다. 터키식 커피가 지닌 텁텁함, 악마를 연상시키는 검은 빛깔 등이 기독교인의 취향과는 영 맞지 않았던 것이다. 빈의 카페 주인들은 개량에 개량을 거듭했다. 텁텁한 가루를 한 차례 걸러낸 뒤에 내놓는 방법도 효과적이었지만, 그보다 결정적인 해결책은 바로 우유였다. 이 백의의 천사는 아랍의 검은 왕자를 빛깔로나 맛으로나 한층 부드럽게 만들어주었던 것이다. 만약 커피가 우유를 만나지 않았다면, 오늘날의 영예를 누릴 수 있었을지 의문이다.

유럽에서 커피 중독자가 되어 돌아온 나를 반겨준 것은 대학로의 '데미타스'였다. 내 최초의 단골 에스프레소 카페인 셈이다. 로모 카메라를 사용하는 친구들의 모임이 잦았던 곳으로, 넓지 않은 벽은 로모 사진들을 모은 로모 월이 되어있었고, 선반에 놓인 알레시의 디자인 소품들은 우리를 유혹해댔다. 현대적인 이탈리안 카페의 풍경을 옮겨

온 듯한 곳으로, 좁은 좌석에 끼어앉은 우리는 그날 뽑아온 사진을 돌려 보고 커피 한잔을 홀짝이며 훗날 이와 같은 카페를 열고 싶다는 꿈에 빠져들곤 했다. 그 자리에 있던 여러 친구들이 이후에 차렸다 말아먹고, 차렸다 말아먹고 한 카페가 오늘날까지 줄을 잇고 있다.

정정해야겠다. '데미타스'는 내 최초의 에스프레소 카페라기보다는 카푸치노 카페였다. 대학 시절부터 나는 커피를 마시면 배가 아프고 잠을 못 이룬다는 고정관념에 휩싸여있었다. 사실 지금도 자판기 커피를 두세 잔 마시면 그런 증상이 나타난다. 그러나 '데미타스'의 카푸치노는 그 포근한 우유 거품으로 나를 안심시켰고, 조금씩 에스프레소의 심장에 다가가게 해주었다.

우유는 커피의 맛을 크게 바꾸지 않으면서, 그 비율만으로도 놀랍도록 다양한 메뉴를 만들어낸다. 프랑스의 카페오레café au lait, 스페인의 카페콘레체café con leche, 이탈리아의 카페라테caffè latte는 표기법만이 아니라, 우유를 넣는 양과 방법에서 적지 않은 차이를 지니고 있다. 20여 가지의 서로 다른 농도로 커피와 우유를 조합해내는 빈의 '헤렌호프Herrenhof' 카페에 이르면 거의 연금술의 경지에 이른다. 미국, 특히 시애틀 기반의 카페 문화에서는 카페라테를 줄여 라테('우유'라는 뜻)라고 부르기도 하는데, 이탈리아 식 카푸치노의 강한 맛에 익숙하지 않은 손님들을 위해 우유를 훨씬 많이 넣고 있으니 그 표현에 나름의 의미가 들어있는 셈이다.

나라는 나라별로, 도시는 도시별로, 개인은 개인별로 각자의 선택

당신을 대표하는 커피+우유 메뉴는 무엇인가요?
카푸치노? 카페라테? 카페콘레체?

이 있다. 내게 커피와 우유를 함께 즐기는 최고의 방법이 뭐냐고 묻는
다면? 대답은 역시 카푸치노다! 황금의 에스프레소를 집으로 초대한
뒤, 같은 양의 따뜻한 우유와 몸을 섞어주고, 또 같은 양의 우유를 짙고
포근한 거품으로 만들어 그 현장을 덮어준다. 내가 처음 장만한 커피
도구들(선물 받은 모카 포트, 작센하우스의 그라인더, 비알레티의 거품기, 보
덤의 원두 보관병, 스웨덴 산 코끼리 모델 카푸치노 잔, 우아하게 커피 잔을 들
고 앉을 의자 등등)은 모두 이 카푸치노를 만들고 즐기기 위한 목적으로
구성되어있었다. 나는 에스프레소를 더블샷으로 넣고, 젖은 우유보다
는 빡빡한 거품을 좀 더 많이 얹어, 컵 위로 넘칠 듯 거품이 솟아나게
한 드라이 카푸치노의 아슬아슬함을 좋아한다.

　카푸치노의 어원에 대해서는 몇 가지 설이 있다. 일단 그 이름이
중부 이탈리아 아시시Assisi에서 태어난 성 프란체스코의 가르침을 이어
받은 카푸친 수도사들로부터 비롯됐다는 데는 다들 동의하는 것 같다.
(소설 《장미의 이름》에 나오는 주인공 수도사 윌리엄이 바로 그 소속이다.) 그

런데 이 금욕주의 수도사 단체의 명칭이 세계적으로 유행하게 된 커피 메뉴의 이름으로 쓰이게 된 이유는 무엇일까? 커피 위에 뾰족한 우유 거품을 올린 모양이 수도사의 모자 모양과 닮아서라는 설이 대세고, 커피에 우유를 섞었을 때 나오는 갈색의 빛깔이 카푸친 수도사의 옷 색깔과 닮아서라는 설도 있다.

나는 그 사실을 확인하기 위해 친히 아시시를 방문하기도 했다. 하지만 골목길에 돌아다니는 고양이와 놀아주고, 도자기로 만든 개구리 인형을 사는 데 열중하느라 시간을 허비하고 말았다. 그래도 높은 성곽 도시에서 안개 낀 마을을 내려다보며 카푸치노의 거품을 코끝에 묻히는 기분은 일품이었다. 나는 잠시 아시시의 성 프란체스코처럼 새들과 대화하는 꿈을 꾸기도 했다.

커피와 우유를 섞어보면 자연스럽게 그런 마음이 생긴다. 이걸로 그림을 그려볼까? 우유에 섞여 갈색으로 변한 에스프레소가 거품의 길을 따라 이런저런 무늬를 만들어내는 모습은 제법 마음을 뒤숭숭하게 만든다. 티스푼으로 슬쩍 끝을 말아 올리고, 옆에 있는 시나몬이나 초콜릿 가루로 약간의 포인트를 더하면 사람들이 엄청 좋아한다. 라테 아트도 아마 이런 과정을 통해 등장했을 거라 짐작된다.

사실 나는 커피를 가지고 이런저런 장난을 치는 것을 썩 달가워하지 않는다. 별 볼일 없는 가게들이 풍선 치장과 마술 등으로 사람들을 현혹하는 것을 종종 볼 수 있다. 커피 잔의 색과 모양에 대해서는 페티

시즘에 가까울 정도로 신경 쓰면서, 커피 스스로 만들어내는 디자인에 대해서는 외면하는 카페도 이상하긴 마찬가지다. 바리스타대회 참가자들도 라테아트에 열중하는 걸로 보아, 어쨌든 커피의 시각적 형상이 마시는 이의 기분을 좌우한다는 사실은 분명한 듯하다.

강릉의 '테라로사' 카페에 갔을 때 테이스팅 메뉴가 있어 기대에 가득 차 바에 앉은 적이 있다. 세계 각국의 원두를 싼값에 한자리에서 비교하면서 마실 수 있겠구나 싶었다. 그런데 첫 번째 드립 커피에 이어 등장한 두 번째 메뉴가 에스프레소에 거품을 살짝 얹은 마키아토가 아닌가? 테이스팅이라면 당연히 단종의 드립 커피가 나와야 한다고 생각했던 나는 적잖이 당황했다. 에스프레소 베리에이션에 라테아트로 하트까지 만들어 띄운 앙증맞은 모습이라니……

나는 입을 삐죽하며 컵에 갖다 댔는데, 그 입은 금세 쑥 들어가고 말았다. 굉장히 고소했다. 에스프레소 자체가 워낙 좋은 베이스를 가지고 있었다. 게다가 우유 거품의 하트가 마지막까지 거의 일정한 모습으로 남아있는 게 신기했다. 이건 만드는 기술 때문인가, 마시는 기술 때문인가? 일행이 말했다. "하트의 꼬리 쪽부터 마시기 때문에 이렇게 남는 게 아닐까?" 아, 그러고 보니 오른손으로 손잡이를 잡고 입을 대면 꼬리 쪽부터 마시게 되어있다. 바리스타에게 "혹시 왼손잡이 손님이 '오면 반대쪽으로 만드십니까?" 하고 물어보고 싶었지만 참았다. 커피와 우유의 산뜻한 데이트를 즐기는 데 너무 머리를 쓰는 것도 좋지 않다.

오랫동안 우리의 인스턴트커피 문화에서는 우유의 역할을 '프리마'가 대신해왔다. 커피 크리머를 제쳐두고 거의 일반명사가 된 '프리마'는 프리마돈나prima donna라고 할 때의 그 이탈리아어 '프리마'에서 나온 이름이다. 그러나 이 '프리마'는 이탈리아와도 아무 상관없고, 우유하고도 거의 상관없는 듯하다. 식물성 유지에 물을 넣고 둘이 섞이게 식품첨가물을 넣은 것이라 한다.

1990년대 중반, 미국으로 유학을 떠났다 잠시 들어온 후배가 원두커피를 시키고 우유를 따로 달라고 하는 모습을 신기하게 본 기억이 난다. 그는 커피와 (프리마가 아닌) 진짜 우유의 데이트를 나보다 먼저 만났던 것이다. 그런데 10년 뒤 교수직을 따고 온 그 후배를 카페에 데리고 갔더니, 아메리칸 커피에 저지방 우유를 따로 달라고 해서 부어 마시는 게 아닌가? 멀건 변종의 커피에 역시 밋밋한 우유를 넣어 마시는 아메리칸 스타일에 핀잔을 주고 싶었지만 그냥 참았다.

카페 '데미타스'가 대학로를 떠나 이대 후문에 이탈리안 레스토랑으로 바뀌어 들어섰을 즈음, 나의 애호 커피도 카푸치노에서 에스프레소로 바뀌고 있었다. 우유의 양을 서서히 줄여 커피의 진면목에 다가간 덕분이기도 했고, 소화 기능에 문제가 있으니 유제품을 멀리하라는 충고를 들어서이기도 했다. 어쨌든 그렇게 나는 카페 정키로서 젖을 뗀 셈이다. 이제는 웬만큼 속도 좋아져 우유와 어른으로서의 연애를 할 정도는 된 듯하다.

그 카페를 떠올리게 하는 녀석들

'더 테이블'에 있던 강아지 신발털이는 지금도 잘 있나? 대학로 '곰다방' 에는 곰 인형이 더 많아졌을까? 가끔은 커피도 바리스타도 아닌, 바로 그 물건들 때문에 그 카페가 궁금해 찾아간다.

'마다가스카르'의
빨간 전화박스

'슈만과 클라라'의
티스푼 컬렉션

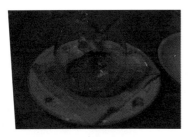

'커피 발전소'의 손뜨개 컵받침

'가로수맨숀'의
골동품 커피메이커

쿠엥카Cuenca 노천카페의
고양이 웨이터

전주 '컬러 인 커피 플라넬'의 벽화

이태원 어느 카페의 뻔뻔한 고양이

'보헤미안'의 손때 묻은 서버

세탁소
불빛보다
조금 따뜻한
초콜릿

사랑은 잊어요. 난 차라리 초콜릿과 사랑에 빠질래요.

_ 마를렌 디트리히

대전은 생각보다 큰 도시였다. 처음 올랐을 때는 한산했던 버스 안이, 맨 뒷자리에 앉아 졸고 또 졸다 보니 사람들로 가득 차있었다. 대충 이쯤이다 싶어 내린 유성온천과 충남대 사이의 대로는 살벌할 정도로 넓고 황망했다. 우리는 멀미기와 잠기운에 취해 저녁 무렵의 대학 교정을 어슬렁거렸다. 그리고 한쪽으로 우루루 몰려가는 대학생들에 떠밀리다 보니 어느새 쪽문을 통해 학교 밖으로 나오고 말았다.

기분 좋게 생긴 소방서가 나타났다. 이상하게 그 위치나 느낌이 스페인 빌바오의 구시가에 있는 어느 건물과 닮았다고 느꼈다. 교회당? 관공서? 극장? 모르겠다. 내가 다시 빌바오로 가보지 않는 한 그 정체를 확신할 수 없다. 다만 뒤가 막힌 듯한 애매한 위치, 내가 다가가던 그 각도, 건물의 덩치와 존재감, 묘한 위치에 서있는 공적인 건물이라는 이질감······ 이런 느낌들이 모여 어떤 기시감을 만들어내고 있었다.

나는 소방서를 지나, 역시 기분 좋은 놀이터 주변을 멍하니 헤매 다녔다. 대로변까지 나갔다가 다시 뒤돌아 서서 인위적인 미로를 만들며 골목길을 빙빙 돌았다. 그리고 처음의 위치에 가까워졌을 때, 골목길 저 너머에서 노란 간판이 인사를 보내왔다.

THE CHOCOLATE. 대문자, 그 길고 긴 스펠링이 가로로 누워 우리를 기다리고 있었다.

마치 나는 퇴근길의 회사원처럼 뒷발을 슬슬 끌며 속도를 줄였다. 그들은 상사의 눈치를 보며 회사 밖으로 튀어나올 때는 단거리 주자처럼 날쌔지만, 골인 지점 앞에서는 카퍼레이드라도 하듯 연도에 늘어선 전봇대에게 손을 흔들며 천천히 들어간다. 친구는 성급하게 앞서 걸어갔다. 그 모습이 내 앞에서 묘하게 일렁거렸다.

예전에는 그렇게 생각했다. 멋진 카페는 멋진 동네에 있지 않으면 곤란하다고. 아무리 잘 꾸며진 카페라도 보기 싫은 회색 건물들 사이에선 볼품없어진다고. 파리나 피렌체의 멋들어진 카페가 빛나는 이유가 다른 데 있는 게 아니라고. 하지만 나는 예전 같으면 '더 초콜릿'만으로 꽉 채우기 위해 클로즈업해 들어갔을 시선을 태연스레 광각으로 넓히고 있었다. 주변의 세탁소 간판, 옥상의 빨래들, 급히 배달을 가는 철가방 아저씨의 오토바이까지 동네 친구들처럼 다정하게 그 장면에 동참하고 있었다. 양쪽으로 갑갑하게 주차된 자동차들의 보닛은 아직 따끈따끈, 자기들의 주인이 방금 여기에 도착했음을 말해주었다. 퇴근 후에, 하교 후에, 언제든 들를 수 있는 카페 하나가 저기 저렇게 자리 잡고 있다는 게 사실은 기적처럼 고마운 일이 아닐까?

카페 안은 그 이름과 딱 어울렸다. 약간 어두운 조명 아래 놓인 아기자기한 소품들, 세심한 배려가 느껴지는 메뉴판, 스피커에서 흘러나오는 보사노바 풍의 북소리가 달콤하면서 아련했다. '더 초콜릿'은 멍한 대학가 앞 어느 골목 귀퉁이를 한없이 이국적인 공간으로 만들고 있었다. 조곤조곤한 목소리의 주인이 우리의 주문을 받으러 왔다. 나의 시선은 메뉴판에 적힌 커피와 초콜릿 사이를 바쁘게 오갔다. 친구가 물었다. "설마 여기서도 커피 시킬 거야? 초콜릿 안 먹고?" 내가 대답했다. "목하目下 고민 중이다. 모카Moka 고민 중이야."

한국에는 김, 이, 박 씨가 넘친다. 외국 기자들은 한국에선 올림픽 금메달을 몇 개 가문이 독식하는 줄로 착각한다. 커피 공화국에서는 '모카' 씨氏가 그런 존재다. 이 이름으로 불리는 것들이 참 많고도 제각각이다.

모카Mocha는 초창기 커피 무역을 독점한 예멘의 항구다. 지금은 소말리아 해적에 납치된 선원들을 예멘으로 데려올 때나 스쳐지나는 퇴락한 항구이지만, 당시에는 이 지역을 대표하는 황금의 무역항이었다.

에티오피아나 예멘에서 생산되어 유럽으로 넘어가는 커피의 대부분이 이곳을 통과했기 때문에, 당시에는 저 아라비아의 음료를 부르는 데 '커피'라는 말보다 '모카'라는 말을 더 많이 쓰기도 했다. 지금도 '모카 포트'의 경우처럼 '커피'와 같은 의미로 쓰이는 경우가 적지 않다.

'카페kaffe', '커피coffee'와 같은 말이 좀 더 일반화되면서, '모카'는 '모카 마타리'처럼 예멘 특산의 품종을 일컫는 말로 제한되어갔다. 그러나 커피 블렌딩이 번성하면서 각국의 원두를 모카 항구에 들여와 섞은 뒤에 '모카'라는 이름을 찍어댄 이후, 이제는 길거리에서 파는 정체불명의 인스턴트커피들까지 '모카 다이아몬드', '모카 울트라 나노', '모카 7세대 아이팟 터치'와 같은 방식으로 이 이름을 주워다 쓰고 있다.

'모카'를 성으로 쓰는 가문에서 가장 별종인 친구는 '카페 모카'의 식구들이다. 그러니까 '스타벅스'에 가서 나름 시크하게 '카페'자를 생략하고 "모카 주세요. 그런데 사이즈로요." 할 때의 그 모카다. 여기에서 '모카'는 초콜릿을 말한다. 모카 항구가 커피뿐만 아니라 초콜릿 무역의 중심지였기 때문이라고도 하고, 모카 종의 커피 원두가 초

따뜻한 우유에 뜨끈한 초콜릿 액을 넣은 뒤
미니 거품기로 섞어 마신다. _'더 초콜릿'

콜릿 향이 강해서라고도 한다. 어쨌든 모카는 커피와 초콜릿 양쪽을
뜻하는 말이 되었다.

　콜럼버스의 아메리카 대륙 탐험 이후 여러 식물 종이 대서양 양쪽
해안을 오갔다. 커피와 초콜릿은 그 목록 중에서도 초특급 트레이드
상대였다. 신대륙의 대표인 오리노코 강의 카카오나무는 아프리카로
이사 갔고, 구대륙 에티오피아 원산의 커피 묘목은 카리브 해에서 더
욱 번성했다. 이 둘은 검은 색채, 놀라운 향취, 마법에 비유되는 효과
로 인해 악마의 열매로 여겨져 금기시되는 등 공통의 운명을 겪기도
했다.

　이제 초콜릿은 원액으로, 가루로, 시럽으로 커피를 장식하고 카페
를 빛내는 존재가 되었다. 내가 음료로서 초콜릿을 가장 강렬하게 체험
한 것은 마드리드에서의 일이다. 유럽을 대표하는 이 나이트 라이프의
도시에서는 밤새 클럽에서 논 뒤 새벽녘 해장용으로 뜨겁고 진한 초콜
릿 음료를 마신다. 보기에는 속이 니글거릴 것 같았지만, 막상 위장 안

에 쏟아부으니 에스프레소 더블샷을 맞은 것과 같은 섬광이 일었다.

서울에 돌아와서도 가끔 카페의 초콜릿 음료를 만나곤 했지만, 대학 시절 배를 채우던 가루 코코아 음료의 변형이라고 여겨질 뿐이었다. 그렇다면 과연 '더 초콜릿'에서는 무엇을 만날 수 있을까?

우리의 테이블에는 핸드드립으로 내린 케냐 AA와 핫초코가 올라왔다. 케냐는 예상대로 썩 좋지는 않았다. 풍미가 떨어지고 연한 편이었다. 핫초코는 따뜻한 우유 잔이 뚜껑이 덮인 채 나오고, 뜨겁게 녹인 초콜릿을 그 위에 바로 부어 마시도록 되어있었다. 기대와는 달리 100퍼센트 초콜릿이 아니어서 아쉬웠지만, 어쨌든 램프처럼 생긴 작은 컵에 담긴 초콜릿을 우유에 부어 마시는 일은 사랑스러웠다. 마치 아포가토에 에스프레소를 직접 부어 마시는 것처럼······.

혀끝에 와닿는 뜨거운 초콜릿을 느끼며, 나는 세계의 카페에 스며든 온갖 종류의 초콜릿을 떠올렸다. 거품 위에 시나몬이 아니라 초콜릿을 뿌려주는 프랑스 카페의 카푸치노, 바르셀로나의 카페에서 맛본 97퍼센트 다크 초콜릿, 달콤하기가 살인 미수에 해당하는 이탈리아의 티라미수······. 서울에 가면 지난번에 기회를 놓친, 홍대 앞 '몹시'의 '바로 구운 초콜릿 케이크'를 꼭 먹으러 가자고 마음먹었다.

창밖 조명에 날파리들이 날아와 서로 부대끼며 춤을 추고 있었다. 앞에 앉은 친구는 눈발이 날리는 것 같다고 했다. 여름이 겨우 사라지는데 겨울의 환영을 본다. 친구는 사각거리며 무언가를 쓰다가 갑자기 창밖을 보며 손을 흔들었다. 까무잡잡한 외국인 꼬마였다. 넌 어디에서 왔니? 인도인인 듯한 그의 아버지와 할머니가 보였다. 골목을 산책하다 우리를 본 모양이다. 내가 웃으며 카메라를 들었더니, 아빠가 꼬마를 붙잡으며 카메라를 보라고 손가락으로 가리켰다. 꼬마는 수줍어하며 달아났고, 나의 수동 렌즈는 핀을 잡지 못했다.

식어가는 초콜릿 향과 함께 아쉬운 찰나들이 지나가고 있었다. 우리가 다시 여기에 올 수 있을까? 나는 지도를 꺼내 주인에게 이곳이 어디인지 표시해달라고 청했다. "여행 오셨나 봐요?" "아, 네." "어디서요?" "서, 서울이요. 너무 가까운가요?"

'모카'는 정말로 많은 뜻을 지니고 있다.

버터 바른
빵 한 조각과
와플 전쟁

종로구 아트선재센터 옆길의 카페 '베네Bene'는 한동안 나의
베이스캠프였다. 등정의 목표는 정독도서관의 우람한 장서. 나는 일주
일에 한두 번 만만찮은 책들을 발굴한 뒤 허겁지겁 그 문을 열고 들어
가곤 했다. 그 주변에 카페가 별로 없던 시절이기도 했지만, '베네'가
나를 부른 특별한 이유는 따로 있었다. 당시로서는 괜찮은 편이었던
한 잔의 라바짜, 그리고 그와 아주 잘 어울리는 한 끼의 식사가 있었기
때문이다. 따끈하게 누른 파니니와 수프, 수제 요구르트를 커피와 함
께 먹을 수 있는 '오늘의 메뉴'는 모든 고민을 단번에 해결해주는 알라
딘의 램프였다. 바깥바람이 아무리 스산하게 불어도, 내 손에 쥐어진
책이 아무리 무뚝뚝해도, 나는 그 따뜻한 에너지를 몸에 채우고 그날
의 책 속으로 쏜살같이 달려 들어갔다.

유럽의 카페는 작은 식당을 겸하는 경우가 많다. 자크 프레베르의
어느 시에는 배고픔에 지쳐 카페의 '스테인리스 카운터에 삶은 달걀을

깨는' 환청에 시달리다 강도 살인을 저지르는 남자가 나온다. '크림 커피와 따뜻한 크루아상, 럼을 탄 커피, 피를 탄 크림 커피……'를 되뇌다, 2프랑을 훔쳐 술 탄 커피와 버터 바른 빵을 먹는다(그 와중에 팁도 챙겨준다.). 이런 모습을 보면 순수하게 '커피'가 카페의 중심이 된 것은 비교적 최근의 일이 아닌가 싶기도 하다. 우리 주변에는 아직도 오므라이스, 햄버그스테이크, 김치볶음밥 등의 식사 메뉴에 중점을 두고, '후식'으로 멀건 커피를 내주는 카페들도 적지 않다.

빈속에 카페인을 쏟아부어 위장을 긁어놓지 않으려면 든든한 지원군이 필요하다. 장기 체류를 원하는 카페 정키들을 위해서라도 우리의 카페들은 요깃거리를 갖추어야 한다. 그럼에도 너무 제대로 된 식사를 파는 가게들은 외면하게 된다. 연하게 구운 이르가체페의 미묘한 고구마 향을 입안에 담으려는 순간, 강력한 카레 냄새가 콧속으로 돌진해온다고 생각해보라. 비록 내 입에 넣는 게 아니더라도 옆 테이블에서 풍겨오는 향기만으로 커피의 미묘한 향을 깨뜨리기란 어렵지 않다. 어떤 카페 체인은 주변에 강한 냄새가 풍기는 식당이 있다면 카페의 입지로는 절대 부적당하다고 주장하기도 한다.

사실 나는 카페에서 파니니나 샌드위치를 먹는 경우가 적지 않지만, 진짜 '커피'를 목표로 한다면 식사를 한 뒤에 어느 정도 시간을 두고 마신다. 근처 테이블에서 누군가 이런 요리를 시켜 먹는다면 자리를 옮기기도 한다. "그럼에도 카페 정키의 배를 다스리기 위한 뭔가는 필요하지 않겠소?" 누군가 내게 묻는다면 이렇게 말하겠다. "파니니와

샌드위치의 속을 비워주시지요." 그게 뭐냐? 바로 '빵'이다. 그 정도라면 좋다. 아니, 빵이라는 존재가 없었다면, 오늘날 세계의 카페 문화가 성립할 수 있었을지조차 의심스럽다.

서구에서 카페 문화를 본격적으로 연 것은 오스트리아 빈의 카페 하우스들이다. 빈은 약해 빠진 서구인에게 커피를 소개하기 위해 '검은 가루를 거르고 우유 넣은 커피'라는 레시피를 만들어냈고, 더불어 크루아상과 도넛이라는 달콤한 친구들을 발명했다. 그 도시에 커피 원두를 두고 떠난 투르크 병사들을 떠올려 그들의 상징인 초승달 모양으로 구운 롤빵이 크루아상, 동그랗게 튀긴 빵에 시럽을 채운 것이 도넛의 기원이 되었다고 한다.

빵이 카페의 상식적인 구성물이 된 데에는 서구인의 주식이 빵이었다는 사실도 중요하게 작용했겠지만, 커피의 향과 맛을 침해하지 않으면서 카페인을 중화하고 고소함을 더할 수 있는 음식이 바로 빵이었

한때 가난한 대학생의 식량이었던 토스트가
이제 갖가지 세련된 메뉴로 변신하고 있다.

다는 점도 무시할 수 없다. 물론 아주 순수한 커피주의자라면 빵조차
커피 맛을 일그러뜨린다며 거부할지 모르겠지만, 나는 여태껏 최소한
의 빵까지 거부하는 커피 지상주의 카페는 발견하지 못했다.

우리의 카페에서도 숱한 빵과 과자류가 인기를 모았다 뒤로 처졌
다 다시 나타났다 하며 각축전을 벌이고 있다. 다음은 내 테이블을 오
가는 빵들의 간략한 역사다.

토스트와 배부른 친구들

1980년대 대학가 카페에서는 토스트가 배고픈 학생들의 가장 중요한
친구로 자리 잡고 있었다. 당시에는 학교 앞에서 불온서적을 보며 세
미나를 하는 경우가 적지 않았는데, 찻값을 낼 돈조차 없어 벌벌 떨던
우리에겐 커피 한 잔만 시키면 토스트에 잼과 버터를 무한으로 먹을
수 있는 카페가 구원의 집이 되었다.

지금도 이런 추억을 곱씹게 하는 카페들이 남아있다. 하지만 토스
트를 궁색한 시절의 친구로만 여길 필요는 없다. 아예 토스트 자체가

카페의 얼굴이 되는 곳들이 나타나고 있다.

내가 처음 그 토스트를 만난 곳은 압구정동 씨네시티 옆길이었다. 근처에 있는 크라제버거를 찾아갔다가 사람이 많아 그냥 돌아서서 나오는데, 간판에서부터 고소한 냄새가 풍기는 곳이 보이는 거다. '야쿤 카야 토스트Ya Kun Kaya Toast'. 이름부터 주성치 필로 수상한 데다가 '토스트'를 간판에 내걸다니, 그 맛을 확인해줘야겠는걸. 심지어 이동통신회사의 서비스센터 옆 공간에 빈한하게 자리 잡았지만, 인테리어는 세련된 디자인을 하고 있다는 것조차 묘하게 재미있었다.

갈색의 얇은 빵에 버터와 잼을 넣은 바삭하고 고소한 토스트. 여러모로 별났지만 잼이 제일 특이했다. 야쿤 카야 잼은 천연 코코넛 밀크에 계란과 열대 허브인 판단 잎을 넣어 만든다나? 싱가포르 출신이라…… 그렇다면 커피도 역시? 그렇다. 포스터인지 사진인지 정확히 기억은 나지 않지만, 싱가포르 스타일의 양말로 커피를 내리는 옛 모습이 보였다. 원두커피에 뜨거운 물을 붓고 내리는 일종의 드립 커피인데, 대량의 커피를 양말처럼 생긴 거름망으로 내린다. 가게 포스터에 있는 것 같은 전통적인 모양은 아니지만, 비슷한 스타일을 재현하고 있는 듯했다. 게다가 이 커피에 연유를 타 먹는 맛 역시 동남아 풍을 만끽하게 해주었다.

이후 근처에 갈 때마다 들르곤 했는데 지금은 가게를 옮겼고, 광화문 파이낸스빌딩에 가면 새 가게를 만날 수 있다고 한다. 이대 앞의 '코피티암'에서도 비슷한 스타일로 카야 잼을 넣은 토스트와 연유 커피를 만날 수 있다. 동남아 해안가의 펜션 스타일로 꾸며진 카페 안 정경도 이채롭다. '로티보이'나 '파파로티' 등에서 파는 번bun도 동남아시아에서 태어나 커피의 친구가 되기 위해 애쓰는 친구다. 근처에만 가도 버터 향이 발을 끈다.

뉴욕 치즈 케이크와 달콤한 친구들

2000년대 들어 카페 문화가 본격화하면서 카페의 새로운 상징으로 등장한 것은 아마도 베이글과 뉴욕 치즈 케이크이리라. 치즈 크림을 바른 베이글은 가벼운 식사 대용식으로 사랑받기 시작했고, 베이글 전문점이 몇 군데 들어서기도 했다. 스펀지처럼 퍼석퍼석한 게 아니라 제대로된 육질을 지닌 뉴욕 스타일의 치즈 케이크는 머리가 띵해질 정도로 진하게 단맛으로 쓴 커피의 맛을 고소하게 바꾸어주는 역할을 했다.

새로운 스타일의 조각 케이크와 커피를 함께 내주는 카페 스타일 또한 인기를 모았다. 어른들은 압구정동 신사중학교 건너편의 카페 '라리'로, 소녀들은 일본 스타일의 '아루'나 '미고' 같은 카페로 달려가 진한 케이크를 베어 물곤 했다. 나는 이 무렵 인터넷 비즈니스 붐을 타고 여러 업체의 컨설팅 같은 일을 많이 했는데, 클라이언트에게 밥을 얻어먹는 게 주특기였으므로 이런 카페에서 회의를 하며 여러 케이크를 맛보곤 했다. 지금은 대부분의 카페들이 케이크를 사이드 메뉴로 취급하고 있어 웬만큼 포인트가 없으면 대접받지 못한다.

두어 해 전 어느 밤에 작업실을 함께 쓰던 친구가 "혹시 케이크 먹고 싶냐."고 물어 왔다. "좋지. 특히 치즈 케이크라면." 그랬더니 자기를 따라오란다. 인터넷에서 누군가 번개를 쳤는데, 주최자가 치즈 케이크 한 판을 예약해놓았으니 오는 사람은 각자 커피만 사 마시면 된다고 했다는 거다.

우리는 스쿠터에 올라타 광화문 세종문화회관 뒤쪽으로 갔다. '경희궁의아침' 같은 주상복합 아파트 단지가 들어서면서 쾌적한 카페 공간이 늘어나고 있는 동네다. 특히 차들이 별로 다니지 않는 일요일에 카페의 노천 좌석에 앉아서, 교회에 다녀오는 어머니와 바람둥이 딸의 대화를 엿듣는다든지 하는 재미를 즐기기에 좋은 곳이다. 우리는 주변을 조금 헤맨 뒤에 서울지방경찰청 앞에서 목표물을 찾았다. '나무 사이로'. 그전에도 이름을 익히 들어온 곳이었다.

세로로 길게 자리 잡은 카페는 사람들로 바글바글했다. 복도를 지나 안쪽으로 들어간 자리에 겨우 좌석을 만들었다. 곧 번개 주최자가 나타나 인사를 했는데, 참석자는 이로서 끝. 단 세 명 앞에 뽀송뽀송한 치즈 케이크가 '통으로 한 판' 나왔다. 소문은 허명이 아니었다. 그러나 두어 조각을 먹고 나니 입안은 치즈와 설탕의 당분으로 꽉 차버렸다. 이 카페는 자가 배전의 드립으로도 이름난 곳이었는데, 케이크의 단맛이 모든 것을 압도해버린 탓에 결국 커피는 어떤 맛이었는지 기억도 나지 않는다.

식사인지 디저트인지 구별하기 어려운 파이의 시절을 지나, 요즘은 타르트가 여기저기서 보인다. 신사동 가로수길의 '듀크렘'처럼 작정하고 여러 메뉴를 먹을 수 있는 곳도 좋지만, 내가 가장 사랑하는 곳

은 종로경찰서 건너편 아름다운가게 길에 있는 에그 타르트 가게다.

자그마한 가게 앞에는 나무 벤치와 딸기 화단이 있는데, 고양이에게 화단에 앉지 말라고 호소하는 글 옆에 그걸 완전히 무시한 고양이가 앉아있다. 가게 안에서 갓 구운 에그 타르트와 단호박 타르트를 사와 벤치에서 커피 한잔과 번갈아 먹으며 고양이에게 발장난을 거는 재미가 이만저만이 아니다. 유의할 점은, 고양이가 주말이나 추운 날에는 출근하지 않는다는 사실이다. 재수가 좋으면 자그마한 몸집의 여주인이 자전거에 고양이를 태우고 출퇴근하는 모습도 볼 수 있다.

작정하고 달콤한 것에 빠지려면 5월 일본의 황금연휴인 골든 위크에 도쿄 지유가오카를 찾아가보는 것도 좋다. '롤야', '몽상 클레르', '몽블랑' 등 만화 《서양골동양과자점》에 나올 법한 스위츠sweets 카페들이 사방에 늘어선 이 지역에서 달콤함을 테마로 한 이벤트가 이어진다. '스위츠 포레스트'라는 이름의, 달콤한 것들을 모아놓은 테마파크 같은 곳도 있다. 나는 겨우 두세 개만 먹고도 질려버렸는데, 주위 여자아이들은 들르는 가게마다 한 가지씩은 사냥을 하고 나오는 듯했다. 케이크, 푸딩, 파이 들을 징검다리 건너듯 이어가다 보면 황금의 뱃살이 생긴다고 해서 골든 위크라고 부르는가 싶었다.

와플과 배부르고 달콤하면서 비싼 친구들

삼청동의 고급 카페에서부터 지방 대학가의 소박한 카페, 심지어 내로라하는 명성의 자가 배전 드립 카페에 이르기까지, '와플'은 대한민국 카페의 필수 아이템이 된 듯하다. 한때 대학가 앞에서 염가의 유럽 풍 길거리 음식으로 잠시 반짝하다가 사라졌는데, 어찌하여 이렇게 럭셔리한 자태로 번성의 때를 맞이하게 되었을까?

우선 와플의 유래에 대해 잠시 알아보자.

알랭 레네 감독의 〈지난해 마리앙바드에서L'Année dernière à Marienbad〉라는 영화가 있다. 여기에서 프랑스어로 '마리앙바드'라고 부르는 곳은 체코의 유명한 온천 도시 '마리안스케 라즈네'다. 나는 눈이 지독하게 내린 어느 겨울 그곳을 찾아간 적이 있었다.

눈보라 속에서 겨우 숙소를 잡고 카운터로 내려오니 7시를 갓 넘긴 시각. 하지만 이미 해는 완전히 져버린 뒤였다. 그래도 숙소에 틀어박혀있기는 싫었던 탓에, 밖으로 나와 눈 덮인 공원을 걸었다. 하얀 벌판 너머로 거대한 유리 건물이 보였다. 안으로 들어가니 작은 도자기 잔을 파는 게 보였다. 온천수를 식혀서 마시기 위한 도구였다. 물론 그곳 호텔에도 유리창 밖 설경을 바라보며 뜨거운 물에 몸을 담글 수 있는 풀pool이 있었다. 그러나 한국이나 일본만큼 물이 뜨겁지 않은 온천수여서인지, 목욕용으로 쓰기보다는 미네랄이 가득한 물을 마시는 것이 주요 활용법이라고 했다. 나는 쥐 모양의 도자기 잔을 사서 온천수를 빨아보았다. 역시나 떫었다. 나는 그곳 사람들의 전통대로 바깥에 있는 가게로 얼른 달려갔다. 그리고 얇은 과자 사이에 달콤한 크림이 들어 있는 와퍼wafer를 먹고 입가심을 했다.

이 와퍼가 한쪽 가계로는 우리가 어린 시절 즐겨 먹던 과자 웨하스wafers로 진화했고, 다른 가계로는 두툼한 와플waffle로 진화했다. 붕어빵 틀과 비슷한 와플 아이언을 통해 만들어지는 것은 두루 비슷하지만, 나라마다 생김새와 레시피는 조금씩 다르다. 효모를 써 가볍고 바삭거리게 만드는 벨기에 스타일은 식사보다는 간식거리라고 한다. 반면에 베이킹파우더를 넣어 두툼하게 만든 아메리칸 스타일은 식사 대용으로도 먹는다.

와플 붐은 아무래도 브런치 붐의 영향이 적지 않은 듯하다. 정통 아메리칸 브런치라면 접시에 햄, 소시지, 감자튀김 등등이 가득 담겨 나오는 게 보통이지만, 〈섹스 앤 더 시티〉의 캐리와 친구들 같은 뉴요커는 좀 더 가볍고 달콤한 식사를 즐길 것만 같다. 카푸치노 한잔과 함께 먹어도 부담 없을 것 같은 스타일을 추구하다 보니, 아이스크림과 생크림을 곁들인 현재 유행하는 스타일의 와플이 정착된 것 같다.

커피는 물론 온갖 스위츠의 편력에도 뒤지고 싶어 하지 않는 나지만, 어쩐지 이 와플의 유행은 과잉이라는 생각이 든다. 도대체 한국의 카페들이 저렇게 거대한 디저트를 메뉴판의 제일 앞에 드러내야 할 이유가 있을까? 게다가 와플의 생명은 쫄깃쫄깃한 육질에 있는데, 지금은 온갖 화려한 토핑으로 와플 자체는 뷔페 접시가 된 느낌도 적지 않다. 무엇보다 그 정도로 비싸게 팔 만한 제품인지 의심스럽다.

와플은 아마도 포스트 〈커피프린스 1호점〉 시대, 주말의 카페 행락 투어 블로거들을 꿰뚫어버린 상품이 아닌가 싶다. 주말에 영화관이나 로맨틱 뮤지컬 극장을 찾는 관객들은 그 순간의 의미를 단지 어떤 문화를 향유하는 데에만 두지 않는다. 피로한 한 주를 마친 자신에게 주는 보상, 삶에서 특별한 한 순간을 만드는 이벤트로서 그 가격을 지불한다. 주말에 유명한 카페들을 찾아다니는 일 역시 그와 비슷하다. 단순히 거기서 맛있는 커피 한잔을 마셨다는 일차적인 소비만이 아니라, 그 경험을 블로그에게 올려 친구들에게 자랑하는 이차적인 소비 역시 중요하다. "제 카메라는 똑딱이라 역시 이 미묘한 중배전 코나의 색은 잡히지 않네요. 속상해요. 역시 DSLR을 사야 할까염?" 하는 것보다는 멋들어진 세팅의 와플 사진 한 장을 올리는 게 훨씬 반응이 좋을 것이다. 그 와플이 여러 카페의 생계에도 커다란 도움을 주고 있으니 윈윈이라면 윈윈이다.

　나도 와플을 좋아한다. 길을 걷다보면 'coffee' 보다 'waffle' 이라는 단어가 더 따뜻하게 나를 잡아당기는 순간이 있다. 부산 해운대 달맞이길 입구에 길 지키는 강아지처럼 서있는 회색의 '카사 오로' 역시 간판보다는 'coffee·waffle' 이라는 글자가 더 선명히 사람들의 시선을 잡는다. 부산의 오래된 데이트 코스를 새롭게 만드는 이 카페의 바깥자리에 앉아 예닐곱 개의 길이 묘하게 겹쳐지는 모습을 바라보며 와플 한 조각을 베어 먹는 약간의 사치가 겹쳐지면 어떻겠나? (바로 앞에 있는 '달맞이길' 이라는 거대한 표지판이 몹시도 눈에 거슬리지만…….) 그러나 역시 가격의 정직성에 민감한 카페 정키라면 선뜻 지갑을 열지는 못할 것이다.

때론 나도 '와플'이라는 글자에 붙잡히지만,
또한 이 녀석이 대한민국의 카페들을 점령하고 있는 현실이
떨떠름하기도 하다.

검은 유혹,
커피를 부르는
파블로프의 신호들

이제 저 글자를 보기만 해도 목에 침이 넘어간다. 저 숫자만 봐도 커피의
마력에 빠져드는 것 같다. 중독자들을 끌어당기는 매력적인 타이포그래피와
미스터리어스한 숫자들……

10 gram

COFFEE

Cafe

OPEN
AM 12:00
CLOSE
PM 8:00
월요일은 쉽니다

HOW TO MAKE

검은 왕자를
만나러 가는
통로는
오아시스의 폭포

오스트리아의 빈은 카페의 숲으로 둘러싸여있다. 커피 잔의 테두리처럼 둥근 링 스트라세를 따라 19세기 말에 전성기를 누린 문학 카페들이 고고하게 경쟁하고 있다. 세계에서 이만큼 오래된 카페들이 이렇게나 대규모로 옛 모습을 지키고 있는 곳은 찾아보기 어렵다.

어느 해 체코를 유랑하던 도중, 나는 제대로 된 커피 한잔을 마시기 위해 국경을 넘어 이 도시로 잠입했다. 이곳 빈에서 태어난 첩보 소설 《제3의 사나이》를 떠올리며 링 스트라세를 떠돌았다. 그리고 응용예술대학 건너편의 '카페 프뤼켈Café Prückel' 앞에 이르러 멈춰 설 수밖에 없었다. 이곳은 굳이 세기말 문학카페 투어를 하고 있는 사람이 아니라도 지나치기 어려운 카페다. 눈에 딱 띄는 위치에서 우아한 모습으로 햇빛을 받아들이고 있는데, 1950년대 스타일로 개축된 실내는 고전적이면서도 산뜻한 풍모를 내보인다. 다행히 우아한 정장의 남녀들뿐만 아니라 편안한 복장의 대학생들도 자리를 채우고 있었다. 나는 국경 너머 모라비아 산의 눈으로 더러워진 바지를 입은 채로 멋진 의자에 걸터앉았다.

빈의 카페는 여러 독특한 전통을 지니고 있다. 카페의 나무 독서대에는 항상 다양한 종류의 신문이 꽂혀있어, 신문을 사서 보기 힘든 시대에 지식인들이 모여 시사 정보를 접하고 토론을 하던 전통을 엿보게 한다. 여흥을 위한 당구대 역시 이 지역 카페의 전통으로, 모차르트가 휴식 시간에 나타나 실력을 뽐냈다고 한다. '카페 프뤼켈'에는 당구대는 없지만 그 대신 피아노가 놓여있다. 정기적으로 현대의 모차르트들이 초청되어 연주를 펼친다고 한다. 다양한 방식으로 우유를 첨가한 복잡한 메뉴와 토르테와 같은 달콤한 간식거리도 빈 카페가 세계화시킨 것들이다. 여기에 하나 더, '카페 프뤼켈'이 자신들이 원조라고 주장하는 것이 있다.

깔끔한 셔츠와 베스트 차림의 웨이터가 우리가 주문한 커피를 가져다준다. 은색 쟁반에는 커피와 더불어 우유와 티스푼, 그리고 물이 담긴 유리잔이 함께 나온다. 요즘은 우리나라 카페에서도 어렵지 않게 볼 수 있는 세팅인데, 이것이 '카페 프뤼켈'에서 태어난 서빙 방식이라고 한다. 그리고 여기에서 특히 중요한 것은 '물'이다.

빈에 가기 전에도 나는 여러 카페에서 물컵을 함께 내주는 모습을 보곤 했다. 한국의 다방이나 식당에서는 공짜로 물을 주니 당연한 서비스로 여겼다. 그리고 그 용도는 쓰디쓴 커피를 마신 뒤에 입을 헹구

카페 테이블에 유리 물 잔을 올려놓는 전통이 태어났다는 '카페 프뤼켈'.

기 위한 건 줄 알았다. 그런데 반대였다. 빈 카페의 물은 커피를 마시기 전에 들이켜야 한다. 커피를 맞이하기 전에 입안을 정화하는 의식인 것이다.

정통 아랍 식 커피를 마실 기회가 있다면, 역시 쟁반 위에 상냥하게 놓인 물컵을 볼 수 있을 것이다. 아랍에서는 커피를 마시기 전에 그 고귀한 맛을 맞이하기 위해 입안을 물로 깨끗이 하고, 커피를 마시고 난 뒤에는 뒷맛을 즐기기 위해 물을 마시지 않는 게 상식이다. 이러한 정화의 의식은 지구 반대쪽에서는 더욱 강화된 형태로 존재한다. 삼성동 코엑스의 복잡한 상점가를 헤매다 보면 '티라덴테스Tiradentes'라는 카페 체인을 만나게 된다. 브라질에서 태어난 카페로, 그곳 문화에 따라 에스프레소와 함께 탄산수를 내준다. 탄산수로 입안을 깨끗이 하면 커피의 맛과 향을 더욱 투명하게 받아들일 수 있기 때문이란다.

나는 또 다른 이유 때문에라도 커피 잔보다 물 잔에 입을 먼저 대곤 한다. 커피의 농도에 따라 다르겠지만, 한잔의 커피에서 물이 차지하는 비율은 구할을 훨씬 넘는다. 물맛에 따라 커피 맛이 달라지리라는 점은 자명하다. 수돗물에 남은 철분이 타닌의 효과를 강화해 좋지 않은 쓴맛을 만들어내기도 하고, 미네랄워터의 금속 성분이 커피 맛에

나쁜 영향을 주기도 한다. 이탈리아에서도 나폴리 지역의 에스프레소를 최상급으로 치는데, 그 지역 물이 베수비오 화산 암반을 거치며 미네랄 함량이 이상적으로 조절된다는 설도 있다.

나는 먼저 물컵을 통해 입안에 머금은 물 한 모금이 정말로 평온할 때에야, 다음에 따라올 커피가 자신의 진가를 발휘할 것이라 기대한다. 커피 전문가들도 카페 장비를 갖출 때 놓치기 쉬운 부분이 정수기라고 강조한다. 물맛의 중요성은 《미스터 초밥왕》의 쇼타만이 아니라 〈커피프린스 1호점〉의 은찬 역시 똑바로 알고 있어야 하는 포인트다.

빈의 카페들이 아주 진한 커피를 좋아한다면, 북유럽의 카페들은 오랫동안 연한 커피를 꾸준히 마시는 걸 좋아했다. 같은 원두로 같은 방식의 커피를 만들더라도 물의 양의 차이에 따라 그 맛은 사뭇 달라진다. 그러한 취향의 차이가 여러 메뉴로 등장하기도 한다.

물 한 잔의 인심은 야박해지고,
냉장고의 에비앙은 우리의 지갑을 노린다.

에스프레소 룽고는 원래의 에스프레소에 비해 커피를 뽑아내는 시간을 길게 해서 두 배 정도의 양을 추출한 것이다. 에스프레소의 강함에 끌리긴 하지만, 좀 더 넉넉히 마시는 것을 좋아하는 고객이 룽고를 찾는다. 그러나 국내에서는 에스프레소가 너무 작다는 불평이 많아서인지, 기본적인 에스프레소를 거의 룽고의 양으로 내주는 경우를 적지 않게 보았다. 나로서는 작지만 명료한 진수를 맛보려고 에스프레소를 주문했는데, 애매한 강함에 싫어하는 잡맛이 섞인 커피를 마셔야 하는 처지가 되는 것이다.

미국인들은 오래전부터 미시시피 강물처럼 묽은 액체를 끝없이 리필해주는 것을 미덕으로 여기고 살아온 것 같다. 이탈리아나 오스트리아에 여행을 가서는 커피가 너무 진하다고 불평을 해댔을 것이다. 그래서 나온 것이 에스프레소에 다량의 뜨거운 물을 타 묽게 만든 '아메리칸 커피'다.

"산은 산이요, 물은 물이다."라고 성철 스님이 말씀하셨나? 나는 커피에 넣는 물은 그냥 물이 아님을 알고 있는 여스님들을 본 적이 있다.

강릉의 '보헤미안'에 갔을 때였다. 오전이 거의 끝나갈 즈음, 카페 안으로 여스님 여럿이 들어왔다. 처음에는 카페 투어까지 하는 팔자 좋으신 스님들이다 싶었는데, 슬그머니 이야기를 엿듣다 보니 그런 것만은 아니었다. 그중 가장 어려 보이는 스님은 태어나서 커피집이라는 데는 처음 오는 거라고 했다. 강릉에 가거나 할 때도 선배 스님들이 커피집에는 데려가주지 않았다고……. 나까지 덩달아 기뻤다. '생애 처음 찾은 카페가 이런 명소라니, 얼마나 그윽한 행복인가?'

드디어 주문에 들어갔는데, 선배 스님들은 메뉴판을 펼쳐볼 생각도 하지 않았다. "에스프레소 한 잔씩 하고 뜨거운 물을 주세요. 큰 컵도 따로 하나씩 주시고요." 젊은 스님이 말했다. "커피도 여러 종류인데, 여러 가지를 시켜 나눠 마시면 안 될까요?" 선배 스님의 다정다감한 호통이 이어졌다. "스님들은 커피에 익숙지 않아 잘못 마시면 안 돼요. 밤에 잠을 못 잔다고요. 이렇게 커피에 물을 타면서 자기한테 맞추는 거예요."

나는 혼자서 쓸데없는 고민에 빠졌다. '커피 중에는 에스프레소가 가장 카페인이 적고, 그걸 또 물에 타서 마시면 확실히 위에 오는 강한 자극을 피할 수 있다. 그렇지만 이런 드립의 명가에 와서 스트레이트 커피를 마시지 않고, 에스프레소를 물에 희석해 마시는 것 역시 너무 아쉬운 일이다. 그러나 불가의 절제를 위해서는 커피의 풍미에도 너무

깊이 다가가지 않는 것이 옳은 건가?'

　중생의 상념은 상념일 뿐, 스님들은 그에 개의치 않고 행복한 시간을 보내는 것 같았다. 다만 한 가지만은 알려드리고 싶었다. 정녕 물과 에스프레소를 섞고 싶으면, 뜨거운 물이 담긴 큰 잔에 에스프레소를 넣는 편이 에스프레소를 먼저 넣고 거기에 뜨거운 물을 붓는 것보다 맛이 낫다는 사실을. 이것 역시 집착이라고 해야 할까?

　'카페 프뤼켈'에서 '물은 먼저, 커피는 나중에'의 전통을 실천한 뒤에 슬슬 고민이 시작되었다. 커피를 절차에 따라 제대로 맛본 것까지는 좋지만, 그 다음에 디저트를 우겨넣은 탓에 목이 말랐다. 그렇다고 이제 와서 물을 더 달라고 하면, 빈의 전통을 무시한다고 야단치지는 않을까? 하지만 '에비앙'이든 다른 어떤 생수든, 목을 축이려면 일단 비싼 유로화를 꺼내야 하는 유럽에서 공짜로 맛난 물을 마시는 것도 호사다. 나는 유리잔에 물을 가득 채워달라고 부탁했다.

　생각해보면 카페란 독서와 사색과 당구의 공간이기 이전에, '물 좀 주소!' 갈증 해소를 위한 오아시스다. 그래도 우리는 물 인심이 후한 나라에서 태어나 커피 한 잔 값에 물 만큼은 무한정으로 마실 수 있는 행운을 누리고 있다. 외국을 다니다 보면 오직 물 한 잔을 마시기 위해 카페를 찾는 사람을 어렵지 않게 만날 수 있다. 물론 나와 친구들은 스페인을 여행하면서 메뉴판에 있는 생수를 무시하고, "수돗물 가득 갖다 주세요." 하며 마시기도 했다. 수돗물을 그냥 마실 수 있는 나라에 사는 것도 행운이다.

요즘은 이런 행운이 점점 아슬아슬해지는 걸 느낀다. 어떤 인간이 날치기로 법안을 통과시켰기에 '물은 셀프'이며 '별도로 비치된 식수는 없습니다'란 말인가? 정수기에 돈을 아끼는 카페도 얄밉지만, 물과 유리컵을 내주는 데 야박한 카페도 달갑지 않다.

대학로에 있던 '프레시네스 버거'는 햄버거 전문점이지만 나쁘지 않은 커피를 내주는 까닭에 점심때 자주 애용했다. 그런데 나는 여기에서 기묘한 물의 흐름을 보았다. 1단계─처음 이 가게에는 레몬과 얼음을 넣은 물통과 컵을 가게 한쪽에 상냥하게 비치해두었다. 2단계─이 가게의 물통이 주중에는 나와있지만, 주말에는 사라진다는 걸 알았다. 카운터 앞, 잘 보이는 곳에 판매용 생수가 등장했다. 3단계─주중에도 물통이 사라졌다. 버거를 시키면서 약간 비굴하게 "음료수는 됐고 물을 좀 주실래요." 하면 친절하게 내주었다. 4단계─종업원이 애처롭게 대답했다. "물은 사 드셔야 해요." 5단계─가게가 사라졌다.

어쩌면 이 가게를 문 닫게 한 것은 나처럼 음료수 한잔 사지 않아 매상을 올려주지 못한 고객들일 수도 있다. 그러나 청량음료 대신 청량한 물 한잔에 천천히 구운 맛있는 버거와 감자튀김을 먹고 싶어 하는 고객도 있다는 사실을 알아주었으면 한다. 게다가 줬다가 안 주면 엄청 섭섭하단 말이다.

오랫동안 카페에 머물다 보면 꾸준히 물을 마실 수밖에 없다. 커피의 잔향을 즐기는 것도 어느 정도니까. 그때마다 자리에서 일어나

식수대로 가서 일회용 종이컵을 꺼내서 펴고 물 몇 방울을 입에 털어 넣고 돌아오기가 참 궁색하다. 물론 '그러니 물을 사 마시든가, 아니면 빨리 자리를 비워줘.'라고 말하는 업주의 소리 없는 말도 들린다. 그럼에도 나 같은 치졸한 카페 정키들은 오늘도 '생수는 절대 사 먹지 않는다.'는 복무신조를 지킬 것이다. 물의 기본권을 위한 투쟁이다.

태양을 사냥하고 곰과 껴안고 자는 법

패션 브랜드 디젤 광고에서는 베니스의 산마르코 광장에 비둘기 대신 앵무새가 가득한 사진을 선보였다. 놀랄 일도 아니다. 내가 서식하는 이 도시도 5월만 되면 아열대의 냄새를 풍긴다. 6월 초부터는 숨이 턱 막힌다. 아침 햇살이 속눈썹 끝에 닿기 무섭게 이불을 젖히고 일어나야 한다. 재빨리 그늘을 찾아 들어가지 않으면 온몸이 땀범벅이 되어버리니까. 나는 가로수 그림자를 징검다리 삼아 도피처를 찾는다. 에어컨 바람이 씽씽 나오는 카페의 소파에 간사한 엉덩이를 걸친다. 벽에는 열대 숲을 훼손하지 않고 심은 커피나무에서 수확한 커피를 판다는 광고가 보인다. 열대 조류의 안식처를 걱정하는 것은 잠시다. 다채로운 차가움으로 무장한 여름의 커피들을 만날 기대로 그저 들뜬다.

여름은 역설적이게도 얼음의 계절이다. 아이스 카페라테, 아이스 카푸치노……. 주문하는 음료의 글자 수가 평균 세 자씩은 늘어난다.

내 여름의 카페들은 그런 얼음의 기억들로 가득하다.

1990년대 후반, 그리스 북부의 항구도시 테살로니키에 간 적이 있었다. 가을날이었지만 햇살은 따가웠다. 바닷가의 공원은 인라인스케이트를 타고 아이스하키 연습을 하는 아이들로 시끄러웠고, 그 옆으로 짧은 치마의 여자들이 재잘거리며 뛰어갔다. 묘한 계절이었다.

애초에 이 도시는 경유지였다. 아테네에서 터키로 가던 중에 유레일패스를 최대한으로 써보고자 들른 곳이었다. 나는 하릴없이 공짜 박물관을 몇 군데 돌아다니다 대규모 무역 박람회가 열리는 전시장에 들어섰다. 일반 공개가 되지 않고 기업이나 언론 관계자만 입장할 수 있는 날이었다. 나는 안내인에게, 내가 본국에서는 기자지만 지금은 그냥 여행 중인데 구경 좀 하면 안 되냐겠냐고 물었다. 안내인은 무표정하게 입장을 허락했다. 시시한 공산품들 사이를 돌아다니며 기념품을 챙기느라 땀투성이가 되었다.

박람회장을 나선 나는 목을 축일 곳을 찾아 헤맸다. 어느 숲의 계단을 내려오는데 담벼락 아래로 고양이들이 보였다. 카페 한쪽 벽 위에 마치 손님들이 올려둔 가방들처럼 줄지어 앉아있었다. 나는 어느새 그들 옆의 한 자리를 차지하고 앉았다. 옆 테이블의 사람들은 보기에도 시원한 얼음 음료를 마시고 있었다. 웨이터에게 저게 뭐냐고 물었다. "카페 플라페café flappé요." 난 그걸 달라고 했다. 꿈쩍도 하지 않는 고양이들에게 시선을 고정한 채 빨대를 힘껏 빨았다. 아, 진하다. 깜짝 놀랄 정도로 강하고 달콤하고, 그러면서 익숙한 맛이었다.

후에 나는 그 음료의 유래를 알게 되었다. 내가 찾아가기 40년 전인 1957년에 바로 그 도시 테살로니키에서 국제 무역 박람회가 열렸다. 스위스의 유명한 인스턴트커피 회사 네스카페가 이곳에서 '동결건조 커피'라는, 인스턴트 역사상으로는 매우 획기적인 제품을 내놓게 되었다('맥심 아라비카 100'이나 '테이스터스 초이스 수프리모'처럼 굵은 입자를 지닌 나름대로 고급형 인스턴트커피다.). 그런데 문제가 생겼다. 박람회장 안에 물을 끓일 도구를 마련해두지 않았던 거다. 성질 급하고 목소리 높은 그리스 고객들은 마구 난리를 피워댔을 것이다. 네스카페 측은 하는 수 없이 커피를 찬물에 녹여 내놓게 되었는데, 이게 진화하여 얼음을 넣고 셰이크 상태로 만들어 빨대로 빨아 마시는 오늘날의 플라페가 되었다고 한다.

　　커피의 질과 맛이야 어떻든, 얼음에 뒤덮인 강렬한 카페인은 여름날의 한순간을 짜릿하게 만들어주었다. 사교 생활에 굶주려있었던 그리스인은 이 플라페 덕분에 카페 생활의 즐거움을 만끽하게 되었고, 지금 플라페는 테살로니키와 그리스를 넘어 터키와 발칸 지역을 점령한 범 콘스탄티노플 세계의 음료가 되었다. 나라마다 조금씩 레시피가 다른데, 커피를 녹일 때 물 대신 코카콜라를 쓰기도 한단다. 하긴 코카콜라 맛 커피인 '코카콜라 블랙Coca-Cola Blāk'이란 제품도 출시되어있으니.

　　가까운 이탈리아에도 플라페의 소식은 들려왔다. 그러나 이 나라 사람들이 그딴 싸구려 커피에 만족할 리 없다. 그들은 네스카페 대신 에스프레소를 사용한 에스프레소 프레도freddo와 카푸치노 프레도를 통

해 여름 커피의 진화에 동참했다. '스타벅스'는 이를 상품화한 '프라푸치노'를 여름 시장의 주력 메뉴로 내놓고 있다.

한 여름에 이들의 유혹을 이겨내기란 쉽지 않다. 잘게 갈린 얼음 조각 사이로 스며든 커피는 묘한 질감으로 무장한 채 입속으로 뛰어든다. 프라푸치노가 든 컵을 머리 위로 들어 반짝거리는 햇빛을 투과시켜보라. 그 다음 입속으로 들어와 씹히는 얼음 조각들은 얄미운 태양을 씹어먹는 듯한 통쾌함을 준다. 한때 인스턴트 커피믹스를 대량으로 녹인 뒤 냉장 보관해두는 게 우리 사무실의 여름 풍경이기도 했다. 하지만 이제는 그게 마치 노동 착취를 위한 약물 처방이었던 것처럼 느껴진다.

에스프레소 본연의 맛을 차갑게 변신시키고자 하는 여러 카페의 노력들도 재미있다. 최근에는 에스프레소 샷 네 개를 한 컵에 넣어 그 강렬함으로 냉기에 맞서고자 한 부암동 '드롭dropp'의 레시피가 흥미로웠다.

부산대 앞 카페 'CCC'에서 만난 여름 메뉴 '카페 토네이도'.
입으로 회오리 소리를 내야 할 것 같다.

　부산대 앞 카페 'CCC Creative Culture Comrade'에서는 좀 더 특이한 여름 커피를 만났다. 노출 콘크리트의 높은 천장 아래 족보를 꽂아둔 이 가게는 그 생김새만큼이나 재미있는 다양한 메뉴를 갖추고 있었다. 우리는 그중 '카페 토네이도'를 시켜보았다. 베일리스(아이리시 위스키+크림)나 깔루아 밀크 같은 맛(물어보니 캐러멜 셰이크였다.)을 내는 가는 얼음 속에 에스프레소 샷을 쏟아부어 마시는 음료였다. 일행은 '토네이도'라는 이름에 맞춰 슈우웅~ 소용돌이 소리를 흉내 내며 에스프레소 샷을 쏟았다. 그 카페의 에스프레소는 쓴맛이 강하고 풍미는 떨어졌지만, 그래도 그 재미만은 별난 것이었다. 바닐라 아이스크림에 에스프레소를 쏟아부어 먹는 아포가토와는 또 다른 재미랄까?
　열대풍의 이국 취미를 만끽하려면 베트남에서 날아온 싸구려 양철 포트를 만지작거리는 게 좋다. 버터로 구워 캐러멜 향이 나는 커피에 얼음을 넣고 연유를 더하면 그 달콤함에 온몸이 찡해진다. 또한 그

리운 맛은 커피 자체를 달콤한 얼음 사탕으로 만들어 우유를 부어 마시는 일본 '미스터 도넛'의 얼음커피氷コーヒー. 왜 국내 체인점은 이 녀석을 데려오지 않을까?

여름의 커피 한잔은 더위에 노곤해진 우리의 정신을 쨍하게 만들어준다. 하지만 그 모든 마법이 에어컨 씽씽 나오는 카페의 쾌적한 좌석 앞에서 이루어진다는 사실 역시 간과할 수 없다. 카페 주인에게는 고작 프라푸치노 한 잔 시켜놓고 하루 종일 좌석을 비워주지 않는 우리 카페 정키들이 눈 속의 얼음가시처럼 여겨질지도 모른다. 그럴 때 우리는 다시 이 얼음 커피의 원조를 떠올리자. 그리스인은 플라페 한 잔을 마시면서 평균 93분 동안 카페에 앉아있는다고 한다. 주인이 눈치를 주면 그들을 떠올리며, 이것이 바로 '콘스탄티노플 세계의 여름 카페 사용법'이라고 생각하며 무시하자. 바로 그 막무가내의 무모함이 영화 〈300〉에서 그리스를 지켜낸 스파르타 용사들의 정신이었다. "스파르타!"

카페 주인과 나 사이에 에어컨을 둘러싼, 이 보이지 않는 심리전이 벌어지고 있었던 때로부터 6개월 후의 일이다. 나와 친구는 분당 정자역 근처에서 얼음 따위는 꼴도 보기 싫은 상태에 처해있었다.

크리스마스와 새해 사이의 몹시 쌀쌀한 날, 우리는 정자역의 카페 한 곳에서 오후를 보낸 뒤 서현역에 있는 케이크 카페를 찾아가보기로 마음먹고 있던 참이었다. 전철로 두 정거장. 매서운 바람 속에서 걷기에는 만만찮은 거리로 보였다. 버스나 전철을 타고 가자고 했지만 친

가끔 베트남 식 커피를 만들어 마시며
호치민의 여행자 거리를 떠올린다.

구는 고개를 저었다. 체력은 약한 주제에 걷는 건 무지 좋아하는 친구
다. "그냥 걸어가자. 강변을 따라가면 운치도 있겠구먼." 친구가 건네
주는 지도를 보니 더 까마득하게 느껴졌다.

　나는 난데없는 신도시 괴담을 꺼냈다. "너, 그 이야기 몰라? 파주
출판단지에 근무하는 출판사 직원이 어느 겨울 일산 어느 역에서 술을
마시다가 먼저 집에 가겠다며 자리에서 일어섰어. 동료들이 다들 택시
타고 가라는 걸 '겨우 전철 두 정거장인데요, 뭘. 괜찮아요, 걸어갈래
요' 하면서 출발했대. 그런데 언제 도착했는 줄 알아?" "언제?" "아직
도착 못 했대. 집에도, 회사에도. 삼 년이나 지났는데……. 신도시는
전철역 사이가 무지무지하게 멀다고." 친구는 편안하게 대꾸했다. "그
럼 든든하게 밥이나 먹고 가자."

　주변을 둘러보았다. 그러고 보니 그 근처에 초밥집이 있는데, 거
기서 아주 괜찮은 에스프레소를 함께 판다는 이야기를 들었다. '초밥

IRISH COFFEE ▶
illy espresso
Irish whiskey
brown sugar
liquid cream

커피', 이거 괜찮은 카페 투어 아이템이잖아. 그래서 우리는 주변을 뺑
뺑 돌았지만 문제의 가게는 찾을 수 없었다. 친구가 어느 카페에서 나
오는 여자에게 물어보고 돌아왔다. "아까 지나온 초밥집 있잖아. 그걸
로 바꿨대." "그래? 그럼 주인이 바뀐 거 아냐?" 그 초밥집의 작명
감각으로 보아, 손님에게 후식으로 카푸치노를 건네줄 것 같지는 않았
다. 아니나 다를까, 다시 그 가게 앞으로 오니 천으로 꽁꽁 싸맨 에스
프레소 머신이 차가운 바람을 맞고 있는 게 보였다. 혹시나 해서 가게
안을 들여다보았다. 뽀얗게 김이 서린 창 안으로 인스턴트커피 머신이
동그마니 자리를 잡고 있는 게 보였다.

　허탈감에 길을 걸었다. 그때 '버터핑거 팬케이크Butterfinger Pancakes'
가 나타났고, 우리는 잘 익은 팬케이크 색의 간판에 끌려 들어가지 않
을 수 없었다. 1950년대 미국 패밀리 레스토랑 스타일에 현대미를 더
한 실내는 아주 쾌적하고 아늑했고, 무언가 흥을 돋우는 분위기가 있었
다. 영화 〈트와일라잇〉의 시골 동네 카페에서 형사인 주인공의 아버지

가 접시 가득 감자튀김, 햄, 소시지 등으로 채운 미국식 카페 정찬을 먹던 장면이 기억났다. 그래, 카페에서 식사를 하려면 저 정도는 먹어줘야지. 그래서 수프와 세트 메뉴 하나를 시켰는데, 둘이 먹다 둘 다 배터져 죽는 줄 알았다. 뒷자리의 여자는 와플 세트를 시킨 것 같은데, 4분의 3 정도를 남긴 채 나갔다. 역시 낭비의 스타일도 미국적이다!

메뉴판에는 한 조각의 미국이 더 보였다. 그들 최고의 명절 시즌인 크리스마스 전후 'Holiday' 한정 음료, 브랜디를 넣은 에그노그를 팔고 있었다. 오스트리아 빈의 크리스마스 마켓을 즐겁게 만들어주었던 '글루바인Gluwein'은 아니지만, 그래도 이 시간이 아니면 마실 수 없는 메뉴라니 손이 가지 않을 수 없지? 나보다는 친구 쪽이 그랬다. 그래서 나는 카푸치노, 친구는 에그노그를 한 잔씩 시켰다. 친구는 에그노그를 입에 넣더니 곧바로 지옥을 맛본 듯한 인상을 지었다. 나도 입을 대어보았다. "왜? 괜찮은데." 친구는 에그노그를 내 쪽으로 밀었고, 둘의 메뉴는 바뀌었다.

겨울 강변을 걸었다. 자전거를 타고 다니지 말라는, 그래서 더욱 자전거를 타면 재미있을 것 같은 오솔길도 지났다. 다리를 건너노라니, 얼 듯 말 듯한 강물 위 청둥오리들이 보였다. 나는 에그노그 한잔에 술기운이 돌았나보다. 제멋대로 노래를 불러주었다. "오리야, 오리야, 너는 안 춥니? 차가운 겨울에, 왜 여기 왔니? 기름이 통통, 깃털이 따뜻해? 그러면 이리와, 튀겨서 먹을게." 에그노그만 마셨다면 피로감만 느끼고 말았으리라. 카푸치노만 마셨다면 정신은 또렷하지만 몸은

오들오들 떨고 있었으리라. 추운 지방의 카페들이 알코올이 들어간 커피를 준비해두는 이유를 알 수 있었다.

진한 커피에 위스키와 설탕을 섞고 크림을 띄운 아이리시 커피Irish coffee는 아일랜드의 섀넌 국제공항이 고향이다. 1940년대의 어느 겨울 날, 비행기가 연착되는 바람에 추위에 떨게 된 여행객들을 위해 한 바텐더가 커피에 아이리시 위스키를 넣어 "이건 브라질의 커피가 아니라, 아일랜드의 커피야." 하며 내준 것이 시초가 되었다고 한다. 베이스로 위스키 대신 베일리스를 쓰면 베일리스 커피가 되는데, 나도 가끔 직접 만들어 두꺼운 유리잔에 손잡이가 달린 아이리시 커피 머그에 담아 마신다. 노르망디 특산의 사과 브랜디를 넣은 카페 칼바도스, 뉴올리언스 지방으로 건너간 프랑스인들이 코냑에 담근 각설탕에 불을 붙여 만든 카페 브륄로, 이것이 본토로 돌아와 유행한 카페 루아얄 등도 겨울을 뜨겁고 울렁거리게 만드는 알코올 커피들이다. 스위스의 스키장에서는 버찌를 증류한 키르슈 같은 과일 증류주를 커피에 넣어 마신다. 이탈리아의 바리스타들 역시 바텐더처럼 칵테일을 기본으로 취급한다. 알코올이 들어간 이탈리아 커피 중에서는 카페 갈리아노가 유명하다.

대답 없는 오리에게 작별 인사를 한 우리는 그저 열심히 걸어갔다. 구청 앞에 임시로 만든 야외 스케이트장이 나타났다. 아빠의 퇴근 시간에 맞춰 몰려나온 가족들이 좁은 빙판 위를 신나게 돌고 있었다. 나는 술기운에 스케이트장에 뛰어들어 김연아의 '카멜 스핀'을 능가하는 '카멜레온 스핀'을 보여주려다가 계단참에 누군가 흘려놓은 컵라면 면

발을 밟고 미끄러져 넘어질 뻔했다. 저 멀리 커피 잔 모양의 놀이기구가 고개를 내밀고 있었다. 봄이 되면 저 녀석을 찾아올 수 있을까?

서현역 근처 케이크 카페 '쉐 무아Chez Moi'에 왔을 때에야 겨우 머릿속에서 짹짹대던 에그노그에서 벗어날 수 있었다. 우리는 커피와 함께 다디단 애플 타르트와 티라미수를 시켰다. "역시 추운 날엔 정신이 찡해질 정도로 단 게 최고야." 그러고도 무언가 더 단 게 없는지 케이크 진열장을 기웃거렸다. "이러다 뒤룩뒤룩 살쪄서 곰이 되는 게 아냐?" "그러면 좋겠어. 겨울잠이라도 자게."

카페는 우리들 여름의 냉장고이고, 우리들 겨울의 동굴이다. 하지만 이 동굴의 곰은 잠들지 않는다. 벌꿀 대신 커피에 몸을 절이고 있기 때문이다. 겨울 카페의 동굴 분위기를 만끽하려면 북아메리카 순록에서 이름을 따온 '카리부Caribou'가 좋다. 미니애폴리스에서 태어난 이 카페 체인은 알래스카 산장 분위기로 실내를 꾸며놓았다. 무엇보다 곰 머리를 단 발 받침대가 정겹다.

그리스 테살로니키의
어느 카페에서 만난
고양이들

커피 덕분에
대구가 상냥해질까?

십대 시절을 보낸 동성로 거리에서 커피를 찾아 걷는다. 낯선 정경 속에 낯익은
지명들이 드문드문 박혀있다. 미성당에서 만두를 먹는다. 고등학교 때 이 근처 분식점에서
쫄면을 먹다 기차 시간에 늦어 달려가다 제대로 체한 기억이 난다. 대구역 쪽으로
걸어가니, 익숙한 장면이 조금씩 나타났다 사라지곤 한다. 동아백화점 1층의
'스타벅스'가 낯익다. 도쿄의 긴자에서 본 '스타벅스' 매장과 묘하게 비슷한 위치에서
비슷한 존재감을 발하고 있다. 거대한 카페 체인은 세계를 닮게 만든다. 나도 모르게
내 십 대의 거리와 내 삼십 대의 거리를 친한 모습으로 바꾸고 있다.

눈에 익은 샛길이 보인다. 특이한 삼각형의 모양, 어느 소극장에 가기 위한
지름길이었지. 들어가보니 이 동네 히피들의 터전인 듯, 무너진 건물 터와 폐업한
점포들에 빈티지 옷가게들이 들어서있다. 쇠락한 길거리 건너편엔 새로운 이름을 단
번쩍이는 가게들이 잘 차려입고 섰다. 드문드문 '스타벅스'와 '에스프레사멘테 일리'와
'엔제리너스'가, 그리고 아주 자주 '다빈치 커피'가 보인다. '장우동'과 함께 대구에서
태어난 체인이란다.

대보백화점 건물은 콜라텍의 메카가 되어, 흥이 난 할아버지 할머니들로 복작인다.
주변은 싸구려 밥집들이 늘어서있다. 따로국밥을 한 그릇 말아 먹고 한일극장 뒤쪽으로
간다. '동인호텔이 어디냐.'고 묻기로 한다. 코트를 걸친 한 여자가 납치범이라도 만난
듯 쏜살같이 내뺀다. 여고생들은 모른다며 지나간다. 한 청년이 겨우 대답해준다.
"동인호텔예? 없어졌는데예. 저 아인교." 자기 삼촌의 빚을 돌려받으러 온 사람을
대한 듯한 표정이다. 내겐 정겹다.

생각보다 번화한 거리를 지난다. 그래도 왕년의 때깔하고는 다르다. 1980년대
후반만 해도, 대구는 콧대 높은 향락의 도시였다. 대학 시절, 방학이라고 내려와 보면
서울에도 없는 으리으리한 커피숍이 넘쳐났다.

삼덕교회 건너편과 경북대병원 사이는 웨딩숍이 늘어서있다. 대구에서 합류한
일행이 말해준다. 예전 이 길에는 대구의 문인들이 많이 오갔다고. 장정일의 단골 바도
있다고. 지금은 그냥 애매하게 퇴락한 곳 같았다. 대구에서 고등학교를 다녔기에
이 동네 문학청년들의 에너지에 대해 잘 알고 있지만, 그저 옛 시절의 이야기다.

'커피마루'는 아주 작은 카페. 부동산과 여행사 사이에 있어 잘 보이지도 않는다.

요즘은 그렇게, 없을 법한 곳에 있는 카페들에 더 정이 간다.

젊은 커플이 만든 듯한 카페는 구석구석 주인의 손길이 깃든 흔적이 **빽빽**하다. 작은 기물들을 올려둔 얇은 선반, 직접 그린 듯한 커피 테마의 벽화, 자그마한 로스터에서 꾸불꾸불 올라가는 연통, 더치커피를 소개하는 칠판 그림……. 우리는 작은 스탬프가 비치된 테이블에 앉는다. 바 앞에는 아주머니가 큰 목소리와 강한 억양으로 오래오래 전화를 한다. …… 역시, 여전히 대구다.

드립으로 내린 '인도 몬순'이 첫 잔. 일행은 '고구마 껍질 헹군 맛'이라고 한다. 아주 어울리는 표현이다. 이르가체페의 고구마 속살 맛보다는 약간 격이 떨어진다. 에스프레소가 두 번째 잔. 괜찮은 크레마에 여러 요소가 잘 어우러진 기대 이상의 맛. 그리고 마루프레소. 우유와 시럽을 미리 넣어 내놓는, 한국인의 입맛에 맞춘 맛. 여기저기 카페를 다니다 보면 이런 식으로 설탕과 우유를 미리 넣어 내놓는 '다방 커피' 류가 꽤 보인다. 아마도 카페에 들어와 그냥 "커피 두 잔이요." 하는 손님들을 위한 배려겠지.

일행 셋의 식욕을 모아 사발라테와 와플을 마지막으로 먹는다. 커다랗고 귀여운 사발. 나는 우유를 많이 마시는 게 부담되어 멀리하지만, 보기만 해도 듬직하다. 와플은 생각 이상으로 육질이 쫄깃하다. 토핑이 별로 없어도 씹는 맛만으로도 커피와 잘 어울린다.

다음 행선을 위해 일어선다. 카드 결제가 늦어져 서있는데, 유리관 아래 컵을 놓은 DIY의 더치커피 장치가 보인다. 이러쿵저러쿵 더치에 대해 이야기하다 보니 그제서야 삐리릭 결제 신호음이 들린다. 그 사이에 주인은 우리를 위해 아이스커피 한 잔씩을 마련해두었다. 계산이 늦어져 미안하다고, 들고 가며 마시라고. 이런 일을 할 줄 아는 게 진짜 작은 카페의 마음이다.

곤란한 건 카페를 나와서다. 이미 하루 종일 커피를 너무 마셔 속이 쓰려온다. 그렇다고 이런 정성을 그냥 버릴 수는 없다. 나는 신호등 앞에 몰려있는 여학생들을 보고 일행에게 말한다. "쟤네한테 주면 우릴 의심할까?" 일행이 웃는 사이 신호가 바뀐다.

우리는 대구에서 만난 친구를 보내고 골목길을 걷는다. 벌써 자기 커피를 다 마신 일행은, 내 커피도 자기가 처리해주겠단다. 어느 양장점에 들어가 커피를 드시겠느냐고 묻는다. 여주인은 다른 커피 컵을 들어서 보여준다. 이어 빌딩 뒤쪽에서 옅은 불빛 아래 책을 옮기는 청년들이 보인다. 일행이 가서 커피를 건네준다. 청년들은 무슨 의도인지 몰라 한참을 주저한다. 그게 대구의 마음이다. '남의 친절은 일단 의심하라.' 그러나 결국 웃으며 커피 컵을 받아든다. 그렇게 커피 덕분에 대구가 조금씩 상냥해질 수 있을까?

_ 대구 삼덕교회 앞 '커피마루'에서

보물은
숨어있다

잔이
그릇그릇 나도,
손댈 놈은
따로 이시랴

'ㅅ' 카페는 정겨우면서도 두렵다. 책 한 권을 기증하면 커피 한 잔을 주는 곳이라 한동안 책장도 정리하고 커피도 얻어마시는 이중의 신세를 졌다. '북스프레이 조오찬朝午餐 책모임'이라는 것도 열어, 시끄럽게 떠들면서 매상도 안 올려주는 객들을 불러 모으곤 했다. 사장님이 그저 너그럽게 봐주시니 다행이었다. 다만 가끔 얼굴을 마주치면 툭 내뱉는 다음과 같은 말은 무섭다. "오랜만에 오셨네. 요즘은 어디 다녀?" 이거야 원, 나의 방탕한 카페 편력을 나열할 수도 없고.

요즘은 내 활동 궤적이 바뀌어 더욱 가기 어려운데, 가끔 근처를 지나면 겁이 난다. 인사는 해야 하는데, 야단맞을까 봐 겁나고……. 그래도 그 동네에서 그만한 카페를 찾기란 쉽지 않다. 슬쩍 안을 들여다보고 사장님이 없으면 에스프레소를 한잔 마시고 도망가곤 한다.

그날도 찰나의 한잔을 입에 머금고 달아나려던 나는 정체 모를 이물감에 인상을 쓰게 되었다. 원두가 바뀌었나? 기계 탓인가? 아니야,

아르바이트생이 바뀐 게 제일 큰 이유 같은데……. 그런 생각이 머릿속을 똑딱거리는데, 사장님의 광채 나는 머리가 불쑥 눈앞에 나타났다. "어때?" "뭐, 뭐가요?" "우리, 잔 바꿨거든."

장이 아니라 뚝배기가 문제였다. 예전의 밋밋한 도자기 잔 대신 산뜻한 스테인리스 잔으로 바뀌어있었다. 그게…… 속이 비어 가볍고 보온성이 좋다는 건 알겠다. 그런데 차가운 금속을 입술에 디디고 혀 위에 커피를 붓는 순간, 그 온도 차이 때문에 깜짝 놀라고 만다. 잔을 예열해두지 않은 게 결정적인 실수이긴 했다. 그러나 따뜻하게 데운 잔이라고 해도 그 위화감이 완전히 사라지진 않을 것 같았다. 문제는 그 세련된 금속의 '가벼움'에도 있었다. 30밀리리터도 채 되지 않는 에스프레소는 그 가벼움을 보상하기 위해서라도 무거운 잔에 채워줘야 한다. 그 묵직한 바디감과 조화를 이루게 하기 위해서라도 단단한 잔에 채워줘야 할 것 같다. 앞뒤 이유가 어긋나는 궤변이라는 건 알겠다. 그러나 에스프레소에는 도자기 잔이 가장 잘 어울린다는 주장만큼은 버리지 못하겠다.

커피를 아무리 좋아해도, 학교 운동장의 수도꼭지라도 되는 양 드리퍼나 퍼컬레이터에 입을 대고 마시는 사람은 없다. 화분 없는 꽃은 있지만, 잔 없는 커피는 없다. 둘의 관계는 절대적이다. 어떤 잔은 커피라는 선물을 전달해주는 택배 기사에 불과할 수 있지만, 때론 데이트 상대가 입고 있는 옷이나 타고 온 자동차와 같은 존재일 수도 있다.

'전광수커피하우스' 명동점의 얼룩말 그림 에스프레소 잔은
나를 아프리카 초원에 데려다준다.

우리의 눈은 잔을 바라보고, 손가락은 잔을 만지고, 입술은 커피보다
잔을 먼저 맛본다. 카페 정키들이 커피 잔의 무늬와 질감과 온도와 무
게에 민감해지지 않을 수 없는 이유다.

홍차의 잔이 가볍고 위가 넓어 반투명한 차의 색채를 감상하게 하
듯이, 연하게 내린 드립 커피에는 순백의 잔이 어울린다. 이스탄불 토
카피 박물관에 있는 황금 세공 잔도 감사하겠지만, 지나친 장식은 커
피의 순수함을 해치기도 한다. 어떤 카페들은 컵이든 받침이든 오직
하얀 잔만을 고집하기도 한다.

강릉의 '테라로사'나 양수리의 '왈츠와 닥터만' 같은 박물관 급 카
페들은 화려하고 다채로운 컵 컬렉션을 만끽하게 해준다. 스페인의 도
자기 커피 잔은 하얀 타일 위로 푸른 샘물이 흐르는 아랍 식 정원을 재
현해놓은 듯하다. 독일과 북유럽의 잔은 추운 날씨 때문인지 묵직함과
두꺼움으로 검은 보석을 보위한다. 시애틀 스타일의 카푸치노라면 당연
히 하얀 바탕에 초록색 로고가 그려진 잔에 받아야 할 것 같다. 도회적
인 카페 체인의 잔은 너무 청량한 것보다는 아프리카 풍의 그림이나 커
피의 로망을 들썩이게 하는 이국적 지명들이 적혀있는 편이 어울린다.

아이스 음료는 청량감을 더하기 위해 유리잔에 담아내는 경우가 일반적이다. 아이스 카페라테를 두툼한 머그잔에 담아서 내주면, 왠지 그 안에 든 얼음까지 뜨뜻할 것 같아 보인다. 그렇다고 호가든 맥주처럼 살짝 얼린 두꺼운 유리잔에 담아주는 것도 어울리지 않는다. 맥주는 이두박근을 자랑하며 힘차게 컵을 들어 올려 들이키는 게 어울리는 반면, 커피는 아무리 목이 타도 우아하게 두 손가락 끝으로 집어 올려 입에 대야 할 것 같다.

유리잔은 커피와 우유가 층층이 섞여있는 모습을 만끽할 수 있게 하는 점도 좋다. 어떤 문화권에서는 뜨거운 카페라테를 유리컵에 담아서 준다. 손잡이가 없으니 냅킨으로 감싸주기도 한다. 조금씩 마시면서 우유와 커피가 섞이며 만들어내는 갈색의 스펙트럼을 눈으로 감상할 수 있어 좋다.

우리 식당이나 다방 등에서는 손님이 자리에 앉으면 컵에 물이나 보리차 한 잔을 먼저 내오는 것이 상식인데, 이는 세계에서 찾아보기 어려운 착한 풍습이다. 전통적인 스타일의 각지고 단단한 유리컵에 담긴 물 한 잔은 카페에 들어오기 전의 찌든 때를 한 번에 씻어내주는 청량한 인사다. 그러나 요즘 카페 체인들은 물 인심이 야박해지다 못해, 얄팍한 일회용 종이컵에 물을 담아 마시라고 할 정도다. 한 번에 마실 수 있는 물의 양을 떠나, 그 컵의 질감은 도무지 정이 붙질 않는다. 게다가 탁자 위에 올려놓지도 못하는 구조라니. 빗살무늬토기를 모래바닥에 꽂아 쓰던 신석기로 우리를 돌려보내려는 걸까?

테이크아웃 용 종이컵 역시 웬만해서는 쓰지 않으려 한다. 한때 '스타벅스' 로고가 새겨진 종이컵이 실용과 맵시를 함께 추구하는 도시 여성의 상징처럼 등장했다가, 요즘은 환경오염의 주범이라며 괄시를 받고 있는 듯하다. 지구를 살리고 말고를 떠나, 나는 입에 붙는 그 텁텁한 맛이 싫다. 아무리 매끄럽게 뽑아낸 동글동글한 바디의 커피도 그 속에서는 맥을 못 춘다. 커피와 전혀 관련 없는 취향이긴 하지만, 종이컵 바깥을 감싸주는 마분지는 좋아한다. 따분한 회의를 할 때 그걸 찢어서 수염이나 달팽이 같은 종이 장난감을 만드는 재미가 쏠쏠하다.

카페 체인의 도톰한 머그 역시 스타일리시한 카페 생활자의 상징으로 여겨지던 때가 있었다. 나 역시 카페 오픈 기념으로 머그 사은품을 주면 눈에 불을 켜고 달려들기도 했다. 하지만 그 많은 컵들이 지금 상자째 우리 집 냉장고 위에 쌓여있다. 다들 기본은 하지만, 그렇다고 겨울 한철을 온전히 끌어안고 지낼 만큼은 아니었던 거다. 내가 가장 좋아하는 사은품 도자기 컵은 강남역 근처에 있는 '더 수프'에서 얻은 수프 컵이다. 손잡이는 없지만 아주 도톰하면서도 투박하지 않아서 좋다. 혼자서 드립을 250시시 가량 넉넉히 내려 마실 때는 이 잔을 사용한다.

가끔은 어느 카페에서 만난 커피 잔이 커피보다 오래 기억에 남기도 한다. 대구 경북대병원 근처에 있는 '엑수마'에 갔을 때의 일이다. 자가 배전 카페이기에 나는 먼저 그 카페의 블렌드를 핸드드립으로 내려달라고 했다. 그러다 선반에 놓인 작은 잔에 눈이 머물렀다. 그사이

'엑수마'에서 만난 네 발 달린 잔.
따라오라고 했더니 주인을 배신할 수 없다나……

주인은 친구가 부탁한 수망 커피를 먼저 내리고 있었다. 주인을 귀찮게 하는 건 싫어하지만, 나는 조심스레 부탁했다. "혹시 저 잔에 에스프레소를 담아주실 수 있나요?" "이거요?" 주인은 느릿느릿한 말투로 말했다. 그리고 더욱 느릿느릿 잔을 내려, 커피를 뽑아주었다.

하얀 잔에는 괴테와 그 연인의 그림이 그려져있었다. 빈 스타일의 문양도 이채로웠지만, 더욱 마음을 사로잡은 것은 작은 에스프레소 잔을 받치고 있는 네 개의 작은 다리였다. 나는 예전 《나나》라는 만화에서 '고양이 발 욕조'라는 단어를 발견하고, 그렇게 네 발 달린 욕조를 찾아 을지로를 뒤지고 다닌 적이 있다. 갖은 고생을 해서 구한 욕조를 좁은 욕실에 집어넣느라 용달 아저씨와 쇼를 했는데, 이사를 하는 바람에 지금은 베란다에 나가있는 신세가 되었다.

나는 그 잔에 입을 대면서 말했다. "이제 네 이름은 고양이 발 에스프레소야." 그리고 내가 카페를 떠난 뒤에 몰래 걸어 나오라고 했다.

그런 초자연적인 일은 벌어지지 않았다. 그래서 나는 오늘도 '스타벅스' 주문대 앞에서 앞사람이 주문한 다섯 종의 음료를 제대로 외

지 못해 땀을 흘리고 있는 종업원에게 '꼭 머그잔에 주세요.' 하고 외칠 준비를 하고 있다. 매장의 투박한 머그는 싫지만, 그래도 종이컵보다는 훨씬 나으니까. 그런데 옆에 있는 친구가 돌연 내게 푸념을 하기 시작한다. "왜 꼭 안 가져온 날에만 여기 오는 거야?" 뭘 안 가져왔다는 거지? 지갑? 할인 카드? 쿠폰? "텀블러!"

이 친구는 매번 잃어버리면서도 가방에 텀블러를 넣어 다니려고 애쓴다. 텀블러 할인도 받고, 지구 환경 보호에 약간의 도움을 준다는 뿌듯함도 얻기 위해서다. 나도 투박한 머그나 텁텁한 종이컵을 쓰느니 나만의 개성 있는 텀블러를 들고 다니고 싶다. 설거지하기가 귀찮다고 지레 겁내는 사람도 있지만, 보통은 종업원이 한 번 뽀득뽀득 씻은 뒤에 담아준다. 다만 마음에 걸리는 것은, 내가 마시는 음료가 거의 에스프레소라는 사실이다. 어디선가 에스프레소 용 텀블러를 만들어주지 않으려는가? 네 개의 앙증맞은 발이 달린 것으로.

카페의 음악이
나를
'아주 그냥 죽여' 주는
방법들

겉보기엔 멀쩡했다. 그러나 카페에 들어간 우리는 10초도 안 돼 튀어나오고 말았다. 때마침 갈고 있던 원두의 시큼한 군내 때문에? 솔직히 그 정도의 경륜은 못 된다. 메뉴판에 적힌 가격이 터무니없어서? 비싼 값의 정체가 궁금해 주저앉아보기도 한다. 우리는 코가 아니라 귀를 찔렸다. 시끌벅적한 수다와 소음은 차라리 참을 만했다. 음악이 우리의 엉덩이를 걷어찼다.

요즘 들어 패스트푸드점이나 빵집들이 산뜻한 카페 간판을 내거는 일이 잦아졌다. 그럴싸한 에스프레소 머신도 들여오고 인테리어도 깔끔하게 리노베이션한다. 이따금 가벼운 만남을 위해서라면 그런 곳도 나쁘지 않다. 그러나 자리에 붙어있으려면 나도 모르게 속이 울컥하는 경우를 만나곤 한다. 상큼한 외관과는 어울리지 않는 시끄러운 댄스 가요가 귓전을 때리기 때문이다. 혹시 그런 카페를 주로 찾는 어린 세대의 취향을 반영한 걸까? 갓 주민등록증이 생긴 친구가 대답해주었다. "이런 데서 누가 음악에 신경을 써요? 맘에 안 들면 헤드폰 끼면 되죠."

아무리 그래도 그렇지……. 저음질의 MP3 음악 두세 곡을 끝없이 틀어대는 건, 무신경해서가 아니라 배짱과 소신 때문인 건 아닐까? 나아가 철저한 계산의 결과인지도 모르겠다. 어느 여대 앞 카페 주인에게서 이런 말을 들은 기억이 난다. "음악이 시끄러워야 빨리 먹고 빨리 일어나요. 조용하면 수다 떠느라 시간 가는 줄 모르죠." 정말로 좌석 회전율을 높이는 데에는 그만한 방법이 없을 것 같다. 나처럼 카페에 죽치고 사는 인간들은 문을 연 뒤에 바로 질겁하고 달아나게 하는 효과도 있으니까.

내게 카페의 음악이란 가게 안을 적당히 채워놓은 장식물과는 다른 차원의 것이다. 빈한한 인테리어나 쌀쌀맞은 주인은 참는다. 그러나 썩은 커피와 더불어 쨍쨍거리는 음악은 나를 잠시도 그곳에 붙들어 두지 못한다. 차라리 아무 음악도 없는 쇼핑센터 로비의 카페테리아가 낫다. 바삐 오가는 손님들이 만들어내는 자질구레한 소음이 오히려 매력적인 음악적 풍경을 자아내기도 한다.

어떤 사람들은 오직 음악을 듣기 위해 카페에 가기도 한다. 방구석에 변변한 오디오도 없고, 시간 맞춰 라디오를 켜지 않으면 새로운 음악을 만날 수도 없었던 시절에 어떤 카페들은 음악 감상실 역할을 자임하기도 했다. 나 역시 대학 시절 마음이 뒤숭숭할 때면 찾아가던 카페가 있었다. 턴테이블에 걸린 클래식 음반이 지지직거리며 다음 곡을 불러내던 몇 초간의 설렘이 아직도 생생하다. 취미로 디제이 일을 하러 온다던 선배는 물어보는 곡마다 막힘없이 지식을 풀어내기도 했다.

모두가 MP3 플레이어를 하나씩 들고 다니는 시대에 카페가 음악의 오아시스가 되겠다는 생각은 주제넘은 것인지도 모른다. 그러나 카페의 총체적인 감수성을 구성하는 것들 중 음악이 결정적인 한 요소라는 사실은 여전하다. 어떤 주인은 자신이 좋아하는 음악을 다른 사람들과 함께 듣기 위해 카페를 열었다고 고백하기도 한다. 우리 카페 정키들 역시 주인의 취향에 따라 달라지는 음악의 베리에이션을 즐기며 이 카페 저 카페로 날아다닌다.

마츠모토 타이요의 만화 《넘버 파이브》를 보면, 주인공 넘버 파이브가 들고 있는 커피 잔 안을 클로즈업한 컷으로부터 작은 엘피판이 돌아가는 모습이 자연스럽게 이어지는 장면이 나온다. 커피 잔 속 소용돌이는 엘피판의 소용돌이와 겹친다. 검고 둥근 우주 위에서 하얀 음표들이 손에 손을 잡고 뱅글뱅글 돈다. 나 역시 예전부터 그와 비슷한 착각을 하곤 했다. 커피 잔을 들고 천천히 돌리면, 그 안의 소용돌이가 엘피판처럼 돌아가며 음악을 흘려내는…….

그런 시각적 연상 때문인지, 취향의 유사성 때문인지, 핸드드립 커피 전문점에서는 클래식 음악이 흘러나오는 경우가 많다. 정독도서관 앞의 '연두'가 그렇고, 교대역 근처의 '바오밥나무'도 그렇다. 디지

검고 둥근 우주 위에서 하얀 음표들이
손에 손을 잡고 뱅글뱅글 돈다.

털화된 차가운 소리가 아니라, 오래된 음반의 눅진눅진한 소리가 커피
의 향을 더욱 아련하게 만든다. 넘버 파이브 역시 〈브람스 교향곡 제1
번 C단조〉를 듣고 있었다.

　　많은 카페 주인은 자신이 내리는 커피만큼이나 이 음악들을 사랑
한다. 나는 어느 날엔가 전주 덕진공원 앞의 '커피 발전소'에서 연이은
탱고 음악을 들으며 동글동글 말린 브라질 커피의 단맛을 펴보고 있었
다. 그리고 그곳 서가에서 첼로 연주자 로스트로포비치의 특집 기사를
담은 잡지 〈그라모폰〉을 발견해 천천히 읽어갔다. 서로 다른 듯 유사하
게 이어지는 그 경험들이 하나의 완전성을 만들고 있었다.

　　젊은 뮤지션들이 즐겨 돌아다니는 홍대 앞은 음악 듣는 재미만으
로도 찾아갈 만한 카페가 적지 않다. 조금 과장되게 말해, 주인의 음악
적 취향이 구리면 살아남지 못하는 동네다. 약간의 문제는, 여기저기
있는 보석들 사이로 뭔가 부족한 이미테이션이 스미듯이, 이곳 카페들
의 음악적 정체성도 서로 닮아가며 질리게 만들기도 한다는 점이다.

조금 단순하게 말하자면 '일본 가수가 부르는 보사노바 리듬의 프렌치 팝' 같은 것 말이다. 이런 음악들이 사랑받는 이유는 대충 이렇지 않을까? 현대적인 리듬감을 살리면서도 로맨틱한 복고의 감수성을 자극하고, 산뜻하고 발랄하면서도 무언가 덜 다듬어진 느낌이 나고, 이국적이지만 거칠지 않은 소녀풍인…… 어쩌면 가장 중요한 이유는 '경쾌하면서도 시끄럽지 않다.'는 점일지도 모르겠다. 클래식 음악처럼 무겁지 않으면서도 카페에서 독서나 대화를 즐기는 데 방해가 되지 않는다. 이파네마 해변의 싸구려 아파트 욕실에서 옆방에 들릴까 봐 속삭이듯 노래를 부르던 보사노바는 세계 곳곳의 카페들에서 이국적이면서도 평온한 배경음악이 되고 있다.

대학 시절 클래식 카페에서 통기타 라이브를 들을 수 있었듯이, 지금의 카페에서도 방금 태어난 신선한 음악을 만날 수 있다. 지금은 없어진 '그늘'에서는 조용히 기타를 두드리며 혼자 연습하던 청년이 있어 좋았다. '테이크아웃 드로잉 성북'에서는 전시회와 더불어 작은 연주회를 펼치고 있는 뮤지션 이아립을 만나기도 했다. 아래층에서 위층으로 올라가는 야트막한 계단참에서 속삭이듯 부르던 그녀의 노래는 여기저기 자기만의 카페를 누리고 있는 사람들을 방해하지 않으면서 자신만의 공연장을 만들고 있었다. '호호미욜'에서 예상치도 못한 반도네온 연주를 들었다는 친구도 부럽다.

홍대 주차장 거리의 카페 밀집 지역에 들어서면, 항상 '어느 카페에 들어가야 되나.' 하는 행복한 고민에 빠지게 된다. 그러나 일요일 밤이라면 다른 선택을 하지 않기로 한다. 까만 테두리의 유리 지느러미를 지닌 '물고기'에서 정기적인 연주회를 벌이는 기타리스트 샘 리를 만날 수 있기 때문이다. 보통 때 음료 값에 2000원만 추가하면 저녁 7시부터 밤까지 이어지는 연주를 느긋이 즐길 수 있다.

느슨한 즉흥의 피로 움직이는 재즈라는 음악은 항상 카페와 잘 어울린다. 자연히 '재즈 카페'라는 분명한 정체성의 카페 장르도 확고하게 자리를 잡고 있다. 그러나 '물고기'의 샘 리는 그와도 다르다. '비싼 뮤지션을 어렵게 불렀으니, 무조건 입 닥치고 경청!', 이런 분위기가 없다. 샘 리 아저씨가 연습하듯 기타 위로 손가락을 움직이면, 두어 살짜리 아기가 탁자 위로 올라가 장난감 기차를 타악기인 양 두드리고, 길밖에서는 술에 취한 펑크로커가 유리창에 기대 소리를 훔쳐간다. 대학교수라는 백인 남자가 낡은 색소폰을 꺼내 잼을 하고, 나의 스윙 댄스 친구들이 탁자를 밀어내고 춤을 추는 모습도 전혀 어색하지 않다.

그렇다고 카페에서 만나는 라이브 음악에 항상 감사하는 건 아니다. 작업실 동료와 함께 어느 대학교 앞 작은 카페를 찾았을 때인데, 좁은 공간인데도 피아노 한 대가 자리를 떡하니 차지하고 있었다. 주인이 음악을 무척 사랑하나 보다 생각했다. 아니나 다를까, 우리에게 커피를 가져다준 뒤에 직접 피아노 연주에 들어갔다. '꼭 안 그러셔도 되는데……' 싶은 순간, 역시나 '아뿔싸!'였다. 요즘 어디서 레슨을 받고 있는 듯, 어느 드라마 주제곡을 반복해서 연주하는 게 아닌가? 주인 옆에서 뜨개질을 하던 친구가 그 부분이 좋아졌다며 다시 쳐보라고 하자, 네 마디 정도의 하이라이트 부분을 열두 번 정도 되풀이해서 연주했다. 음악과 소리에는 무던한 편인 줄 알았던 내 동료가 한마디 내뱉었다. "작업실에서 형이 플라멩코 기타 연습할 때 내가 어떤 심정인지 알겠지?" 나의 꿈 중 하나는 언젠가 바람이 좋은 저녁에 노천카페에서 플라멩코를 연주하는 것이었다. 그날 이후 내 꿈의 실현 시점은 20년 뒤로 물러났다. 정말 자신 없으면 하지 않아야 되겠구나.

많은 카페가 음악과 어쩔 수 없는 연애에 빠져있듯이, 많은 뮤지션이 카페에 대한 사랑으로 끼니를 거르고 있다. 커피에 넋이 나간 딸들은 어쩔 수 없다는 내용의 바하의 〈커피 칸타타〉, 커피 중독자를 경쾌하게 풍자한 〈자바 자이브〉 등 커피와 카페를 테마로 한 음악도 적지 않다. 지금도 어느 카페에 빠져 커피 한잔의 도움으로 악보를 채워나가는 뮤지션들은 저도 모르는 새 그 카페 같은 노래를 만들고 있을 거다. 그런데 인도네시아 밴드 '모카Mocca'는 왜 고향인 자바를 버리고 모카를 택했을까? 역시 커피는 이국 취향인가?

커피의 노래,
카페의 시

이 카페 저 카페를 떠돌며 오랜 시간 앉아있다 보면, 참 많고도 다양한
노래를 듣게 된다. 그리고 그 노래들 속에 커피에 대한 이야기가 심심찮게
숨어있다는 사실도 발견하게 된다. 그들은 블랙커피를 마시며 돌아오지 않는
연인을 그리워하고, 쓰디쓴 사랑에 달콤한 우유를 더해 카푸치노를 만들려
하고, 사람에 대한 중독과 커피에 대한 중독 중에서 어느 쪽이 더 독한지
궁금해 한다. 다음은 내가 발견한 아주 작은 조각들이다.

The Real Group ‘Coffee Calls For A Cigarette’
커피는 담배를 부르고, 담배는 술을 부르고,
술은 음악과 춤을 부르고,
그건 너와 다시 로맨틱해지고 싶다는 거지.

Julie London ‘Black Coffee’
지독히도 외로워, 잠을 못 이뤄,
나는 마루를 걷고, 문을 바라보고,
틈틈이 블랙커피를 마시지.

Waldeck ‘Addicted’
내게 돌아와, 넌 모르겠니?
난 네게 중독되어있어.

Tomosaka Rie 'Cappuccino'
커피 향기를 사이에 두고
즐거운 웃음을 감출 수 없는 표정이네.
쓴맛만으로는 밸런스를 맞출 수 없어.

Garbage 'Milk'
나는 우유야 너를 잃었어.
너와 함께 있었다면 사랑스럽고 달콤했을 텐데.

Manhattan Transfer 'Java Jive'
나는 자바(커피)가 좋아. 달콤하고 뜨겁지.

Mocca 'I Remember'
당신이 가장 좋아하던 케이크를, 그래, 나는 기억해.
당신이 커피를 마시던 방법을 나는 기억해.

Gotan Project 'Celos'
질투……
사랑은 달라질 수 있었다.
함정……
내가 가는 길엔 죽음의 속임수
그리고 커피 한잔, 도시의 커피 한잔에
또다시 너는 내게 네 운명을 말했다.

MENU ¥ HOT / ICE

	HOT	ICE
ESPRESSO	150	
AMERICANO (HOT/ICE)	250	280
CAFFÈ LATTE (HOT/ICE)	300	330
CAFFÈ MOCHA (HOT/ICE)	330	360
CAPPUCCINO	300	
CARAMEL MACCHIATO (HOT/ICE)	330	360
FLAVOR LATTÈ (HOT/ICE)	350	380
COCOA (HOT/ICE)	300	330
EARL GRAY (HOT/ICE)	300	350
CARAMEL CASTARD TEA	350	
· STEAMED MILK	300	
· JUICE (FRESH/SODA)	400	

BAR mutaccho
SLOWFOOD BUSINESS

살아 움직이며 말하는 메뉴판 본 적 있나요?

유럽을 종단한 어느 여행 때의 일이다. 런던에서 출발한 나와 일행은 북부의 살인적인 물가 때문에 극도의 짠돌이 여행객 신세를 이어갔다. 프랑스 곳곳에서 멋진 노천카페들이 유혹했지만, '다음에, 다음에' 하면서 재빨리 남부로 향하는 기차를 탔다. 스위스를 지나고 알프스를 넘어 이탈리아 반도로 내려오고 나서야 날씨도 마음도 풀렸다. 물가가 확실히 싸지기도 했지만, 그동안의 지나친 검약으로 여비가 심하게 남아버린 것이었다.

아무튼 이제 좀 느긋하게 즐기자며 밀라노의 아케이드 갈레리아로 향했다. 명품 거리에서 지갑을 만지작거리며 걸어 다녔지만, 결국은 윈도쇼핑에만 열중하다 지쳐버렸다. 우리는 미친 척하고 제법 비싸 보이는 카페의 노천 테이블을 차지하고 앉기로 했다.

작은 키에 다비드 상처럼 멀끔하게 생긴 웨이터가 화사한 미소를 띠며 주문을 받으러 왔다. 기분은 내되 바가지는 쓰지 말아야지. "메뉴판 좀 보여주세요." 웨이터는 가슴에서부터 무릎까지 늘어진 하얀 셔츠를 오른손으로 쭉 훑으며 말했다. "제가 바로 메뉴판입니다." 뜻밖의 말에 우리는 피식 웃을 수밖에 없었다. 일행은 아주 달콤한 무언가를 달라고 했고, 나는 마키아토를 주문했다.

천천히 시간을 죽이며 달짝지근한 밤공기를 즐겼다. 웨이터는 수시로 오가며 크림이 든 크루아상 같은 디저트를 가져다주었고, 우리는 서비스인지 뭔지도 모른 채 마구 먹었다. 이것이 이탈리아야. 말로만 듣던 라 돌체 비타La Dolce Vita라고. 그리고 막차 시간이 다가왔다. 자리에서 일어날 즈음에야 떠올랐다. 메뉴판을 달라고 했던 건, 이 카페에서 무얼 파는지가 궁금해서인 것만은 아니지. 가격을 확인하는 최소한의 절차잖아. 슬슬 엄습해오는 불안감에 싸인 채, 웨이터에게 계산서를 달라고 했다.

웨이터는 깡총대며 가게 안으로 들어갔다. 카운터에는 마피아 영화에서 본 듯한 대머리 아저씨가 앉아있었다. 그러고 보니 아까 시칠리아 말투로 뭐라 말하는 것 같던데(사실 시칠리아 말투가 어떤 건지도 모른다.). 대머리 마피아는 우리 쪽을 흘겨보더니, 무심하게 종이 위에 펜을 휘갈겼다. 웨이터는 계산서를 받아 우리 테이블 쪽으로 걸어왔다. 그리고 종이에 잠시 눈길이 머무는가 싶더니, 나폴리 앞바다의 자갈치처럼 황급히 몸을 돌려 카운터로 걸어갔다. 다시 둘이서 무언가 속삭이며 우리 쪽을 흘깃거렸다. 이것들이 우리 견적을 보고 있는 건가? 아까 주문할 때 여행 잡지 기자나 여행 전문 작가라는 뉘앙스를 풍길 걸 그랬나? 바가지 씌웠다간 아시아 지역에서 당신들 가게 평판은 바닥이 될 거라는 식으로.

협상이 끝난 듯, 웨이터가 걸어와 우리에게 계산서를 보여주었다. '너희 아빠한테 전화해서 이 스위스은행 계좌로 돈을 입금하라고 해!' 같은 말은 적혀있지 않았다. 무언가 엄청난 숫자 위에 죽죽 가로줄이 그어져있었고, 그보다는 훨씬 작지만 그래도 제법 큰 숫자가 새로 적혀있었다. "이게 뭐야? 내역이 있어야지. 마키아토 한 잔이 얼만데?" 나는 이렇게 말하려고 고개를 들었지만, 뭐라고 해야 할지 단어가 떠오르지 않았다. 다행이 능숙한 웨이터가 표정만으로 내 의중을 알아들었다. "All included." 두 사람의 커피 값, 디저트 값, 노천 좌석료, 야간 할증까지 포함되어있다는 뜻이겠다.

나와 일행은 쿨하게, 아주 쿨하게, 주머니에 있는 동전을 모은 뒤 정확히 숫자를 맞추어 건넸다. 그리고 자리에서 일어나며 이렇게 말했다. "All included!(팁도 포함되어있는 거지?)" 그렇게 우리는 '걸어다니는 메뉴판'을 뒤로 하고 총총히 발걸음을 옮겼다. 약간 씁쓸하면서도 달콤한, 아무튼 재미있는 밀라노의 밤이었다.

카페의 메뉴 리스트는 별로 복잡하지 않다. 식사 메뉴라면 몰라도 음료의 베리에이션은 '거기에서 거기 옆의 바로 거기'이기 때문이다. 게다가 복잡한 음료나 디저트보다는 스트레이트한 커피를 선호하는 나로서는, 카페에 들어갈 때 이미 주문할 메뉴를 정해놓은 경우가 많

다. 그럼에도 밀라노에서와 같은 특별한 상황이 아니면 메뉴판을 들여다보는 과정은 생략하지 않는다. 음료를 고르는 척하면서 가격대를 확인하는 것도 아주 중요한 목적이다. 하지만 더 큰 이유는 그 작은 판에서 카페의 세밀한 부분을 읽어내는 재미가 쏠쏠하기 때문이다.

가령 메뉴판에 카푸치노나 카페라테 같은 메뉴는 있는데 정작 에스프레소가 없다면, 이들 음료는 이탈리아 식이 아니라 그냥 진하게 우린 커피에 우유를 더한 경우라고 볼 수 있다(에스프레소는 너무 싸거나, 아니면 별로 시키는 사람이 없어서 메뉴판에 기록해두지 않는 경우도 있지만.). 오스트리아 빈이나 일본에서라면 진하게 내린 커피를 베이스로 해서 아주 훌륭한 메뉴를 만들어내는 카페를 만날 수도 있겠지만, 대부분의 경우에는 '이게 뭐야!' 하고 느낄 정도로 밋밋한 커피에 실망하게 된다.

반대로 블렌드나 드립 커피 메뉴가 전혀 없이 에스프레소 음료 리스트 밑에 '레귤러 커피'가 있다면, 이 레귤러는 에스프레소에 뜨거운 물을 더한 아메리칸 커피일 거라 추측할 수 있다. 역시 '이게 뭐야!'다.

차라리 패스트푸드 체인의 '오늘의 커피'가 나을 때가 많다.

카페라고 해도 커피를 주력으로 하지 않는 경우도 있다. 화려한 미사여구로 차 메뉴를 몇 장에 걸쳐 나열한 뒤에 커피 가문의 자제 몇을 구색 맞추듯 등장시킨 메뉴판을 마주했다면, 그곳에서는 커피는 과감히 포기하고 차를 한잔 머금는 편이 낫다. 디저트와 곁들인 세트 메뉴가 번쩍번쩍한 컬러사진과 함께 메뉴판을 지배하고 있을 때도, 이상하게 커피에 대한 기대는 접게 된다.

이제 무얼 마실지는 결정되었다. 상냥한 종업원이 우리의 주문을 받아 적고는 재빨리 메뉴판을 거둬 가려고 한다. 그러나 나는 아직 메뉴판을 놓아줄 생각이 없다. "좀 더 봐도 되죠?" 마치 무언가를 더 시킬 것처럼 말하지만, 사실 나는 이 메뉴판과 더불어 '주문' 이상의 재미를 볼 생각을 하고 있다.

어떤 카페들은 메뉴판의 맵시와 디자인만으로도 특별한 공간에 왔다는 기분에 젖게 한다. 유럽의 전통미 넘치는 고급스러운 카페는 메뉴판 자체도 엘레강스하시다. 넉살이 좋은 어떤 친구는 메뉴판을 얼어갈 수 있느냐고 물어보기도 했단다. 아니나 다를까, 팔기도 한단다. 일본인들이 즐겨 사간다나? 국내에서도 가끔 메뉴를 가볍게 프린트해서 명함 대신 들고 가게 하는 카페를 만나게 된다. '테이크아웃 드로잉 아르코'가 처음 문을 열었을 때는 메뉴를 계속 연구하고 바꾼다며 메뉴판을 신문처럼 찍어 나눠주기도 했다.

유럽 풍의 클래식 카페에 고풍스러운 활자의 메뉴판이 어울린다면, 화사한 빛깔의 화분과 수제 가구가 가득한 내추럴한 스타일의 카페에서는 손 글씨로 쓴 아기자기한 메뉴판을 기대하게 된다. 색연필로 그린 듯한 귀여운 일러스트레이션에 메뉴를 상세하게 설명하는 문구들이 더하면, 메뉴 하나하나에 쏟는 주인의 관심이 느껴지기도 한다. 외국인을 대상으로 하거나, 그와 유사한 카페 관광객을 자주 맞이하는 곳이라면 커다란 사진을 곁들여 이해를 돕는 경우도 있다. 특히 먹음직한 와플이나 라테아트의 경우 괜스레 마음이 끌리기도 한다.

메뉴판의 스타일은 디자인에서만 드러나는 게 아니다. 어떤 카페들은 모든 메뉴에 설명이 많다. 아포가토를 내놓으며 그 유래와 제조법, 구체적인 재료의 구입처까지 알려준다. 정직해서 좋다. '이 집의 모든 커피는 스타벅스 원두를 사용합니다.'라고 너무나 자랑스럽게 적어놓은 카페에 들어갔다가, 대충 핑계를 대고 나와버린 적도 있다. 메뉴판도 일종의 카드다. 너무 많이 열어서 보여주면 게임의 재미가 떨어진다. 그러나 메뉴판에 '에스프레소에 아마레토를 섞은 헝가리안 더블—미시마 유키오三島由紀夫의 《풍요의 바다豊饒の海》에서'라고 적혀있

손 글씨가 풋풋한 메뉴판에서 튀어나온
커피는 더 따뜻할 것만 같다.

다면, 나로서는 주문해보지 않을 수 없을 것 같다.

메뉴판에서 가장 민감한 부분은 아무래도 숫자다. 내가 즐겨 주문
하는 음료는 에스프레소로, 보통 메뉴판의 가장 앞에 적혀있고 가장
싸다. 여러 복잡한 메뉴의 가격은 천차만별이지만, 에스프레소의 가격
은 비교적 균일하게 형성되어있다. 따라서 나름의 마지노선을 정하고
그걸 넘어선다면 특별한 경우가 아니고서는 그냥 나와버린다. 시애틀
스타일의 커피 전문점이 우리에게 끼친 또 하나의 긍정적인 영향으로,
커다란 메뉴판을 카운터 벽에 걸어놓았다는 점을 들 수 있다. 청담동
이나 삼청동에 새로 생긴 카페에 자리를 잡고 메뉴판을 열어보자마자
'죄송합니다.' 하며 꼬리를 내리고 돌아서야 하는 불상사를 막아주기
때문이다. 밀라노의 메뉴판 웨이터가 "All included" 하며 내민 계산서
에 뒤지지 않는 가격이 커피 한 잔에 매겨져있기도 하더군.

물론 커피를 포함한 모든 종류의 진수眞髓를 즐기기 위해서는 돈을
아까워해서는 안 된다는 이론이 있다. 나 역시 가끔 그런 유혹을 못 이
겨 신용카드를 긁어버리기도 한다. 그러나 단지 그 카페의 커피가 충
분히 괜찮다는 이유만으로 맛과 장소의 수준을 넘어선 가격을 지불하

는 것은 카페 정키의 도덕률에 어긋나는 일이라 생각한다. 커피 한 알에 들어있는 체리 향과 호두 향의 비율에 그토록 민감하면서, 그 커피에 매겨진 값이 주인의 즉흥적인 판단으로 1000~2000원씩 널뛰는 데에는 어찌 그리 무심할 수 있단 말인가?

커피 가격을 함부로 올려대는 것은 미학적으로도 좋지 않다. 요즘 인기 그래픽 디자이너로 이름에 번쩍번쩍 별을 달고 있는 친구 H와 10여 년 전에 그의 이력서 첫째 줄에 들어갈 일을 같이 하고 있을 때의 일이다. 홍대 앞에서 이 친구와 신나게 회의를 하고 돌아서는데, 엄청 피곤한 표정으로 너무 가기 싫은 데를 가야 한다고 푸념을 하는 거다. 알고 보니 아르바이트 삼아 카페의 메뉴판을 몇 군데 만들어주었는데, 심심하면 가격을 고쳐달라며 사람을 부른단다. 처음 메뉴판을 디자인할 때는 재미있었는데, 사람들 없는 시간에 가서 어두운 구석에서 숫자를 오려 붙이고 있는 자신의 꼴이 그렇게 궁상맞을 수 없단다. 숫자를 고치는 것은 여러모로 아름답지 못한 일이다.

나는 가끔 메뉴판을 전혀 볼 필요가 없는 카페에 가곤 한다. 정말로 그곳은 바리스타 자체가 살아있는 메뉴판이기 때문이다. 나는 바에 앉으며 무심히 물어본다. "오늘은 무슨 커피가 좋아요?" 바리스타가 그 전날 볶아 식혀두었는데 아침에 융으로 내려보니 너무 맛있어서 자랑하고 싶어 견디지 못한 원두, 그게 바로 나의 선택이다. 그런 비밀의 메시지는 메뉴판에 절대로 적혀있지 않다.

"오늘의커피"
브라질 圖
세하도

옐 Take out
- 에스프레소 1900
- 아메리카노 1900
- 카푸치노 2300
- 카페라떼 2300
- 카페모카 2800
- 카라멜마끼야또
- 핫초코 2300

바리스타와
아르바리스타 사이로
깊은 강이
흐른다

최근 몇 년간 우리 국민들의 이탈리아어 실력이 부쩍 늘었다. 커피 덕분이다. 당신은 어느 정도일까? '라테' 가 '우유' 란 걸 안다면 초급, '도피오' 가 '더블' 이라는 걸 안다면 중급, 삼청동의 어느 카페에서 종업원이 이탈리아어로 주문을 외는 걸 알아듣고 틀린 부분을 지적한다면 고급이다. 요즘 '바리스타barista' 라는 말이 자주 들린다. '바텐더' 처럼 바에서 일하는 사람을 뜻하는 말에서 나왔는데, 무엇보다 〈커피프린스 1호점〉 때문에 전국적인 유명세를 얻게 된 것 같다.

바리스타라는 말을 들으면 어떤 모습이 떠오른다. 무릎 아래까지 내려오는 기다란 앞치마를 두르고, 주문을 받으면 정성을 다해 커피를 만든 뒤, 미소를 띤 채 커피와 물 잔을 쟁반에 받쳐 들고 와 테이블에 내려놓는 멋진 청년. 아마도 커피 잔에는 사랑스러운 라테아트가 장식되어있겠지. 실제로 우리 주변에는 이런 이미지의 바리스타들이 속속 등장하고 있을지도 모른다. 하지만 내가 만난 본토의 바리스타들은 그와는 좀 달랐다.

당신이 만약 심야열차를 타고 아침 7시경 로마의 테르미니 역에 내려 잠을 깨기 위해 가까운 카페에 들어선다면, 모쪼록 그곳 분위기를 주의해야 할 것이다. 굉장한 인파와 소란 속에서 여행 트렁크를 놓치거나 영화 〈인생은 아름다워〉에서 본 전쟁이 아직 끝나지 않았나 생각하게 될지도 모른다. 손님들은 카페 문을 열고 들어오자마자 바 앞으로 달려가 높은 톤의 목소리로 복잡한 주문을 내지른다. 바리스타들은 포터필터를 탕탕 두드리며 사방에 커피 가루를 화약 연기처럼 휘날리며 에스프레소를 난사한다. 잔을 받은 손님은 그대로 입에 털어넣고, 동전을 내던지고 달아난다. 나는 그 틈을 비집고 들어가 겨우 주문을 전한다. 이렇게 해서 어디 제대로 맛이나 나겠어. 로마씩이나 와서 엉터리 커피를 마시고 싶지는 않은데……. 그러나 땀에 젖은 바리스타 병사가 툭 던져준 에스프레소 한 잔은 나를 행복하게 만들기에 충분했다.

상대적으로 여유 있는 시간에 카페를 찾아가면, 확실히 이와 같은 전투적인 모습은 보이지 않는다. 그러나 우리의 기대처럼 커피 한잔에 신중을 기한다기보다는, 무언가 잘 정련된 상태에서 최단 시간에 결과를 뽑아낸다는 느낌이 든다. 원래 바리스타라고 하면 탬핑에 혼신을 다하는 것이 무사도와 같은 매력을 빚어내는데, 이탈리아에서는 특히 그 부분을 대충 하고 넘어간다. 알고 보니 이탈리아에서는 에스프레소 머신의 세팅과 점검이 완벽해서 탬핑에 크게 신경 쓰지 않더라도 이상적인 에스프레소가 나오도록 해놓는 게 일반적이라고 한다. 매일 아침

저녁으로 카페에 쏟아져 들어와 순식간에 에스프레소를 털어넣는 손님들과 전투를 하려면 그런 자세가 더 바람직할 것도 같다.

내가 보고 들은 이탈리아 바리스타의 모습 역시 아주 단편적인 것일 수 있다. 에스프레소나 바리스타 문화가 이탈리아에서 태어났지만, 다른 지역에서는 또 다른 모습으로 진화하고 있기도 하다. 바리스타의 국제적인 기준이라는 건 역시 '대회'를 통해 드러날 것 같다는 생각도 드는데, '월드 바리스타 챔피언십WBC'의 최근 수상자는 북유럽 출신, 특히 덴마크 출신이 많다. 세계 최고의 1인당 커피 소비량을 자랑하는 나라들이라서 그런 걸까?

국내에서도 매년 '한국 바리스타 챔피언십KBC'이 열려 '월드 바리스타 챔피언십'의 출전 선수를 뽑는 행사가 벌어진다. 나도 두근거리는 마음으로 대회장을 찾아가보기도 했다. 요리 만화에 나올 법한 놀라운 메뉴와 그 맛을 두세 배로 뻥튀기해서 보여주는 심사위원들의 심사평을 기대해볼 수 있을까?

대회장은 너무 평면적이라 관객들이 세부를 보기에는 어려운 점이 많았다. 나는 그래도 길다란 목을 지닌 덕분에 눈치껏 훔쳐볼 수 있었다. 보고 나서 딱 든 생각은 '시간'이 정말로 중요하구나 하는 것이었다. 본인이 지닌 기량이 어떻든 간에 주어진 시간 안에 그 모든 것을 드러내야 하니까. 선수들의 모습은 어찌 보면 보통 카페에서 만나는 것과 크게 다르지 않을 수 있다. 좀 더 긴장하고, 좀 더 잘 차려입고, 말로 하는 설명이 아주 많다는 것만 빼고는. 오히려 주변을 분주하게

오가는 심사위원들이 더 흥미롭게 느껴졌다. 테이블에 앉아 직접 맛을 보는 심사위원 외에도 시간과 기술 등을 체크하는 심사위원들이 있었다. 이들은 바리스타가 주변을 청결히 하는지 확인하고, 시간을 기록하고, 에스프레소를 뽑은 뒤 포터필터에 남은 커피 케이크를 눌러보며 제대로 추출되었는지를 물리적으로 점검했다. "역시 에스프레소는 과학이야!" 그리고 대회는 여러 면에서 쇼의 요소가 많았는데, 관객들이 직접 맛을 볼 수 없으니 바리스타가 내놓는 테이블 세팅과 창작 메뉴와 같은 시각적 요소에서라도 대리 만족을 얻으라는 것인 듯했다.

이런 바리스타 대회는 에스프레소를 중심으로 실력을 겨루는 것이지만, 요즘 우리 주변에는 핸드드립 카페들도 많이 등장하고 있어 바리스타의 정형이라는 것을 찾기는 어려워 보인다. 바리스타는 콩도 잘 구워야 하고, 드립할 때 물줄기를 균일하게 내려야 하고, 에스프레소를 만들기 위해 탬퍼를 일정한 힘으로 눌러야 하고, 주전자에 댄 손만으로 카페라테에 넣을 우유가 적당히 데워졌는지 알아채야 하고, 온갖 귀여운 라테아트를 만들 줄 알아야 하고, 깔끔하게 옷을 차려입고

'한국 바리스타 챔피언십'에서 만난 바리스타들과
그들의 무기, 탬퍼.

정성 들여 서빙할 줄도 알아야 한다.

사실상 지금은 '바리스타'라는 하나의 단어 안에 원두 로스터, 에스프레소 바리스타, 핸드드리퍼, 서빙 전문의 가르송 등의 이미지가 모두 들어간 듯하다. 물론 오늘날의 카페는 그 모든 것을 능숙하게 처리할 수 있는 사람을 구하고 있지만, 결국 가랑이가 찢어지는 일이 벌어질지도 모를 일이다.

어느 쓸쓸한 날에 경주에 갔다. 어릴 때 대구에서 학창 시절을 보낸 탓에, 경주는 수학여행이다 하이킹이다 해서 생각 없이 드나든 곳이었다. 정말 이곳이 아름답다고 느낀 건, 어느 해 유럽 여행을 가기 직전에 잠시 들렀을 때였다. 벚꽃이 만발한 거리와 호수와 절과 탑은 이후에 유럽 어느 도시에서 만난 그 어떤 장면보다도 아름다웠다. 왜 외국인들이 한국에 와서 '경주, 경주' 하는지를 알았다.

물론 초겨울의 밤에 그런 풍경이 펼쳐질 수는 없는 노릇이었다. 나와 친구는 그저 생존에 대한 욕구로, 저녁 한 끼와 커피 한잔을 위해 동국대 앞으로 갔다. 밤 10시가 넘어가는 때였다. 먼저 밥을 먹었다간 커피 한잔할 곳을 찾기가 어려워 보였다. 어디든 야식집은 있지만, 심야 카페는 거의 없으니까.

자자한 명성의 카페 '슈만과 클라라' 안으로 들어섰다. 지하라는 점이 의외이긴 했지만, 고전풍의 카페로서 손색없는 고아한 분위기를 유지하고 있었다. 늦은 시간임에도 많은 사람들이 테이블을 채우고 커피와 진공관 앰프의 은은한 소리에 기대 겨울밤을 보내고 있었다. 카페는 그 이름처럼 클래식 음악의 세계였다. 한쪽 벽장에는 엘피판이 가득 꽂혀있고, 또 다른 벽에는 시디와 〈고전음악〉 류의 오래된 음악 잡지가 가득 차있었다(그 사이에 〈빵 너무 좋아〉라는 NHK의 제빵 프로그램 디브이디가 있다는 게 이채로웠다.).

카페의 바깥쪽엔 바가 있고, 유리로 칸막이를 두른 안쪽에는 테이블이 놓여있었다. 음악을 듣기 위한 최적의 환경을 만들기 위함인 것 같았다. 혹시 손님들이 모두 떠나고 카페의 문을 닫고 난 뒤 주인장은 오디오의 볼륨을 높이고 그 소리를 홀로 즐기는 것은 아닐까? 크리스 글래스필드와 알렉스 나이트의 지난 클래식 기타 연주회 포스터가 보였다. 다음 연주는 언제일까? 기대를 가지지 않을 수 없었다.

나와 친구는 카로시 토라자와 모카 시다모를 한 잔씩 시켰다. 토라자는 연한 로스팅으로 만들어진 고소한 감칠맛이 경쾌하면서도 풍성하게 느껴졌다. 입안에는 꽃의 향기 혹은 정원의 열락 같은 느낌이 퍼졌다. 다크 로스팅의 모카 시다모는 작은 잔에 진하게 담겨 나왔는데, 어두운 조명 속에서 포돗빛으로 반짝였다. 쓴맛이 얇게 감싼 속에 풍성한 과일 향이 꼭꼭 눌려 들어앉은 듯했다. 근래 마셔본 커피 중에서—특히 토라자 쪽이—손에 꼽을 만했다.

나는 유리 칸막이 너머로 커피를 만든 사람을 건너다보지 않을 수 없었다. 쪽 진 머리의 바리스타는 네 개의 작은 쌍둥이 잔을 앞에 놓고 드립한 커피를 조심스레 나누어 담고 있었다. 마지막으로 하얀 수건으로 컵 주위를 닦은 뒤에 들고 나왔다. 바 바로 앞 테이블의 사람들은 이미 한 상 가득 커피를 채워놓고 마신 터였다. 바리스타는 탁자의 각 방향에 그 쌍둥이들을 하나씩 앉혔다. 동서남북을 하나씩 맡은 잔들은 시차를 두어 그 사람들의 밤을 앗아갔으리라.

그때 내 눈에 들어온 것은 쟁반을 들고 돌아가는 바리스타의 살짝 피곤한 표정이었다. 접객 차원에서 보면 바리스타는 심신의 괴로움을 손님에게 들키지 않는 게 맞으리라. 그러나 커피의 맛에 이미 감동을 받은 내게는 그 피로한 표정이 더 가치 있어 보였다. 이미 하루를 마감하기 10여 분 전이었다. 애초에 대충대충 시간을 이어갔다면 마지막까지 정량의 표정이 남아있었을 것이다. 그러나 한 잔 한 잔 자신이 정한 이상적인 질을 맞추어가노라면 결국 한계에 이르게 된다. 떠올려보면 내가 만난 심야의 커피 장인들은 대부분 피로에 젖은 표정이었다.

그렇다면 아침 일찍 카페를 찾는 것이 컨디션 최적의 바리스타가 웃음 띤 모습으로 내려주는 커피를 받아 마실 수 있는 방법일까? 다음 날 아침, 우리는 경주 시내에 있는 또 다른 핸드드립 카페를 찾아갔다.

이탈리아에서 만난 바리스타들은 의외로 탬핑에 신경을 쓰지 않았다.

아직 문을 열지 않아, 근처에서 밥을 먹고 나서 다시 찾아 들어갔다. 바리스타인 듯한 남자가 우리를 맞아주었다.

아무도 없는 카페에서 혼자 테이블을 차지하고 앉는 것만큼 상쾌한 일을 찾기는 어렵다. 반면 아무 맛도 없는 커피를 테이블에 올려놓고 있는 것만큼 괴로운 일도 없다. 나와 친구는 이미 식사를 해서 배가 부른 상태였다. 그러나 커피의 덤덤함을 이겨내기 위해 근처에서 산 황남빵을 또 먹어대야 했다. 커피는 보리차처럼 입가심으로 들이켜니 넘어가긴 했다. 잠시 후 일어나 계산대로 갔더니, 남자는 신용카드도 안 되고 영수증도 없단다. 그러면서 하는 말. "지는 사장이 아니라서 잘 모르겠는데예."

나오면서 생각했다. 이것이 '경주의 교훈'인가? 너무 늦은 시간에 가면 체력과 집중력의 한계에 이른 바리스타를 괴롭혀야 하고, 너무 이른 시간에 가면 그 바리스타가 쉬는 시간에 가게를 지키고 있는 아르바리스타(아르바이트+바리스타)에게 실망해야 한다.

지금 한국은 세계 어느 곳보다 커피에 대한 열정이 뜨겁다. 곳곳

에서 예비 바리스타들이 누구에게도 뒤지지 않을 자신만의 커피를 만들기 위해 각고의 노력을 하고 있다는 것도 잘 안다. 그러나 문제는 넘쳐나는 카페들, 특히 카페 체인에는 제복만 깔끔히 차려입은 아르바이트 바리스타가 넘쳐난다는 사실이다. 커피를 주문받았는데 레시피를 몰라 수첩을 뒤져보고, 사장에게 전화해보고, 거의 부술 듯이 기계를 다루는 경우도 적지 않게 볼 수 있다. 아무리 세팅이 잘 되어있다고 해도 커피를 뽑는 사람의 기본기는 결정적이다. 물론 인건비의 문제도 크고, 하루 종일 서있는 데다 손님들을 상대해야 하는 서비스업이라는 특성상 계속 집중력을 발휘하기도 어려울 것이다. 그러나 카페를 찾는 사람들의 기대치에 비해, 바리스타의 현실은 그에 미치지 못하는 게 사실이다.

대전에 갔을 때, 재미있는 이름의 카페가 있어 무작정 찾아간 적이 있다. 어느 동의 어느 은행 옆에 있다는 소리만 듣고 택시를 집어타고 달리다가 "앗, 저기다!" 하고 소리 질렀다. 정말로 '두부집'이었다.

에스프레소 머신 뒤에는 직접 제작한 듯한 도구로 열심히 커피를 만드는 청년이 있었다. 아이스 카페라테를 시키며 물었다. "여기 이름은 왜 '두부집'이죠?" 청년은 말했다. "아, 제가 세 들어있는 거예요." 그리고 보니 가게 앞쪽에는 에스프레소 머신이 자리 잡고 있었고, 뒤쪽에는 두부 기계와 냉장고가 보였다. 아직 카페를 독립하지 못해 두부집을 하는 지인의 가게 한쪽에 자리를 내어 커피를 만든다나. 번듯한 카페는 아니었지만, 그 청년이 열심히 탬핑하고 우유를 계량하는 모습은 아주 보기 좋았다(예상과 달리 두부라테 같은 메뉴는 없었다!).

　바리스타는 다른 게 아니다. 커피를 만드는 사람이다. 그 사람의 수준이 어떻든, 투명하고 솔직하게 성의껏 커피를 만들어주는 사람이 좋다. 너무 덩치 큰 카페를 낸 탓에 다음 날 볶을 커피를 고르는 일보다 아르바이트 직원 수급에 더 큰 신경을 쓴다든지, 에스프레소의 맛은 고객이 알아줄 리 만무이니 라테아트나 화려하게해서 소녀들에게 칭찬 듣는 일에 익숙해진다든지…… 이래저래 바리스타의 꿈이 굴절되는 시나리오는 많다. 나는 소박한 '두부집'이든 유명한 '슈만과 클라라'든, 바로 그 사람이 바리스타라는 걸 알아볼 수 있는 카페가 좋다.

별 주인도 다 있네!
카페지기 백태

모든 카페에는 주인장, 바리스타, 매니저, 마스터, 아르바이트 직원 등등,
정확히 뭐라고 불러야 할지 모르겠지만, 아무튼 '그 사람'들이 있다. 우리의
주문을 받고, 커피를 만들고, 쿠폰에 도장을 찍어주는 사람들 말이다.
카페 정키는 그들에게서 다음과 같은 다양한 타입을 발견한다.

교수형 주로 전통 있는 자가 배전 핸드드립 카페의 주인들이 여기에
해당된다. 손님들은 대체로 그에게 한 수 배우러 온 사람들로, '선생님'의
동작 하나하나에 경탄한다. 교수들이 그렇듯, 항상 《피노키오》의 제페트
할아버지처럼 구부정한 허리로 일에 몰두하는 타입과, 모든 업무를 조교급
직원에게 넘기고 고위층 고객과의 사교에 열중하는 타입으로 나뉜다.

집사형 철두철미한 서비스 정신으로 무장, 가게에 들어오는 손님에게 모
든 편의를 제공해준다. 손님 물컵에 물이 비는 것을 못 견디고, 비가
오는 날에는 손님이 우산을 펼 때까지 비를 막아준다.

오덕후형 혼자서 작은 가게를 꾸리고 있는데도, 핸드드립, 에스프레소,
더치, 사이펀, 자작 로스터 등 온갖 종류의 커피 장비를 갖추고 있다. 손님이
주문하는 메뉴에는 꼭 트집을 잡는다. "그건 오늘처럼 궂은 날엔 안 좋은
데……." "코스타리카가 올해 작황이 안 좋아서……." 손님이 겸손한 태도로
커피에 대해 물어보면, 주춤 빼는 듯하면서도 즐겁게 지식을 늘어놓는다.
그럴 땐 귀엽다.

메이드형 좀체 만나기 힘든 타입. 샤랄라한 복장과 향긋한 미소로 손님
의 시중을 들어주는 자신에 도취되어있다. 예쁜 케이크를 주문하는 사람을
좋아하고, 한가한 시간에는 타로 점을 봐주기도 한다. 그러나 가게 뒤로
가서 음식물 쓰레기를 버릴 때는 가래침을 제대로 뱉는다.

로하스 커플형 보통 부부나 연인 사이의 남녀로, 일본 스타일의
소품 숍 겸 카페를 운영하고 있다. 리넨 계열의 옷을 입고 내츄럴한 디자인의
주방에서 유기농 커피를 내리고, 오븐에 쿠키를 넣고, 화초에 물을 주고
난 뒤, 야채 수프의 베이스가 닭 육수인지 모르고 주문하는 채식주의자에게
미안해한다.

가맹점 모집형 자칭 프랜차이즈의 본점인데, 2호점은 본 적이 없다.
뭐든지 셀프고, 손님 주문을 처리하는 것보다 전화 받고 거는 일이
우선이다.

〈커피프린스 1호점〉형 가게 앞에는 '용모단정한 남자 사원'을 모집하는
포스터가 붙어있고, 유리창 안으로 앞치마를 두른 긴 머리 남자 직원의
뒷모습이 보인다. 얼굴은 확인한 적 없다.

아티스트형 주로 화가나 사진가 등 미술 계통 출신이 많다. 손수 개조한
가게에 자신의 작품을 전시해두고 흡족해한다. 마음에 안 드는 손님은 완전히
무시하고, 친구들이 많이 모이면 그날 카페의 영업을 그만두는 경우도
허다하다. 어차피 친구 외에는 손님도 거의 없다.

바리스타대회 출전자형 '나는 바리스타다.'라고 이마에 적혀있을
정도로 박력이 들어가있다. 포터필터와 탬퍼를 칵테일 만들 듯 화려하게
휘두르고, 라테아트에 혼신을 다한다.

마담형 현대판 다방의 개척자들. 손님의 직업과 사생활에 관심이 많고,
단골의 연애 관계 등을 넘겨짚은 뒤에 그걸 다른 손님에게 전하기도 한다.
쿠폰에 휴대전화 번호와 이메일 주소 적는 게 두려울 정도. 의외로 남자들이 많다.

알바형 나는 알바예요 그러니 자세한 건 물어보지 마세요. 나는 알바예요.
그러니 어려운 메뉴는 시키지 마세요. 나는 알바예요. 자꾸 그러시면 오늘
그만둘 거예요.

시럽보다 달콤한 소파, 대지보다 평온한 테이블

"나 벌써 여기 와버렸어!" 약속은 두 시간이나 남았는데, 부지런을 떤 친구가 성화를 부린다. 나는 잠이 덜 깬 목소리로 말한다. "어디 카페에라도 들어가있어!" "어디 가면 좋을까? 나 이 동네 잘 모르는데……." "맛있는 커피를 원해? 분위기 괜찮은 데를 원해?" 그딴 것 필요 없단다. 사흘 동안 야근의 늪에 빠졌다가 뛰쳐나온 터라, 눈도 혀도 멀어버렸다고 한다. 그렇다면 지금 너에게 절실한 것은 이거구나. 온몸을 감싸 안아줄 소파!

한때 시트콤 〈프렌즈〉의 여섯 친구와 깊은 사랑에 빠진 적이 있다. 지금 생각하면 '걔네들도 꽤 촌스러웠네' 싶지만, 당시에는 그들을 통해 뉴욕의 카페 문화를 엿보며 부러워했던 게 사실이다. 나는 그 친구들의 모습을 보고, 카푸치노 잔은 대접 사발처럼 커다래서 하루 종일 마셔도 끝이 없어야 하는 줄 알았다. 나중에 '커피빈'에서 제법 커다란 카푸치노 잔을 발견하고는, 뉴요커가 된 양 몇 시간이고 끌어안고 있기

카페 'aA 디자인 뮤지엄'과 '스프링 컴 레인 폴'의 테이블과 의자.
서로 다른, 그러나 각각 나름의 신경을 쓴……

도 했다. 지금은 배불러서 그렇게는 못 마신다. 나는 또한 챈들러 덕분에 에스프레소를 급히 마시면 취한다는 것도 배웠고, 레이첼 덕분에 커피에 곁들이는 다이어트 식사로 머핀이 아주 잘 어울린다는 사실을 알아냈다. 조이 같은 바람둥이 웨이터는 예쁜 여자에게 머핀을 공짜로 준다는 것도 배웠지만, 나에겐 별로 유용한 정보가 아니었다.

이제 와 생각해보니, 정작 내가 그들의 카페 스타일 중에서 가장 부러워한 요소는 그 모든 커피들이 아니었다. 무엇보다 내가 간절히 기대한 것은 그들의 카페 '센트럴 퍼크' 한가운데 자리잡은 푹신한 소파에 앉아보는 거였다. 외로운 독신들이 뉴욕이라는 차가운 행성에서 카페를 자신들의 아지트로 만드는 데 그 소파가 결정적인 역할을 했기 때문이다.

'스타벅스'가 서울 곳곳에 들어섰을 때, 내가 앞장서 모임을 만드는데도 그 소파가 적지 않은 기여를 했다. 세 사람이 앉아야 하는 자리에 다섯 엉덩이를 옹기종기 모은 채 떠들고 있노라면, 미국 동부에 있는 부자 친구 집에 모여 저녁 시간을 보내는 듯한 착각에 빠지곤 했다. 그리고 가끔은 혼자 그곳에 찾아들어 두툼한 한쪽 팔걸이에 몸을 기댄 채 눈을 붙이곤 했다. 그런데 어느 날인가, 빙하기에 접어든 도시의 바깥 날씨를 피해 그 소파에 몸을 실었는데, 종업원의 작지만 앙칼진 소리에 잠을 깨고 말았다. "여기서 주무시면 안 돼요." 화들짝 놀라 눈을 떠보니, 내 뒷자리의 노숙자를 쫓아내는 소리였다. 그래서 배운 교훈은, 카페의 소파를 안방처럼 즐기려면 옷차림을 단정히 하라는 것 정도?

요즘은 내가 아끼던 소파들이 점점 사라지는 추세다. 아무래도 카페 주인의 입장에선 자리의 회전율이 높아야 장사가 잘되는데, 손님들은 자리가 푹신하면 수렁에라도 빠진 양 빠져나오지 못하니까. 그럼에도 내가 자리 사냥을 게을리하는 건 아니다. 먼 길을 걸어 막상 그 카페에 갔는데, 내가 그리던 바로 그 자리가 비어있지 않으면 투덜대며 돌아서 나오곤 한다.

굳이 소파가 아니더라도 나를 꾀는 의자는 적지 않다. 예전 카페들은 모든 것을 단정한 세트처럼 맞추어야 직성이 풀리는 듯했지만, 요즘은 같은 테이블의 의자도 제각각의 디자인으로 구성하는 경우가 많다. 물론 단발머리를 아무렇게나 잘라놓았다고 멋들어진 섀기커트가 되는 게 아니듯, 서로 다른 듯 묘하게 조화를 이루는 빈티지 스타일 의자만이 우리를 매혹시킨다.

여기에도 두 가지 타입이 있다. 하나는 정말 주인이 의자 컬렉터라서 오랜 시간 동안 모은 것들을 정성 들여 배치한 경우이고, 다른 하나는 컬렉터 풍 세트를 주문해 들여오는 경우다. 요즘은 후자가 많아,

"빈티지인 척하고 서로 다른 척하지만 중국 어느 공장에서 지난달에 찍어낸 이 의자 세트는 어느 어느 카페의 것과 똑같네." 하는 예민한 친구의 말을 듣기도 한다.

그럼에도 진수는 있다. 홍대 앞에 있는 'aA 디자인 뮤지엄'의 1층 카페에 들어서면, 빈의 장식 미술관과 거래하는 가구 컬렉터의 수집 창고에 들어선 느낌이다. 영국 디자이너 톰 딕슨의 미러볼 아래, 20세기 디자인의 대가 찰스 앤 레이 임스, 핀 율 등이 디자인한 의자와 테이블을 만날 수 있다. 나는 라운지를 채우고 있는 유선형 의자의 팔걸이에 목을 걸치고 에스프레소를 홀짝거리다, 복층에 늘어선 갈색 의자가 북유럽의 어느 정류장에 있던 의자인지 확인해보러 올라갈 기회를 노린다.

누군가는 집에서도 마실 수 있는 커피를 왜 그렇게 많은 돈을 써가며 카페에서 마시냐고 한다. 카페라는 공간을 찾는 이유는 단순한 커피 이상이다. 우리는 돈과 시간과 실력의 한계로 자기 집에는 갖추어놓을 수 없는 라이프스타일을 그곳에서 잠시 체험하는 것이다. 그 대가는 단순히 커피 원가가 얼마인가를 논하는 것과는 다른 차원이어야 한다.

그럼에도 진상은 있다. 여기저기 럭셔리한 스타일로 돈을 바른 티가 역력한 소위 부티크 카페들이 그 극점인데, 때론 그 스타일과 가격에 너무나 어울리지 않는 빈한한 커피 맛에 실망한 채 돌아 나오곤 한다. 결국 나는 집 안 장식을 인테리어 업자에게 통째로 맡긴 졸부의 집

을 방문한 셈이다. 의자와 소파가 커피를 먹어치우는 형국이랄까?

오직 자리 때문에라도 다시 찾게 되는 카페는, 좁은 공간을 활용하기 위해 갖가지 스타일의 독창적인 자리를 창조해낸 곳이다. 정독도서관에서 삼청동으로 가는 길의 '커피 방앗간'이 대표적이다. 어딘가 어수선하고 복잡해 보이지만, 앉아보고 싶은 자리가 퍼즐처럼 구석구석 숨어있다. 그 모든 곳에 앉아보고 싶지만, 어두컴컴한 복층 아래의 2인석은 발그레한 연인들을 위해 양보해준다. 관광버스처럼 모든 자리를 나란히 늘어놓은 여대 앞 카페의 뻔뻔함과는 다르니까.

달콤한 시럽보다 간절한 소파가 있듯이, 때론 커피 한잔보다 더 아른거리는 테이블이 있다. 나의 오래전 단골 카페였던 대학로의 '더 테이블'은 그 이름처럼 가운데 커다란 테이블을 지니고 있었다. 보통의 식당이나 카페에서 자리를 차지하는 룰은 이렇다. 둘이 오면 2~4인석, 네 명이 오면 4~6인석, 큰 테이블은 6인 이상의 단체석. 좁은 카

페에 혼자 털레털레 들어온 싱글 카페 정키들은 당연히 구석의 작은
자리, 그나마 두 사람이 마주보게 만들어놓은 자리도 미안해하며 앉아
야 한다. 그런데 '더 테이블'의 테이블은 내가 거기 앉지 못한다면 그
곳에 찾아올 이유가 없다는 듯 나를 유혹했다. 그러나 그 넓은 곳을 나
혼자 차지할 용기가 쉽게 생겨나지는 않았다.

　알고 보니 그런 사람이 나만은 아니었다. 한가한 시간에 누군가
혼자서 테이블 한쪽 귀퉁이에 앉아 그림을 그리고 있으면, 또 누군가
가 반대쪽 귀퉁이에 앉아 노트에 글을 끄적이기 시작했다. 이렇게 서
로 일행이 아님이 분명한 사람들이 테이블을 차지하고 있으니, 다른
사람들도 용기가 났다. 조심스레 한 명씩 들어와 벤치의 일부와 테이
블 약간씩을 얻었다. 칸막이 없는 도서관 책상에 가방으로 자리를 잡
듯이, 학생 식당의 테이블에 옹기종기 모여 앉듯이……. 어느덧 혼자
온 사람들은 독립된 자리보다 그 테이블에 앉는 편이 카페의 자리를
덜 낭비하게 된다는 사실도 깨닫게 되었다.

요즘 홍대 앞의 여러 카페 중에는 이렇게 커다란 테이블을 지닌 곳이 적지 않다. 카페를 찾은 외톨박이들은 그 평원에 각자의 텐트를 치고 조심스레 유목한다. 간혹 눈치 없는 단체 손님들이 곁에 앉아 시끄럽게 떠들지만, 곧 께름칙해 하는 시선에 밀려 다른 자리로 옮겨간다. 우리는 혼자지만 혼자가 아니다. 혼자 놀다가 심심하면 보이지 않는 선을 넘어 들어온 누군가의 사진집을 훔쳐보고, 사각사각 돌아가는 연필깎이 소리에 괜스레 내 필통을 열어본다.

그러다 어느 순간 모두들 코를 벌름거리기 시작한다. 주인이 갓 구운 오렌지 쿠키를 오븐에서 꺼낸 것이다. 의자나 테이블이 달콤해봤자 진짜 달콤함을 이기지는 못한다. 누군가 테이블에 놓인 메뉴판을 들여다본다. 오렌지 쿠키는 여섯 개들이 한 세트씩만 판다. 이 역시 혼자 온 손님들에겐 갈등이다. 그중 누군가가 주인에게 눈빛 공격을 한다. 주인은 하나씩 맛보시라며 쿠키 꾸러미를 내놓는다. "아직 뜨거우니까, 천천히……." 말이 끝나기도 전에 쿠키는 동이 난다. 맛을 보니 더 참을 수 없다. 누군가 자기가 사겠다며 쿠키 세트를 시킨다. 얻어먹은 누군가 말한다. "이걸 먹으니 더 출출해지네요. 여기 식사는 없죠?" 메뉴에는 와인과 치즈 세트만 보인다. 그렇게 하나씩 메뉴를 시켜 오랜만에 들뜬 저녁을 맞이한다. 다음 날 다시 카페를 찾으면 서로 조금 더 친근하게 인사를 한다. 그렇다고 너무 가까워져 떠들지는 않는다. 그게 테이블을 지키는 방법이다.

나는 카페를 이리저리 옮겨 다니며 여러 종류의 테이블에 탐닉하기도 한다. 질 좋은 원목을 발견하곤 침을 질질 흘리며, 이건 어디서 주문했냐고 물어본다. 주인도 그런 물음에 이골이 난 눈치다. 건성으로 대답한다. 그렇더라도 상관없다. 가끔은 내 작업실에 그런 테이블을 들여놓을 꿈도 꾸지만 이내 접는다. "그런 걸 혼자 독차지하는 건 사치야. 그런 테이블은 당연히 카페에서 공유되어야지."라는 핑계를 작게 댄다. 주인은 관심 없다.

작품과도 같은 테이블을 찾는다면, 대학로의 '테이크아웃 드로잉 아르코'가 좋은 기회다. 그곳에서는 정사각형이나 직사각형의 평범한 테이블은 찾아보기 어렵다. 카페를 채운 가구들은 조각가 안규철의 작품으로, 이곳은 살아있는 테이블 전시장인 셈이다. 구멍이 뿅뿅 뚫린 철망으로 덮어 씌운 삐죽빼죽한 테이블 속에 웅크리고 들어가려면 어딘가 찔리기 일쑤지만, 한번 들어가면 밖으로 나오고 싶지 않다.

쿠폰 없는
지갑은
여권 없는
입국 수속

지도 위의 전북대는, 여전히 그 자리에 있었다. 맞아, 이쯤이었지. 눈앞에 나타난 학교는, '여긴 어디?'였다. 대학 시절, 5월만 되면 연례행사처럼 광주의 전남대에 내려갔다. 그리고 경찰이 도시로의 진입을 막으면 우리는 이 학교에 진지를 치기도 했다. 내 기억이 틀리지 않다면, 나는 저 교정의 어느 건물 시멘트 바닥에서 잠을 자기도 했다. 모든 게 깡마른 땅 아래로 사라졌다. 나는 착시에 시달렸다.

고개를 돌려 대학가를 걸었다. 포슬포슬 귀여웠다. 이래도 될까 싶을 정도로. 도쿄 시부야의 백화점 '로프트Loft'에서 간판을 따온 듯한 카페가 앙증맞았다. 발랄한 여학생들은 홍대 앞 거리를 거닐어도 어색하지 않을 스타일로 종이컵을 들고 가게를 나섰다.

우선은 배를 채우자며 식당을 찾기로 했다. 나야 여행지에서 길 묻는 데 영 어색한 사람이지만, 일행이 실력을 발휘했다. 서로 다른 연령대의 세 팀을 인터뷰해서 하나의 공통된 답을 찾아냈다. "여긴 학교

전주의 '10그램'을 오래도록 기억나게 해줄
100칸짜리 출석부 쿠폰.

앞이라 애들 밥 먹는 데밖에 없어요. 학사주점의 닭도리탕이 유명하긴
한데."

　그제서야 오래된 전북대가 나타났다. 어둑한 주점 안엔 김광석의
노래가 울려 퍼지고 있었다. 나무 탁자에는 '노동해방' 어쩌고 하는
구호들이 가득했고, 그 위에 수정액으로 쓴 '누구누구 러브 누구누구'
같은 귀여운 글씨가 시대를 교차시키고 있었다. 옆자리엔 통통한 백인
여자 둘이 앉아 얼큰한 닭도리탕을 먹고 있었다. 우리가 여기에 온 것
도 뜬금없긴 했지만, 그들의 등장은 더욱 어울리지 않아 보였다. 이곳
대학에 다니는 외국인 학생들일까? 연신 디지털 카메라를 눌러대는 모
습이 여행자 같아 보였다. 그래, 나도 외국인의 마음으로 전주를 찾는
다면 온갖 여행책에 실린 전주비빔밥 식당은 일부러 피하고 이런 동네
맛집을 찾아갔겠지.

　다시 대학가로 나와 본격적으로 카페를 찾았다. 고만고만하고 뻔
한 카페들이 지나갔다. 그리고 어느 상가 빌딩 앞쪽에 나와 있는 화사
한 간판이 보였다. 고개를 돌리니 안쪽으로 들어가는 복도, 햇빛이 어

숫하게 들어오는 계단 아래의 또 다른 간판……. 사랑스러움이 한껏 묻어나는 정경이었다. 기분 좋은 입구를 통과해 기대에 가득 차 안으로 들어서는데, 한순간 어수선함이 우리를 밀어냈다. 일종의 공방 카페로, 한쪽 칸에는 손님들이 핸드 페인팅으로 도자기 컵을 만들 수 있게 해놓았다. 그 때문인지 모르겠지만, 바깥의 고즈넉한 분위기와 어울리지 않게 산만함이 가득했다. 발랄하다 못해 탁탁 깨어지는 음악 역시 머릿속에 그려본 그림과는 너무 달랐다. 우리는 나가기로 했다. 나는 다시 뒤를 돌아보았다. 그 입구의 상냥함만은 몹시 아쉬웠다.

조금 더 길을 걸어 누군가 전문 바리스타가 운영한다며 소개해준 카페를 찾아가기로 했다. 저녁이 깊어가고 있었다. 도착한 건물은 새로 지은 듯 멀끔했다. 그러나 군데군데 나붙은 '임대' 표시와 비어있는 가게들은 을씨년스러웠다. 겨우 건물 안쪽으로 통하는 입구를 찾아 들어가니, 가운데 'ㅁ'자 모양의 정원을 둔 쾌적한 공간이 나타났다. 그리고 한쪽에 바리스타가 외롭게 지키고 있는 카페가 보였다. 한쪽에 바가 있고 칸막이 너머 가늘게 옆으로 늘어선 의자들……. 이상하게도 어둠에 냉랭히 적셔진 곳처럼 느껴져, 들어갈 마음이 들지 않았다. 지금 들어가면 바리스타에게 너무 '주목' 받지 않을까도 두려웠다. 브런치 메뉴가 있다는 안내문을 핑계로, 아침에 와보자며 돌아서 나오고 말았다.

다시 대학가의 먹자골목 쪽으로 들어왔다. 아마도 이렇게 카페들에 트집을 잡으며, 커피 한잔 못 마시고 숙소로 기어들어 가겠지? 그런데 한쪽에서 사람을 당기는 부산스런 기운이 느껴졌다. 하얀색과 나무색이 먼저 눈에 들어왔다. 그리고 손으로 쓴 '10그램' 이라는 글자가 보였다. 커피를 좋아하는 사람만이 알아낼 수 있는 암호와 같은 숫자다.

가게 앞에 늘어선 화환들, 어수선해 보이는 가게 안. 다시 불길한 기운이 느껴졌다. 우리가 다른 카페들을 내쳤듯이 여기서는 우리가 내쳐질 것 같았다. "혹시 오늘 문 열었나요?" 안경을 낀 수더분하게 생긴 청년에게 물었다. 아직은 임시 오픈이라 어쩌고……. 그리고 이 소리만 또렷이 들렸다. "지금은 커피 메뉴만 되거든요." 뭐가 더 필요하겠나? 커피면 됐지. 착하게도 모든 커피가 3000원이었다.

홍대 앞의 카페들을 다니면서 생각했다. 일본을 닮으려고 꽤들 애쓰는구나. 지방의 여러 카페들을 다니면서 또 그런 생각이 들었다. 홍대 앞을 닮아가려고 다들 애쓰는구나. 그런데 '10그램' 은 이런 생각을 만들어냈다. 여기가 그냥 홍대 앞이라고 해도, 도쿄라고 해도 믿겠네. 그만큼 인테리어 하나하나 세심한 감각이 깃들어있었다. 오리지널하다고 할 요소는 많지 않지만, 밝고 내츄럴한 일본 스타일 카페의 모델하우스 같은 모습을 지니고 있었다. 그렇다고 그 카페가 인테리어만 갖추어놓은 죽은 장소라는 말은 아니다. 주인으로 보이는 두 젊은 남자가 메뉴 하나하나, 주방의 배치 하나하나 감각 있게 신경 쓴 흔적이 역력했다.

벽에는 환등기로 튼 〈이웃집 토토로〉의 장면들이 느슨하게 비치고 있었다. 아이들은 버스를 기다리다 토토로를 만나고, 그가 고양이 버스를 타고 날아가는 모습을 본다. 몇 번을 보았는데도 거기서 보니

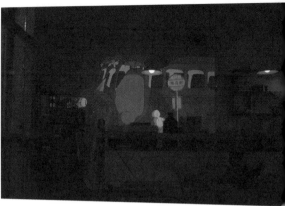

또 새로웠다.

커피가 나왔다. 에스프레소는 크레마가 부족하긴 하지만, 더블샷인데도 적당한 양을 지키는 본새가 좋았다. 더불어 개업 날이라 일회용 접시에 시루떡과 귤을 함께 내주었다. 한국의 카페에서만 볼 수 있는 그 전통에 새삼 기뻤다. 앞자리에 앉은 친구는 그새 토토로에 빠져, 대놓고 눈물을 주룩주룩 흘리며 울고 있었다. 그러다 또 갑자기 '풉' 하고 웃어대기까지……. "너 이러는 거 나중에 내 책에 쓴다." "아무도 안 믿을 거야. 미친년도 아니고." "알긴 아네." 주인들의 친척으로 보이는 어르신들이 개업 날이라고 가게를 찾아 구석구석 걱정 반 기대 반으로 둘러보고 있었는데, 이런 우리를 보고 무슨 생각을 했을까?

나는 이 카페로 인해 마음이 말랑말랑해져 무언가 기념품을 만들어 가고 싶었다. 지금이야 찾아보기 어렵지만, 예전엔 카페의 성냥이 중요한 순례 기념품이었다. 예쁜 명함도 카페를 다시 찾아오게 하는 방법이지만, 보통은 길을 묻는 다른 친구에게 주곤 한다. 카페에서 파는 물건이라도 사갈까 했지만, 하필 그곳에서 파는 문구는 나의 카페 친구인 C 대표가 만드는 것이었다. "나 이거 전주에서 사왔어요." 하면 칭찬은 해주겠지만.

제길, 메뉴판이라도 훔쳐갈까? 혼자 조급해져 계산대 앞에 서서 안절부절못하고 있는데, 곧 괜한 걱정을 했다는 생각이 들었다. 주인은 우리에게 아주 멋진 기념품을 건네주었다. 이곳의 마일리지 쿠폰인 '행복한 커피나라 10그램의 출석부'가 100개의 칸을 비워두고 있었다. 내가 전주에 100번 오면 100칸을 채울 수 있을까? 지갑에도 들어가지 않는 그 거대한 크기의 '10그램 쿠폰'은 지금 나의 노트북과 노트북 케이스 사이의 평평하고 보들보들한 공간에서 안락하게 쉬고 있다.

지갑을 뚱뚱하게 만드는 데는 여러 가지 방법이 있다. 지폐 뭉치를 기관총 탄창처럼 채워도 되고, 신용카드로 무장을 완비해도 되고, 영수증을 시간 순으로 모아 일기 대신 간직해도 된다. 내 지갑이 통통한 뱃속을 견디다 못해 찢어지려고 하는 이유는 조금 다르다. 천지사방에 널려있는 온갖 카페의 쿠폰 때문이다.

단골 카페의 쿠폰을 들고 다니며 보너스 음료를 얻어 마시는 일은 현대인의 생존 기술이다. 멋진 디자인의 쿠폰은 그 카페의 시민임을 증명하는 증서로도 여겨진다. 첩보에 따르면, 여자 친구의 사진 대신 카페 쿠폰을 들고 다니며 마음의 위안을 얻는 군인도 있단다. 그러나 한 나라의 시민으로 머무를 수 없는 인간도 있는 법이다. 나처럼 이 카페 저 카페 전전하는 유랑객은 카페의 입국 카운터에서 비자 대용의 쿠폰을 찾느라 호들갑을 떨어야 한다.

　게다가 쿠폰은 가끔 '유가증권'으로서의 효력도 발휘한다.

　지난 연말, 이태원의 '로코 로카'에서 칼럼 연재를 통해 알고 지내
는 신문사 특집 부서의 조촐한 송년회가 있었다. 오랜만에 만난 사람
들과 인사를 나누며, 두어 접시의 뷔페 식사로 배를 채웠을 때다. 뒤늦
게 온 손님이 묵직한 종이 가방을 들고 나타났고, 그제서야 내 머리에
그저께 이메일로 받은 초대장의 문구가 생각났다. "만오천 원 이하의
선물을 가져오세요."

　이제 와서 뛰쳐나가 뭔가를 사오기는 늦었다. 내가 말을 전하지
않아 동행한 친구도 곤란해졌다. 내가 말했다. "그냥 앞 사람한테 받은
선물을 다음 사람에게 릴레이 식으로 주면 안 될까?" 친구는 파렴치한
짓이라고 했다. 그러고는 가방과 주머니를 뒤지더니 뭔가를 발견했다
고 소리쳤다. 지갑 안에 꽉 찬 카페 쿠폰이 몇 장 있는데, 그걸 주면 되
겠다고. 나도 그 아이디어를 도용해, 어느 카페와 설렁탕집의 열 개 꽉
채운 쿠폰을 찾아냈다. 조금 부끄럽긴 하지만 재미있잖아?

　선물 릴레이 행사가 이어졌다. 나는 식탐 기행을 즐겨 쓰는 사진
기자로부터 멋진 발사믹 식초를 받았고, 어느 연륜 많은 필자 분에게
내 궁상맞은 쿠폰을 넘겨드렸다. 그런데 그 순간의 아쉬움이라니. 이
쿠폰을 채우느라 얼마나 많은 시간을 보냈던가? 그 한 칸을 채우려고
굳이 먼 길을 돌아 그 카페를 찾아가고, 친구들을 협박해 내 쿠폰에 도
장을 찍게 하느라 우정에 금이 가기도 했는데. 차라리 지금이라도 쿠

폰을 거두고 현금을 드리는 게 낫지 않을까? 그사이 폭탄주 러브샷과 함께 노신사에게 내 쿠폰이 넘어갔고, 그분은 밤새 나를 만날 때마다 쿠폰을 어떻게 쓰는 건지 물어보았다.

어떤 카페는 다른 어떤 이유보다도 쿠폰에 예쁜 도장을 채워가는 재미만으로 들락거리게 된다. 그런데 막상 쿠폰과 음료를 바꾸는 순간이 되면, 그동안 찍어둔 도장들이 아까워 눈물을 흘리게 된다. 그래도 하는 수 없다. 보통 쿠폰은 그동안 마신 음료와는 상관없이 꽤 괜찮은 메뉴를 공짜로 마시게 해준다. 나는 그 쿠폰 덕분에 가장 싼 음료인 에스프레소 열 잔을 모아, 내 돈으로는 절대 시키지 않을 '카페 럭셔리 왜 비싼지 주인도 몰라치노'의 정체를 확인할 수 있다. 쿠폰은 어떤 의미에서는 카페 정기의 집념과 의지를 대변해주는 문서다.

우리 같은 얍삽한 과객들을 물리치기 위해서일까? 요즘 카페 체인들이 기한제 쿠폰을 발행하는 꼼수를 부리고 있다. 지난번 '커피빈'에 갔을 때 종업원이 쿠폰 색을 보더니 단호하게 말하는 거다. "손님, 이 쿠폰은 기한이 지났는데요." "그럴 리가요?" 나는 쿠폰의 앞뒤를 꼼꼼히 살펴보게 했다. 어디에도 기한은 적혀있지 않았다. 쿠폰 기한제가 생기기 전에 발행된, 기한이 완전 오픈된 쿠폰이니까. 종업원은 법적인 문제로 넘어가는 수고를 다른 업소로 넘기기 위해 급히 도장을 찍어주었다. 하지만 나로서도 그 순간이 기쁘지만은 않았다. 거의 골동품에 가까운 이 쿠폰을 다 채워 카페에 넘겨주게 될 순간을 생각하니 벌써부터 눈물이 나왔다.

내가 카페 주인이라면 좀 더 세련된 꼼수를 부리리라. 커피 한 잔에 도장 하나는 식상하다. 과테말라, 예멘, 브라질, 인도네시아 등 세계 각국의 커피를 한 번씩 마시는 미션을 만들어, 쿠폰이라는 여권에 세계 일주하는 재미를 차곡차곡 채워가게 하는 거다. 임무가 완수되면 상파울루에 있는 자매 카페의 음료권을 준다. 항공료는 본인 부담.

열심히 채우고 있는 나의 쿠폰들.
그러나 막상 다 채워, 음료와 교환할 때는 눈물이 난다.

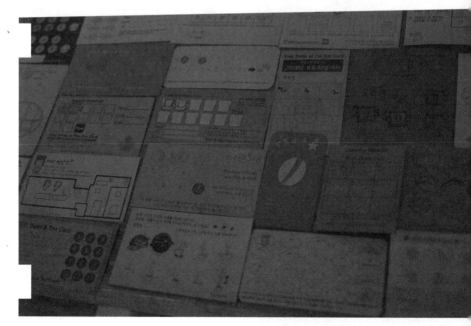

가짜 계곡의
착각 놀이

창밖에는 슈퍼마켓에서 내놓은 듯한 플라스틱 탁자와 의자가 보인다.
그 안쪽에 덩그러니 서있는 나무 난간 때문일까?
나는 이 앞에 개울이 흐르고 있는 듯한 환상을 본다.
체스키 크룸로프에 흐르는 블타바 강의 지류 같은…….
나무 난간 안쪽에는 자전거가 있다. 다시 착각한다.
계곡은 얼어있고, 자전거로 그 위를 달려 고로케 세트를 배달하러 가는
여자아이를 떠올린다. 물론 그런 일은 없다. 나는 이대로의 풍경도 좋다.
만약 이 앞이 관광 엽서에 나올 법한 풍경이었다면,
카페는 그저 유원지를 찾아온 행락객들의 차지가 되어버렸을 테지.
이렇게 아무런 볼 것도 없는 풍경 앞에
버젓이 넓은 유리창과 테이블을 내놓았기에……
나는 나만의 상념을 가진다.
그리고 이 카페가 주는 분위기에 집중하게 된다.

_ 부산대 앞 'RAUM308' 에서

카페 정키M이 사랑하는 카페들

10그램 전북 전주대 인근 | 063-273-1204   306쪽

aA 디자인 뮤지엄 카페 서울 홍익대 인근 | 02-3143-7312   296쪽

CCC 부산대 인근 | www.cafeccc.com   239쪽

mk2 서울 경복궁역 인근 | 02-730-6420   147쪽

RAUM308 부산대 인근 | 010-2545-8369   313쪽

나무 라디오 전주 영화의 거리 | 063-232-7007   179쪽

나무 사이로 서울 광화문 | 02-6352-6358   215쪽

내 서재 서울 삼청동 | 02-730-1087   72쪽

다동 커피집 서울 다동 | 02-777-7484   136쪽

더 초콜릿 대전 충남대 인근 | 042-823-7779   202쪽

더 테이블 서울 대학로 | www.the-table.com   298쪽

두부집 대전 가장동 | 042-272-8835   287쪽

드롭 서울 부암동 | www.dropp.co.kr   238쪽

마다가스카르 서울 효창공원 인근 | 02-717-4508   42쪽

물고기 서울 홍익대 인근 | 02-388-0913   264쪽

버터핑거 팬케이크 경기 성남 정자동 | 031-785-9994   242쪽

베네 서울 삼청동 | 02-734-9024   209쪽

보헤미안 강원도 강릉 | 033-662-5365   184쪽

빈스 메이드 서울 홍익대 인근 | 02-3142-9883   98쪽

빈스 서울 서울 대흥역 인근 | www.beansseoul.com   97쪽

빈스빈스 삼청점 서울 삼청동 | 02-736-7799   170쪽

삼사라 전주 전북대 인근 | blog.naver.com/xxrayxx   44쪽

수카라 서울 홍익대 인근 | www.sukkara.com   117쪽

숲 서울 효자동 | 02-735-4622   83쪽

쉐 무아 경기 성남 서현동 | 031-703-6902   245쪽

슈만과 클라라 경주 동국대 인근 | 054-749-9449   284쪽

스탐티쉬 서울 부암동 | 02-391-8633   64쪽

'아름다운커피' 재단법인 아름다운가게 운영 | www.beautifulcoffee.com   113쪽

아모카 서울 광화문 | 02-723-8882   25쪽

야나카 가배점 일본 도쿄 타이토 구 야나카 | www.yanaka-coffeeten.com   94쪽

야쿤 카야 토스트 서울 광화문 | 02-775-1105   213쪽

엑수마 대구 경북대병원 인근 | 053-427-6024   123, 255쪽

위 서울 홍익대 인근 | 02-338-0407   85쪽

전광수커피하우스 북촌점 서울 안국역 인근 | www.jeonscoffee.co.kr   143쪽

주빈 서울 여의도 | 02-782-7970   121쪽

카사 오로 부산 달맞이길 | casaoro.tistory.com   220쪽

카페 246 일본 도쿄 미나토 구 아오야마 | www.cafe246.com   47쪽

카페 필립스 대학로점 서울 대학로 | 02-3672-9110   56쪽

커피디자인 대전 둔산동 | blog.naver.com/coffeedesign   119쪽

커피마루 대구 삼덕동 | 010-9391-0294   246쪽

커피 발전소 전주 덕진공원 인근 | 063-276-7055   262쪽

커피 방앗간 서울 삼청동 | 02-732-7656   298쪽

커피 볶는 곰다방 서울 홍익대 인근 | 02-3462-0830   53쪽

커피스트 서울 사직동 | 02-773-5555   32쪽

코피티암 서울 종각역 인근 | 02-730-8837   213쪽

클럽 에스프레소 서울 부암동 | 02-3217-8711   142쪽

키친 테이블 노블 부산대 인근 | 051-583-8893   50쪽

테라로사 강원도 강릉 | www.terarosa.com   107쪽

테이크아웃 드로잉 성북 서울 성북동 | www.takeoutdrawing.com   82, 137쪽

테이크아웃 드로잉 아르코 서울 대학로 | www.takeoutdrawing.com   301쪽

티라덴테스 서울 삼성동 | www.cafetiradentes.co.kr   227쪽

해오라비 부산 달맞이길 | 051-742-1253   89쪽

호호미율 서울 홍익대 인근 | 02-322-6473   87쪽

모든 요일의 카페

커피홀릭 M의 카페 라이프

1판 1쇄 펴냄 2009년 2월 20일
1판 3쇄 펴냄 2009년 8월 31일

지은이 이명석

펴낸이 송영만
펴낸곳 효형출판
주소 우413-756 경기도 파주시 교하읍 문발리 파주출판도시 532-2
전화 031 955 7600
팩스 031 955 7610
웹사이트 www.hyohyung.co.kr
이메일 info@hyohyung.co.kr
등록 1994년 9월 16일 제406-2003-031호

ISBN 978-89-5872-075-1 03810

값 13,000원